HIS DARK MATERIALS

The Subtle Knife

奧祕匕首

◆黑暗元素三部曲 II◆

PHILIP PULLMAN

菲力普・普曼——著　丁晶——譯

《奧祕匕首》是「黑暗元素三部曲」的第二部，為《黃金羅盤》續篇。本書內容主要發生在三個不同的宇宙中：一是《黃金羅盤》的宇宙，和我們的宇宙有點類似，卻有許多差異；二是我們自己的宇宙；第三個宇宙和我們的宇宙大異其趣。第三部《琥珀望遠鏡》則涵括許多相異的宇宙。

目錄

第一章
貓與鵝耳櫪樹

威爾拉著母親的手說：「來嘛，來嘛……」

他母親卻向後退縮。她還感到害怕。夕陽餘暉中，威爾左右張望，檢視狹窄的街道和每間立在小花園與籬笆後的房子。落日照得面西的窗戶閃閃發亮，另一面則躲在陰影中。時間不多了，人們可能已用過晚餐，街上很快就會出現一些小孩，他們會注意到威爾母子，還會盯著瞧、品頭論足一番。再等下去很危險，但威爾只能像往常一樣哄母親。

「媽，我們進去看看庫波太太嘛，妳看，我們都快到了。」

「庫波太太？」她狐疑地問。

但威爾已經去按門鈴了。他還得先放下手上的袋子，因為另一隻手仍握著母親。要是讓人看到十二歲男孩還牽母親的手，可能會令他發窘，但是他知道自己不能放手。

門開了，眼前這個彎腰駝背的老太太，正是威爾從前的鋼琴老師，身上還散發著威爾記憶中薰衣草水的味道。

「誰呀？是威爾嗎？」老太太說：「我已經一年多沒看到你了。親愛的，有什麼事嗎？」

「我要進去，請妳讓我帶媽媽進去。」威爾堅定地說。

庫波太太看看眼前頭髮散亂、笑容恍惚的女人，又看看威爾。威爾目光炯炯卻凶猛不悅，嘴脣緊抿，下巴微抬；而威爾的媽媽帕里太太，一隻眼睛上了妝，另一隻卻沒有。帕里太太自己沒察覺，威爾也沒有。一定有什麼不對勁。

「嗯……」老太太在窄小的走廊向旁一讓。

威爾關上大門前，還向外面張望了一會兒。庫波太太注意到帕里太太握著兒子的手有多緊，威爾又多麼溫柔地領母親進入擺放鋼琴的客廳（當然，他也只知道這個房間）。庫波太太還注意到，帕里太太的衣服帶點霉味，彷彿在洗衣機裡放了好久才拿出來晾乾。她也注意到母子倆一坐下，夕陽餘暉如何照耀出他們神似的寬顴骨、大眼睛和筆直的黑眉毛。

「怎麼了，威爾？」老太太說：「發生了什麼事？」

「我媽得找個地方待幾天，我沒辦法在家裡照顧她。她不是生病，只是有點迷惑糊塗，而且變得有點憂慮。照顧她不會很難，她只需要別人好好對她。我想這對妳來說很容易，對不對？」女人看著自己的兒子，不明白他在說些什麼，庫波太太注意到她臉頰上有塊瘀傷。威爾定定看著庫波太太，臉上充滿渴望。

「照顧她不會花很多錢，我帶來一些吃的，我想可以維持一陣子。妳也可以吃。她不會介意和妳一起分享。」威爾繼說。

「但是……我不知道該不該……她難道不用看醫生嗎？」

「不用！她沒病。」

「但是一定有人可以……我是說，難道沒有鄰居或家人……」

「我們沒有什麼家人，只有我倆相依為命。鄰居又太忙了。」

「那社服機構呢？親愛的，我不是想推辭，可是……」

「不！不用。她只是需要妳幫一點小忙。我現在無法照顧她，但是我很快就會回來。我要去……我要去處理一些事情。我很快就會回來，我答應妳會帶她回家。妳不用照顧她太久。」

母親以前所未有的信任看著兒子，威爾轉頭對母親微笑，笑容裡充滿摯愛和肯定，使庫波太太無法拒絕。

「嗯，」她轉頭對帕里太太說：「我想妳在這裡待一、兩天應該沒關係吧。親愛的，妳可以睡在我女兒的房間，她現在人在澳洲，不需要那個房間。」

「謝謝。」威爾馬上站起來，似乎急著離開。

「你要去哪裡？」庫波太太問。

「一個朋友那裡，我會盡量打電話給妳們。我有妳家的電話，沒問題的。」

他母親困惑地看著他，威爾彎下身子，笨拙地親吻她。

「別擔心，老實說，庫波太太比我還會照顧妳。明天我就打電話給妳。」他說。

兩人緊緊擁抱，威爾又親了親她，還將她緊抓著他脖子的手鬆開，才朝前門走去。庫波太太看得出他悶悶不樂，因為他眼裡閃著淚光。但他忽然想起應有的禮節，轉過身來伸出手。

「再見，非常謝謝妳。」他說。

「威爾，我希望你告訴我到底是怎麼回事……」庫波太太說。

「這有點複雜，不過說真的，她不會給妳添什麼麻煩。」他說。

庫波太太不是這個意思，兩人心裡都有數。可是這件事多少由威爾主導。老太太心想，她從沒見過這麼執拗的孩子。

威爾轉身離開，心裡已經開始想著那個空盪盪的家了。

威爾和母親住在一處現代化住宅區的一條路彎上，那裡坐落著十來間外觀一模一樣的房子，他們的房子是最破爛的一間。屋前花園只是一小片長著雜草的空地，他母親在年前種了一些灌木，但因無人灌溉照料，最後全都枯萎了。威爾來到屋子角落時，家貓莫西從還存活的繡球花下（牠最喜歡的老地方），站起來伸伸懶腰，輕輕「喵」了一聲歡迎他，還把頭靠在他腳旁磨蹭。

威爾抱起牠，輕聲說：「莫西，他們回來了嗎？妳有看見他們嗎？」

屋子寂靜無聲。夕陽灑下最後一抹餘暉，對街男子正在洗車，他沒注意到威爾，威爾也沒看他。愈少人注意他愈好。

他緊緊將莫西抱在胸前，開門後迅速進屋，仔細聆聽一番後才把貓放下。屋內一片死寂，整間屋子都是空的。

他替莫西開了罐頭，讓牠在廚房吃飯。那些男人什麼時候回來？很難說，他最好趕快行動。威爾跑到樓上開始搜尋。

威爾正在找一只破舊的綠色皮製文具盒。即使在一間普通現代住宅中，可以藏匿這種東西的地方也多不勝數，毋需祕密隔間或龐大地窖就可以讓東西輕易消失。威爾從母親的房間開始搜，他很不好意思地翻過母親放置內衣的抽屜，又很有系統地搜遍樓上，包括他自己的房間。莫西上樓看看他在做什麼，並坐在他身邊梳理毛髮，順便陪陪他。

他還是找不到。

房間會最有效率。

天色已暗，威爾飢腸轆轆。他拿罐裝烘豆夾吐司麵包吃，坐在廚房裡思索如何搜尋樓下的

威爾一吃完飯，電話就響了。

他坐著一動也不動，心卻開始往下沉。他數著鈴聲，一共響了二十六聲才停。他把盤子放在洗滌槽內，又開始搜尋。

四個小時後，威爾還是一無所獲。半夜一點半，他心力交瘁，和衣躺在床上倒頭就睡。他的夢境緊張又擁擠，母親怏怏不樂、驚恐不已的臉龐總是在他伸手不及之處。

彷彿只是一眨眼（雖然他已睡了將近三個小時），在他醒來之際，他頓悟了兩件事。第一，他知道文具盒放在哪裡。第二，他知道那些人就在樓下，正要打開廚房門。

他推開莫西，輕聲安撫莫西睡意濃濃的抗議聲。他起身坐在床沿，開始穿鞋，屏氣聆聽樓下動靜：椅子提起又放下、短暫的低語及木地板的嘎嘎聲，十分輕微。

威爾比他們更安靜。他離開自己的房間，躡手躡腳朝樓頂的空房間走去。房間籠罩在黎明前鬼魅般的灰色光線中，並非全然漆黑。他可以看到舊式腳踏縫紉機。先前他曾經澈底搜過這個房間，卻忘了縫紉機側面的小抽格，那裡面通常放著紙樣和線軸。

威爾一邊小心翼翼摸索，一邊豎起耳朵。那些人正在樓下移動，他看到門邊微弱的亮光，猜想可能是手電筒。

他找到小抽格的鎖門，「嘎拉」一聲打開。他猜得沒錯，皮製文具盒好端端放在裡面。

接下來該怎麼辦？有一會兒，他按兵不動，隱身在黑暗中，心跳加快，竭力聆聽。

有兩人在走廊上。他聽到他們悄聲說：「趕快，我聽到送牛奶的人到街上了。」

「這裡沒有，」另一個聲音說：「我們得到樓上去找。」

「那就快呀。別拖拖拉拉。」

威爾聽到樓梯最上一階沉悶的嘎嘎聲，他緊緊抱住自己。男子未發出任何聲音，卻沒預料到這嘎嘎聲。他停了下來。威爾從門內細縫看到外面地板上細長的手電筒光線。門打開了，威爾等那人出現在走廊上後，突然從黑暗中一躍而出，撞在闖入者肚子上。

他們兩人都沒注意到貓。

男子踏上樓梯最頂一階時，莫西悄悄從房內出來。牠在男子腿後蹺起尾巴，打算靠在他腿上磨蹭。男子受過嚴格訓練，身體矯健壯碩，可以輕鬆對付威爾；貓卻擋住了去路。他想後退時被貓絆住，驚聲一叫，身體朝後一倒跌下樓，最後腦袋猛力撞在走廊桌上。

威爾聽到一聲恐怖的碎裂聲，卻沒因此駐足。他緊抓著文具盒，盪下樓梯扶手，跳過癱倒在樓梯邊抽搐的軀體，一手抓起桌上的購物袋，趁著另一名男子剛從客廳出來，張口結舌措手不及時，從前門一溜煙跑出去。

儘管他又驚又慌，仍然思索著那男人為什麼不對他大叫、追逐他。不過，他們很快就會開車追逐，打無數通電話通緝他。現在他只能快跑。

他看到送牛奶的人剛轉進街角，電動推車的燈光在漸白的晨曦中隱沒。威爾跳過鄰居的圍籬，進入鄰居的花園，穿過屋旁小徑，跳過另一道花園圍牆，穿越被朝露浸溼的草地，爬過籬笆，最後進入住宅區和主要大路間的灌木叢。他匍匐在樹叢下，喘氣發抖。現在時間還太早，他得再等一下，等交通尖峰時間再上路。

威爾忘不掉男人腦袋撞在桌上時的裂痕，他的頸子以那麼不自然的方式過度扭曲，四肢可怕地抽搐。那男人已經死了，是威爾殺死他的。

威爾無法將這些影像從心中抹去，但他一定得拋諸腦後，他還有很多事要思考。媽媽：她現在待的住所安全嗎？庫波太太不會告訴別人吧？雖然他告訴她他會回去，但如果最後沒回去呢？他現在不能回去了，他已經殺了人。

還有莫西，誰能餵莫西呢？莫西會擔心他們兩人嗎？牠會試著跟蹤他和媽媽嗎？

隨著時間過去，天光就更亮一些。現在天色已經明亮到可以看看購物袋裡到底有什麼東西：媽媽的錢包、律師寫來的最後一封信、南英格蘭的地圖、巧克力棒、牙膏、換洗用的襪子和褲子。還有綠色皮製文具盒。

所有東西都在這裡。事實上，每件事都按照計畫進行。

除了他殺人這件事。

威爾一直到七歲才發現媽媽和別人的媽媽不太一樣，所以他必須照顧她。他們在超市裡玩一種遊戲：他們只准趁沒人注意時拿一樣物品放入購物車。威爾的任務是向四周張望，然後低聲說：「現在。」她就會從購物架上飛快抓下一個錫罐頭或小包，悄悄放進購物車。等所有東西都在購物車內，他們就安全了，因為他們已經隱形了。

這遊戲很好玩，而且持續很久，超市在週六早上通常很擁擠，但他們對此相當在行，兩人合作無間。他們彼此信任。威爾深愛媽媽，而且時常訴諸言辭，媽媽也一樣。

他們到達櫃檯時，威爾總是興奮又開心，因為他們快要贏了。接著媽媽會找不到錢包，她會說一定是敵人偷走了錢包，雖然這也是遊戲的一部分，但威爾此時已經又累又餓，媽咪也不太高興，她真的嚇壞了。最後，他們必須在市場內一圈圈逛著，將購物車上的東西再擺回架上，這次他們必須格外小心，因為敵人可以憑藉信用卡號追蹤他們，因為他們偷了媽咪的錢包……

威爾自己也變得愈來愈害怕。他明白媽媽是如此聰明，才能將這類真正的危險轉換成一種遊戲，以免他受驚嚇。既然自己已發現真相，也得假裝自己不害怕，才能安慰媽媽。

所以，小男孩仍假裝這是場遊戲，如此她就不用擔心他受驚。他們一樣東西也沒買，安全返家。可是之後威爾會在走廊桌上發現媽媽的錢包。星期一時，他們會到銀行結清帳戶，再到別家銀行開立新戶頭以確保安全。危機終於解除。

然而，接下來幾個月，威爾漸漸發覺，媽媽的那些敵人並不存在於真實世界，而是在她心裡。但那些敵人並不因此變得不真實、不恐怖、不危險，這意味著威爾必須更謹慎地保護媽媽。在超市中，從威爾了解自己必須裝模作樣避免讓媽媽擔憂的那一刻起，他總是會警覺到媽媽的焦慮。他深愛媽媽，也願意為了保護她而死。

至於威爾的父親，早在威爾有記憶前就失蹤了。威爾對父親非常好奇，老喜歡用一連串問題纏著母親，可是大部分問題她都無法回答。

「他很有錢嗎？」

「他去哪裡了？」

「他為什麼要離開？」

「他死了嗎？」

「他還會回來嗎？」

「他是怎麼樣的人？」

母親只能回答最後一個問題。約翰．帕里是個英俊、勇敢又聰明的人，他曾是英國皇家海軍軍官，退役後成為探險家，帶領探險隊到世界最遙遠的角落。威爾總是樂於聆聽這些故事，有個探險家父親讓人再興奮不過了。從那時起，在他所有遊戲中都有一個隱形夥伴：他和父親在叢林中，一路披荊斬棘；他們在縱帆船甲板上，眺望暴雨侵襲的大海；兩人待在蝙蝠棲息的洞穴裡，拿著手電筒設法解讀神祕的碑文……他們是最好的朋友，拯救過彼此無數次，兩人會在營火旁一起狂笑、聊天，不知夜已深沉。

但威爾年紀愈大，也就愈懷疑：為什麼沒有父親在世界某些地方的照片？例如，在極地雪橇旁和鬍子結冰的夥伴合照，或在叢林中檢視藤蔓覆蓋的廢墟……難道他帶回家的戰利品或珍品奇物都沒留下嗎？書裡都沒提過他的事蹟嗎？

母親也不知道，但她說的一句話深深銘刻在威爾心中。她說：「總有一天，你會跟隨你父親的腳步，成為一個偉人。你會繼承他的衣缽。」

威爾不懂這句話的意思，但多少了解其中意味，也因某種榮譽感和目標而意氣風發。所有的遊戲都會成真，父親還活著，只是在野外迷失了，他要去拯救父親，繼承他的衣缽……如果有這麼偉大的目標，就算生活艱辛也很值得。

他沒向任何人透露母親這個惱人的祕密。有時，在母親比較鎮定冷靜時，他會跟著她學習如何購物、烹調、清掃房子，好在她困惑害怕時接手。甚至在母親處於極度恐懼和瘋狂的狀態，幾乎連話都說不出來時，他也學會如何隱藏自己，在學校低調行動，不引起鄰居注意。威爾最害怕的事，莫過於有關當局會發現母親發瘋的祕密，將她帶走，把他寄放在陌生人家裡。無論什麼困難都好過那樣。某些時刻，媽媽心智清明時，又會快活起來，取笑自己的莫名恐懼，還會感激他把她照顧得這麼好。那時她總是慈愛又溫柔，威爾認為全世界沒有比她更好的媽媽，他只希望能和她永遠生活在一起。

可是那些男人出現了。

他們不是警察、社工，也不是罪犯——至少威爾這麼認為。雖然他努力想打發他們走，但他們不明講要什麼，只要和他母親說話。那時媽媽的狀況也異常脆弱。

威爾在門外偷聽，一聽到他們問起父親，他忽然呼吸急促。

這些人想知道約翰・帕里到哪裡去了、有沒有寄什麼東西回家、她上次收到他的音訊是在什麼時候、他有沒有和任何外國使館聯絡。威爾聽到母親變得愈來愈苦惱，便衝入房間叫這些人離開。

他雖然年紀很輕，卻一副凶神惡煞的模樣，那兩人也不敢看輕他。他們可以輕易擊倒他，或單手將他抓起來，但他無所畏懼，他的憤怒十分激烈。

所以他們離開了。這段插曲使威爾更確信自己的想法：父親在某地有了麻煩，只有他可以幫忙。這一切並非兒戲，他也不再公開玩耍。這已成事實，他要讓自己不容輕忽。

過沒多久，那些男人又來造訪，堅稱威爾的母親有事要告訴他們。他們在威爾上學時來到，一人在樓下和他母親說話，另一人則到樓上搜查房間。她不了解他們在做什麼，但是威爾那天提早回家，當場逮到他們。威爾對他們大發雷霆，那些人又離開了。

那些人似乎知道威爾不敢找警察，因為擔心當局會將母親關起來，於是他們愈來愈堅持。

最後，他們乾脆趁威爾去公園接媽媽回家時闖空門。母親的情形每下愈況，現在她相信自己必須碰觸池塘四周每張石凳上的每塊石板，威爾幫她快些完成這個儀式。他們到家時，正好看到那些人的汽車消失在小路盡頭。威爾一進門就發現他們澈底搜查過屋子，也翻遍大部分抽屜和櫃子。

威爾知道他們在找什麼。那個綠色皮革盒子是母親最珍貴的寶貝，他不敢偷看裡面的東西，甚至不知道她把盒子放在哪裡。但是他知道裡面放了一些信件，也知道她偶爾看信時總忍不住啜泣，也只有在這種時候她才會提起他父親。威爾猜想那些人想找的就是這個，他也知道自己必須展開行動。

威爾決定先替媽媽找到安身之處。他想了很久，他們沒有任何朋友，鄰居又早就疑神疑鬼，他唯一能信任的人就是庫波太太。一旦母親平平安安待在那裡，他就可以回家找出綠色皮盒，看看裡面到底放了些什麼；然後他會去牛津尋求解答。但那些人來得太快了。

現在他已經殺了其中一人。

警察也會開始追捕他。

嗯，他很擅長不引人注目。這次，他必須比以前更努力不顯眼，而且維持得愈久愈好，直到他找到父親，或是那些人先找到他為止。如果他們先找到他，他也不在乎殺死更多人。

隨後，在當天將近午夜時，威爾走在離牛津四十哩處的城郊，從頭到腳都累壞了。先前他搭便車、坐了兩班公車、最後走路，終於在傍晚六點抵達牛津，卻因時間太晚而不能辦事。他到「漢堡王」用餐，然後躲入電影院（他心不在焉，完全不知道自己正在看什麼片子）。現在他穿過郊區，沿著一條永無止境的路朝北而行。

至今還沒人注意到他，但是他知道自己最好趕快找個地方睡覺，時間拖得愈晚就愈引人注意。問題是，路上這些舒適房子的花園裡根本無處可躲，到現在他也還沒看到開闊的鄉間。

他來到一個巨大的圓環路口，朝北的道路和牛津東西向的環形公路在此交會。夜間此刻車少人稀，他駐足的道路很安靜，兩側是一大片開闊的草地，再過去則立著一幢幢漂亮舒適的房子。草地上沿著路緣種植兩排鵝耳櫪樹，圓圓的對稱樹形很滑稽，和真正的樹相比，看來更像小孩的塗鴉。街燈使整個景致看起來更不真實，彷彿只是舞臺上的一幕。威爾累糊塗了，他可以繼續朝北走，還是乾脆躺在樹下的草地睡覺？他正想著下一步行動時，忽然看到一隻貓。

牠和莫西一樣，是隻虎斑貓。牠從牛津方向的路邊花園現身在威爾駐足的路上。威爾放下購物袋，伸出手，貓馬上走過來將頭靠在他手指關節上磨蹭，就像莫西。當然，每隻貓都會這樣，威爾心中卻突然出現想回家的渴望，淚水盈眶。

最後貓轉身離開。夜晚是貓族獵食老鼠、巡行領土的時刻。貓咪穿過大路，朝鵝耳櫪樹後的灌木前進，卻忽然停住。

威爾看著牠，注意到牠好奇的舉動。

貓咪伸出前掌，拍拍前方空氣中的什麼東西——一種威爾看不到的東西。接著牠向後一跳，弓起背、伸出爪子、尾巴向上直立。威爾了解貓的習性。貓再次前進到那地方時，他警覺地觀察一切：那只是介於鵝耳櫪樹和花園籬笆灌木間的一片空曠草地呀。貓咪向前方空中又拍了一次。

牠又向後一跳，但這次跳得不遠，也沒先前那麼緊張。貓咪東嗅西嗅、拍拍觸觸、鬍鬚抽動了幾秒鐘，最後牠的好奇心終於戰勝警戒心。

貓向前走去，然後消失。

威爾眨了眨眼。他在樹旁直挺挺站著，一輛大卡車繞過圓環前進，車燈在他身上拂過。卡車離去後，他穿越馬路，緊盯著剛才貓探索的位置。這不容易，因為附近沒有任何標的定位。他走近仔細檢查，終於找到了。

至少他從某個角度看到了。彷彿有人在空中切割出一個窗口，離馬路邊約兩碼遠，看起來像個正方形，寬約小於一碼。如果對準窗口側邊看去，窗口是豎立的，幾乎看不見；從後方看則完全隱形，因此只能從馬路這邊望去；即使如此，也不太容易看到，因為眼睛所及之處只是和眼前類似的景觀：由街燈照亮的一片草地。

威爾相信，窗口內的那片草地是個完全不同的世界。

他不知道自己為什麼這麼想，但他就是知道，就像他知道燃燒的火堆和慈善都很好一樣。他注視著一個極端陌生的東西。

這足以誘使他彎下腰向前方望去。眼睛所見忽然使他頭暈目眩、心跳加快，可是他毫不遲疑：他先將購物袋推過去，自己也跟著爬過去，從這個世界的洞口爬入另一個世界。

威爾發現自己正站在一排樹下，不是鵝耳櫪樹，而是高高的棕櫚樹，這些樹就像牛津的樹木一樣，沿著一片草地生長。這是寬廣大道的正中央，路兩旁是一間間咖啡館和小商店，全都燈火通明、大門敞開，卻寂靜無聲、空無一人。天空布滿星子，溫暖的夜晚飄來花香及海鹽的味道。

威爾謹慎地向四周張望。懸掛在他身後的滿月照射在遠方綠意盎然的山丘，山腳下的斜坡聳立著一間間屋子，屋外都有繽紛的花園，寬廣的公園中有樹叢及古典神殿反射的白色閃光。

在他身邊則是空中的窗口，就像在自己的世界一樣，從這個世界也很難看到窗口的存在，但窗口的確在那裡。威爾彎身看到牛津那條道路，不禁打了個寒顫：不管這個新世界怎麼樣，一定比他剛才離開的那個好多了。他有種黎明前半夢半醒、輕飄飄的感覺。他站起來看看四周，想找到他的嚮導——那隻貓。

貓早已不知去向。毫無疑問，牠已啟程探索燈火通明的咖啡館後那些窄巷和花園。威爾拿起破舊的購物袋，慢慢穿越馬路朝燈光走去，他小心翼翼走著，免得這一切突然消失。

雖然威爾從沒離開過英格蘭，無法和自己知道的地方比較，但這裡有種地中海或加勒比海地區的氣氛，人們會在夜間吃喝、跳舞、享受音樂。只是這裡空無一人，只有一大片靜默。

威爾走近的第一個街角有間咖啡館，店前人行道上擺著綠色小桌、鍍鋅櫃檯和一個義大利濃縮咖啡壺。桌上有些玻璃杯中還留下一半飲料，有個菸灰缸裡的香菸燒得只剩下菸屁股，在一盤義大利燴飯旁，有籃不新鮮的小餐包，硬得像厚紙板。

他從櫃檯後的冰箱拿出一瓶檸檬水，在錢櫃內放進一英鎊硬幣，關上錢櫃，又馬上打開。他突然想起，這裡的錢幣可能會透露這地方的名稱。但他只發現這裡的幣值是「冠」，如此而已。

他把錢幣放回櫃檯，用懸掛在櫃檯上的開瓶器打開瓶嘴，離開咖啡館，沿街漫步離開大馬路。珠寶店和花店之間有小雜貨店和麵包店，懸掛珠簾的門後是私人住宅，這些住宅的鍛鐵陽臺上長滿花草，還垂到狹窄的人行道，四下的寂靜更為深沉。

街道延伸下坡，最後通向寬廣的大道，那裡有更多高聳入天的棕櫚樹，綠葉在街燈中閃閃發亮。

大道的另一側是海洋。

威爾面對大海，左側有石造防波堤，右側則是路岬，路岬上有座巨大建築，建築的石柱、寬廣階梯與裝飾華麗的陽臺聳立在開花樹木與灌木間，還以泛光燈照射著。港口上有一、兩艘泊著的船，防波堤後，星光在寧靜海面上閃爍。

此時，威爾的疲倦已一掃而空。他不但很清醒，還對這些景致大為驚歎。行經窄街時，他會伸出一隻手碰觸牆壁、走廊或窗邊的花朵，發現這些東西真實可信。他想要碰觸眼前所有景觀，光用眼睛看實在不夠。他站著不動，深深吸了一口氣，心中幾乎升起一陣恐懼。

威爾發現自己手裡仍握著從咖啡館拿來的飲料，他仰頭灌入喉嚨，喝起來跟平常一樣，這裡的夜晚非常悶熱，暢飲冰冷檸檬水感覺十分舒服。

他往右走，經過一間間旅館，明亮的入口上方搭著雨棚，附近栽著盛開的九重葛。最後來到路岬上的花園。那棟建築藏身樹群中，泛光燈照亮精雕細琢的外觀，看來可能是賭場或歌劇院。數條小徑方向各異，小徑旁的夾竹桃樹上懸著掛燈。這裡同樣萬籟俱寂：沒有夜鶯歌唱，也沒有昆蟲唧鳴，只有威爾的腳步聲。

他唯一聽到的聲音是花園盡頭棕櫚樹後，海浪靜靜地規律拍打海灘的聲音。威爾朝那兒走去。此時不知是漲潮還是退潮，一排腳踏船繫在高水位線的柔軟白色沙灘上。每隔幾秒便有浪花在海岸邊捲起，復又融入另一朵浪花。海面平靜無波，五十碼外有個跳水臺。

威爾坐在腳踏船旁踢掉鞋子，這雙便宜球鞋已快解體，而且太緊，悶得腳丫熱呼呼的。威爾將襪子放在球鞋旁，腳趾深深印入沙裡。幾秒鐘後，他便脫掉身上的衣服，赤裸地走入海中。

海水溫度舒適，他游到跳水臺旁爬上，坐在已被風雨海水蝕軟的厚跳板上，轉頭看看城市。

在他右邊，海港被防波堤包圍，後方約一哩處是紅白相間的燈塔。燈塔後方，斷崖模糊的輪廓在遠處聳起，斷崖之後則是他穿過窗口即映入眼簾的山丘，綿延起伏。

近處是賭場花園中掛著燈光的樹木及城市街道；沿海則有旅館、咖啡館和燈火通明的商店，全都寂靜無聲，不見人跡。

這裡很安全。沒人會跟蹤他到這裡，搜索家裡的男人永遠不會知道，警察也找不到他。他有一整個世界可供藏匿。

自家門前逃跑的那個早上以來，威爾第一次覺得自己安全了。

他又餓又渴，畢竟他上次吃飯時是在另一個世界。他滑入水中，慢慢游回海邊，穿上內褲，拿著其餘衣物和購物袋離開。他看到垃圾桶，把飲料空瓶丟進去，然後光腳沿著步道朝海港走去。

皮膚稍微吹乾後，他穿上牛仔褲，出發覓食。那些旅館看起來太雄偉，他上前探看第一間旅館內部，裡面大得讓他很不自在。他繼續沿海岸前進，最後發現一間不錯的小咖啡館。這間咖啡館和其餘十幾間咖啡館看起來很神似，二樓陽臺上都放滿花盆，店外行道上都擺著桌椅，但就是特別歡迎他。

咖啡館內，吧檯的牆上有拳擊手的照片，還有一張簽名海報，上面的手風琴師笑得很開懷。有間廚房，廚房一邊有門，門外是條窄小的樓梯，鋪著有亮麗花朵圖案的地毯。

威爾靜靜爬上窄梯，打開眼前第一道門。這是間靠馬路的房間，裡面的空氣又悶又熱。威爾打開陽臺玻璃門讓空氣流通。房間很小，陳設卻過大；雖然看來有點破舊，但至少乾淨舒服。這家人很好客。房內還有個小書架、一張桌上擺著一本雜誌、幾張裱框的照片。

威爾繼續探視其他房間：一間小浴室、一間有雙人床的臥房。

威爾打開最後一扇門前，突然起了雞皮疙瘩。他心跳加快，不確定自己是否聽到房內有聲音，但直覺告訴他房內有人。這真是奇怪的一天，今天一早，有人在黑暗的房間外，他躲在裡面等待，現在情勢卻逆轉……

他站在那裡思索時，門突然打開，有個像野獸般的東西向他衝來。

但先前的記憶提醒過他，他沒站得太靠近門，因此沒被撞倒。他拚命搏鬥，用膝蓋、腦袋、拳頭、手臂的力量和它扭打……

原來對手是個年紀和他相仿的女孩，衣服破爛骯髒，手腳細瘦，正凶猛地咆哮著。

她也同時發現他是什麼，隨即從他光溜溜的胸前退開，蹲在黑暗平臺上的角落，像隻走投無路的貓。令威爾大吃一驚的是，她身邊有隻貓：是隻大型野貓，幾乎與他的膝蓋同高，毛髮豎立、牙齒外露、尾巴高舉。

她把手放在貓背上，舔舔自己乾燥的嘴唇，觀察他的一舉一動。

威爾慢慢站起來。

「妳是誰？」

「蓮花舌萊拉。」她說。

「妳住在這裡嗎？」

「不。」她惡狠狠地說。

「那這是什麼地方？這個城市？」

「你的精靈呢？」

「妳從哪裡來的？」

「從我的世界。世界已經連起來了。你的精靈呢？」

威爾瞪大眼睛，接著他看到那隻貓發生奇妙的變化：牠跳入她懷裡，迅速變換形狀。現在牠是隻紅棕色的鼬，有奶油色的喉嚨和肚皮，牠凶狠瞪視的模樣和女孩如出一轍。事情又有了轉變，現在他明白女孩和鼬對他恐懼到極點，彷彿他是鬼。

「我沒有精靈，我不懂妳的意思。噢！那是妳的精靈嗎？」他說。

女孩緩緩站起來。鼬蜷曲在她脖子上，黑眼睛緊盯著他。

「但是你還活著，」她說，似乎有點不敢相信，「你沒……你沒被……」

「我叫作威爾．帕里，我不懂妳說的精靈。在我的世界裡，精靈就是……就是指惡魔，一種邪惡的東西。」

「你的世界？你的意思是，這裡不是你的世界？」

「不是。我剛剛才找到進來的路。我猜，就跟妳的世界一樣，一定是連起來了。」

萊拉放鬆了些，但仍緊張地看著他。他力持鎮靜，彷彿她是隻陌生的貓，而他想和她做朋友。

「妳在這城裡看過別人嗎？」他繼續說。

「沒有。」

「妳來這裡多久了？」

「不知道。好幾天了，我不記得。」

「妳為什麼要來這裡？」

「我在找『塵』。」她說。

「灰塵？什麼？砂金嗎？什麼樣的灰塵？」

萊拉把眼睛一瞇，什麼話也不說。他轉身往樓下走。

「我肚子餓了，」他說：「廚房裡有食物嗎？」

「我不知道……」她邊說邊跟在他後面，還和他保持固定的距離。

威爾在廚房找到砂鍋裡的雞肉、洋蔥、胡椒，都還未烹調。在這種熱氣下，食材都臭了，威爾把它們全掃進垃圾桶。

「妳吃過沒？」他問，順手打開冰箱。

萊拉走過來向裡面瞧瞧。

「我不知道這個在這裡，噢！好冷……」她說。

她的精靈又變形了，這次變成一隻巨大鮮豔的蝴蝶，拍拍翅膀飛入冰箱一會兒，又趕快飛出來落在她肩上，蝴蝶緩緩舉翅又落下。威爾覺得他不該老盯著別人看，腦袋卻為這奇異的景象轟轟作響。

「妳沒看過冰箱嗎？」他問。

他找到一瓶易開罐可樂遞給她，然後拿出一盒雞蛋。萊拉用兩隻手掌壓著罐子玩。

「喝呀。」他說。

她皺著眉看看罐子，不知該如何打開。威爾替她拉開易開罐拉環，白色氣泡立刻湧出。萊拉懷疑地舔舔，忽然張大眼睛。

「這好喝嗎？」她問，聲音中半是期待，半是恐懼。

「好喝。可見這個世界也有可樂。我也喝一點，證明這不是毒藥。」

威爾打開另一罐，萊拉看到他喝下後也有樣學樣。她看起來渴壞了，牛飲得連泡泡都沾在鼻子上，接著她噴出鼻息，還打了個響嗝。他看看她，她皺眉回瞪。

「我要煎個蛋捲，妳要不要？」他說。

「我不知道什麼是蛋捲。」

「嗯，看了就知道。妳要是想吃，這裡還有一罐烘豆。」

「我不知道什麼烘豆。」

他讓她看看烘豆罐頭。萊拉想在罐頭上找到類似易開罐可樂的拉環。

「不對，妳要用開罐器，妳的世界裡沒有開罐器嗎？」他說。

「我的世界裡只有僕人才要煮飯。」她輕蔑地說。

「妳看看那邊的抽屜。」

威爾打了六顆蛋後放入大碗用叉子攪拌，萊拉則翻遍廚房內的餐具。

「就是那個。有紅色把手的那個，把那個拿過來。」他說。

他把開罐器插入罐頭上蓋，教她如何打開罐頭。

「現在把掛鉤上的那個小深鍋拿下來，倒入烘豆。」他對她說。

萊拉聞了聞烘豆，眼神又流露愉悅和懷疑。她把烘豆倒入小深鍋中，舔舔指頭，看著威爾將鹽和胡椒撒在蛋上，從冰箱拿出一小包鮮奶油，切下一小塊放入平底鍋。他到吧臺去找火柴，回來時看到萊拉將骯髒的手指頭伸到盛裝蛋液的大碗內，沾起蛋液貪婪吸吮。她的精靈此時又變回了貓，也將掌子伸入碗內，但威爾一靠近，牠就立刻退後。

「這還沒煮，」威爾說，順手將大碗拿開，「妳上一餐是什麼時候吃的？」

「在斯瓦巴我父親的房子裡。好幾天以前了，我不知道。我在這裡找到麵包和別的東西，就拿來吃了。」

威爾點燃瓦斯，融化奶油，把蛋液放入鍋中，讓蛋液在平底鍋表面滑動。她的目光貪婪地追隨他的一舉一動，看他把半熟的蛋液鏟到鍋子中央，傾斜鍋底讓生蛋液流到鍋子邊緣。她同時也在觀察他，注視著他的臉、移動的手、光溜溜的肩膀和腳丫。

他將煮熟的蛋捲用鍋鏟摺疊起來，切成兩半。

「去找兩個盤子來。」他說，萊拉乖乖照做。只要她覺得有道理，似乎還很樂意聽從他的命令，接著他要她到咖啡店前清出一張桌子。他端出食物和從抽屜找到的刀叉，兩人一起坐下，顯得有些不自在。

萊拉不到一分鐘就把自己那份吃得精光，沉不住氣地坐在椅子上前搖後晃，又把編織椅上的塑膠條拉扯下來。威爾則慢慢享用他的蛋捲。她的精靈又變形了，這次變成一隻金翅雀，在桌上對著看不見的麵包屑啄食。

威爾慢慢嚼食。即使他把烘豆都給了她，他仍花了較久時間才吃完。兩人眼前的海港、空曠大道上的燈光、夜空中的星辰，全都籠罩在巨大的沉默中，彷彿什麼都不存在。

威爾時時察覺萊拉在身旁，她瘦小、纖細，異常倔強，還會像老虎一樣打鬥，先前他用拳頭在她臉頰上揍出一塊瘀青，她也不在乎。她的表情混合著童稚（在初嘗可樂滋味時）與深刻、悲哀的警戒。她有雙淺藍色眼睛，頭髮在清洗後可能會是深金色。她非常骯髒，聞起來好像很久沒洗澡了。

「蘿拉？拉拉？」威爾問。

「萊拉。」

「萊拉……蓮花舌？」

「對。」

「妳的世界在哪裡？妳是怎麼來這裡的？」

她聳聳肩。「我走過來的，到處都是霧，我也不知道要去哪裡。不過至少我知道我在離開我的世界。直到霧散了我才看到這個世界。後來我就發現自己在這裡了。」

「那妳說灰塵怎麼樣？」

「『塵』，對噢。我是來調查關於『塵』的事，可是這個世界好像是空的，沒有人可以問。我到這裡已經……不知道，有三、四天了吧。這裡一個人都沒有。」

「妳為什麼要調查關於灰塵的事？」

「特殊的『塵』，」她簡短地說：「當然不是普通的灰塵。」

精靈又變形了。他在一瞬間從金翅雀變成老鼠，一隻龐大、墨黑、紅眼老鼠。威爾詫異地看著他，女孩注意到威爾的眼神。

「你也有精靈，」她堅決地說：「在你身體裡。」

威爾不知道該說些什麼。

「你一定有，」她繼續說：「不然你不會是人類。你會是……活死人。我們看到有個孩子的精靈被切掉了。你和他一點都不像。雖然你不知道你有精靈，但是你一定有。我們剛看到你時很害怕，因為你就像幽魂之類，現在我們明白你根本不是。」

「我們？」

「我和潘拉蒙。我們。你的精靈並非和你分開。它就是你，是你的一部分。你們是彼此的一部分。你們世界的人難道沒有人和我們一樣嗎？還是他們都跟你一樣，精靈都躲起來了？」

威爾看著他倆，纖瘦的藍眼女孩和坐在她手臂上的黑色精靈，他突然感到前所未有的孤獨。

「我好累，我要去睡覺了。妳要待在城裡嗎？」

「不知道。我一定要多找些關於『塵』的事。這個世界中一定有些學者，一定有人知道『塵』的事。」

「或許不在這個世界吧。但我從一個叫作牛津的地方來，如果妳要學者，那裡有很多。」

「牛津？」她叫道：「我是從那裡來的！」

「所以妳的世界也有牛津嘍？妳不是從我的世界來的。」

「不是，」她堅決地說：「完全不同的世界。我的世界裡也有牛津。我們兩個都說英語，不是嗎？如果有其他相似的地方，那也很有道理啊。你是怎麼過來的？有一座橋還是什麼？」

「像是空中的一個窗口。」

「帶我去看。」她說。

這是一道命令，不是請求。威爾搖搖頭。

「現在不行，我要睡覺了。而且現在是半夜。」他說。

「那早上再帶我去看！」

「好吧，我會帶妳去看。我也有自己的事情要做，妳得自己去找妳的學者。」

「簡單，我知道所有和學者有關的事。」她說。

他把盤子疊起後站起來。

「我煮飯，妳洗盤子。」

她一副不敢置信的模樣。「什麼盤子？」她嘲笑，「那裡有幾百萬個乾淨的盤子可以隨便用！而且我不是僕人，我才不要洗。」

「那我就不帶妳去看那個窗口。」

「我自己找得到。」

「妳找不到的，窗口藏起來了，妳怎麼樣都找不到。聽好了，我不知道我們可以在這裡待多久，我們要吃東西，所以我們吃找得到的東西，吃完後清洗乾淨，保持這地方的整齊，因為這是該做的事。妳把這些盤子洗一洗。我們要好好照顧這個地方。現在我要上床了，我就睡在另一間，明天見。」

他走進店裡，從破舊的袋子裡找到牙膏，用手指刷牙，然後倒在雙人床上，不一會兒就呼呼大睡。

萊拉確定他睡著後，才把盤子拿到廚房裡，放在水龍頭下，拿起一塊布用力搓洗，直搓到盤子看起來很乾淨為止，她用同樣的方式清洗刀叉，但這套方法對煎過蛋捲的鍋子沒有用，她用一塊黃色肥皂塗在上面，頑固地搓洗老半天，洗到她自認乾淨為止。最後她用另一塊布擦乾所有碗盤，整整齊齊放在滴水板上。

萊拉仍覺得口渴，而且她還想試試打開易開罐的感覺。她拿起一罐可樂走到樓上，在威爾房間門外聆聽了一會兒，什麼聲音都沒有，就躡手躡腳走回另一個房間，從枕頭下拿出探測儀。

她不需要靠近威爾就可以詢問他的事，但她想看看他就是了。她輕輕轉動門把，走進房裡。屋外海岸的燈光正好照進房內，藉著反射到天花板的光輝，她注視著沉睡的男孩。他皺著眉，臉上的汗珠閃閃發光。一個強壯結實的男孩，當然，不是成人的體格，他只比她大不了多少，但總有一天他會變得力大無窮。如果他的精靈沒有隱形，那就簡單多了。她暗想他精靈的模樣，定型後會變成什麼。不管那是什麼動物，他的精靈鐵定會顯示出一些特質：凶猛、有禮、不快樂。

萊拉悄悄走到窗戶旁，藉著街燈投射的光線，小心把手放在探測儀上，她放鬆心思進入問題中。指針時而靜止、時而飛速轉動，幾乎快得看不清。

她的問題是：他是什麼？朋友還是敵人？

探測儀的回答是：他是殺人犯。

萊拉一看到答案，立刻放鬆不少。他能覓食，也能帶她到牛津，這些都是很有用的能力，但他也可能不值得信任，或是個膽小鬼。殺人犯才稱得上是夥伴。她覺得和他在一起，就像和武裝熊歐瑞克同行般安全。

她拉上窗簾，防止晨光直接照在他臉上，然後躡手躡腳離開。

第二章 女巫

從波伐格實驗基地營救出萊拉和其他孩子，並和萊拉一同飛往斯瓦巴島的女巫帕可拉，正遇上大麻煩。

遭放逐的艾塞列公爵從斯瓦巴逃離後，造成大氣騷動，將帕可拉和同伴吹離斯瓦巴島，飄到好幾哩外的凍洋上。她們有些人試著和德州熱氣球飛行員史科比受損的熱氣球待在一起，帕可拉自己卻被甩入濃霧中，不久就滾入公爵實驗時造成的天空缺口。

等帕可拉終於能夠控制飛行後，她首先想到的就是萊拉。她不知道真假熊王間的決鬥，也不知道後來萊拉到底怎麼了。

於是她開始尋找萊拉。騎著雲松枝穿越烏雲密布的黃金色天空時，她的守護精靈凱薩（一隻雪鵝）陪伴在側。她和凱薩回到斯瓦巴後朝南飛行，在奇光幻影的混亂空中飛行好幾小時。光線在帕可拉皮膚上不穩定地顫動，她知道這來自另一個世界。

過了一陣子，凱薩突然說：「妳看！是女巫的精靈，他迷路了……」

帕可拉從濃霧中望去，看見一隻燕鷗在天光朦朧的裂口中盤旋尖叫。她們朝他飛去，燕鷗注意到他們迫近，驚恐地向上飛衝。帕可拉發出友好信號，他才下降到他們身邊。

帕可拉說：「你來自哪個部族？」

「泰麥爾。我的女巫被抓走了……同伴也都被趕走了！我迷路了……」他說。

「是誰抓走你的女巫？」

「那個有金猴子的女人，從波伐格來的……幫幫我！救救我們！我好害怕！」

「你們本來和切割小孩的人同盟嗎？」

「對，後來我們發現他們做的好事……波伐格之役後，他們趕走我們，還囚住了我的女巫……他們把她關在船上……我能怎麼辦？她一直呼喚我，可是我找不到她！妳要幫我，幫幫我！」

「安靜一點，」凱薩說：「聽下面的聲音。」

他們向下滑翔，豎起耳朵聆聽。帕可拉很快聽出是瓦斯引擎的震動聲，被濃霧掩蓋。

「他們無法在這種濃霧裡航行，」凱薩說：「他們在做什麼？」

「那是比較小的引擎，」帕可拉正說著，遠方突然傳來一種新的聲音：低沉、凶猛、驚天動地的爆破聲，彷彿巨大的海洋生物在深海中呼喚。那聲音持續幾秒後忽然中止。

「那是船的霧笛。」帕可拉說。

他們飛在水面上，東張西望找尋引擎聲。忽然間，他們找到聲音來源。這片大霧時聚時散，潮溼的空氣緩慢傳來汽艇的嘎擦聲，帕可拉及時向上疾飛。波濤沉緩又油膩，彷彿海水也不情願上升。

他們盤旋在汽艇上方，燕鷗緊緊跟隨，猶如孩子跟在母親身邊；他們看著舵手稍微調整航向，接著霧笛又響起。船頭有道光芒，只能照射到前方幾碼遠。

帕可拉對迷失的精靈說：「你說還有一些女巫在幫這些人？」

「應該是吧……有幾個弗格斯克的叛徒，除非她們也逃跑了。妳要怎麼辦？妳會去找我的女巫嗎？」

「會。不過你和凱薩待在一起。」

帕可拉讓精靈躲在雲層上方，自行朝汽艇飛去，降落在舵手身後的外傾艉端，他的海鷗精靈馬上呱呱叫，舵手回頭查看。

「妳可真會磨菇啊！」他說：「到前面去替我們領航進港。」

帕可拉馬上起飛。這招的確管用：還有些女巫在幫他們，他以為帕可拉也是其中之一。她記得，港口在左邊，港口的燈是紅色的。她在霧中東張西望，看見不到一百碼遠處有模糊的亮光。她馬上衝回來在汽艇上方盤旋，對著舵手大聲叫出方位，舵手將汽艇速度放慢，駛近大船旁懸掛在水位線上的舷梯。舵手又叫了些什麼，一名水手從大船上丟下一條繩子，另一人則匆忙爬下舷梯，將汽艇牢牢繫住。

帕可拉飛到大船欄杆邊，隱身在救生艇陰影中。她沒看到其他女巫，她們可能正在空中巡邏，凱薩應該知道怎麼做。

正下方，有個乘客正爬離汽艇。那人全身裹住毛皮、頭戴風帽，看不出身分，一到達大船甲板上，一隻金猴子突然輕輕跳到欄杆上東張西望，黑眼中充滿惡意。帕可拉屏住氣：是考爾特夫人。

一個身穿黑衣的男人到甲板上迎接她，還四下張望，彷彿在等待另一人出現。

「波萊爾公爵……」男人說。

考爾特夫人打斷他的話說：「他到別的地方去了。他們開始拷問她了嗎？」

「是的，考爾特夫人，」他回答：「但……」

「我命令他們等我，」她不悅地說：「他們難道不聽從我的命令？看來這船上應該更有紀律才行。」

她將風帽向後推開，帕可拉在黃色燈光下清楚看到她驕傲又熱情的面容，對女巫來說還非常年輕。

「其他女巫都到哪裡去了？」她質問。

男人說：「全都跑掉了，夫人。逃回家了。」

「剛剛有個女巫帶領汽艇進港，」考爾特夫人說：「她到哪裡去了？」

帕可拉向後縮了縮，顯然汽艇上的水手不知道目前情勢。那教士困惑地四下張望，夫人沒耐心等待答案，只是好奇地向上方與甲板上觀望一番，搖搖頭，就和精靈匆匆進入泛著暈黃光環的敞開大門內。那人也跟在她身後。

帕可拉環顧四周，確認自己的位置。這是介於欄杆和船身上層中央的甲板上，她就躲在抽風機後方的窄小區域。往前望去，在艦橋和煙囪下方是交誼廳，交誼廳三面有窗，而且並非舷窗式樣。那些人正是進入了交誼廳。耀眼的光線自窗內照射在沾滿霧珠的欄杆上，模模糊糊顯示出前桅和帆布下的艙口。眼前每樣東西都溼得可以擰出水來，還開始凍得硬邦邦。沒有人看得到帕可拉，但她若想進一步偵察，就必須離開這個藏身處。

這樣實在不妙。她有雲松枝，可以輕易逃脫，也有刀和弓箭，足以應付打鬥。她將雲松枝藏在抽風機後，在甲板上悄然前進。她來到第一扇窗前，窗上霧氣太濃，什麼都看不清楚，也聽不到任何聲音。她又躲回陰影中。

她可以做一件事。只是有些遲疑，因為這麼做相當冒險，也會耗盡她的精力；然而她別無選擇。她可以施展一種隱身術，當然並非真正隱身，而是種心靈術，保持自身極端低調，使施法者絲毫不起眼，不引人注意。如果拿捏得宜，她可以穿越擁擠的房間，也可以走在孤獨的旅人身邊，卻完全不被發現。

她開始凝定心神，全神貫注於隱身魔法，以完全摒除吸引力。她花了好幾分鐘才建立起信心，最後從躲藏處溜出來測試。她站在路中，水手拿著一袋工具向她走來，側身而過，連看也不看一眼。

帕可拉已準備就緒。她走到明亮的交誼廳門外，伸手開門，發現裡面空無一人。她讓門半掩，以便情況緊急時能奪門而出。交誼廳另一端有扇門，門外有道階梯，深入船身內部。她走下階梯，發現自己置身一條狹長走廊上，兩側懸掛塗上白漆的管子，艙壁上的電子燈將這裡照得發亮，管子通向整條船身，走廊兩邊各有一扇門。

她悄然前行，凝神傾聽，最後她聽到一些聲音，聽來像是正在進行會議。

她開門進去。

十幾人環坐在大桌周圍。一、兩人抬起頭來，心不在焉地看看她，瞬間就忘了她的存在。帕可拉站在門邊沉靜觀望。會議主席是個穿著樞機主教長袍的老者，其餘人看起來似乎都是神職人員，當然，考爾特夫人例外，她是現場唯一的女性。她將毛皮大衣掛在椅子後方，雙頰因船艙內的高溫而泛紅。

帕可拉謹慎地看看四周，突然注意到另外一人：一個臉頰瘦長的男子，精靈是隻青蛙，他坐在桌子一側，身邊放著幾冊皮裝書，還有幾疊泛黃的零散紙張。她起初以為他是執事或祕書，但隨即發現他正專注凝視一件金色儀器，那儀器看來像大錶或羅盤。約隔一分鐘後，他會停下來記錄他的發現，接著打開某本書，費勁地在索引上搜尋，看看參考書後再寫下什麼，最後又轉頭看看那個儀器。

因為突然聽到「女巫」兩字，帕可拉回頭看向桌上。

「她知道那孩子的事，」其中一人說：「她承認她知道一些事。所有女巫都知道那孩子的事。」

「我猜想考爾特夫人會知道些什麼。」主教說：「妳是否在事前就該告知我們？」

「主教閣下，您必須再解釋清楚一點，」夫人冷冷地說：「您忘記我是女人，不像樞機主教閣下那麼敏銳。我會知道這孩子什麼真相？」

主教表情似乎別有所指，卻不發一語。會議桌上沉寂了一會兒，接著有個教士近乎致歉地說：

「似乎有個預言和那孩子有關，夫人，這您知道吧。所有徵兆都應驗了，打從她出生的情況便是。吉普賽人也知道她的事，他們稱她為巫油或沼火，您瞧，真不可思議，所以她才能成功帶領吉普賽人到達波伐格；還有她推翻熊王雷克森的驚人事蹟。這不是個普通的孩子。帕佛修士或許能多告訴我們一點……」

他看看正在研讀真理探測儀的瘦臉男子，男子眨了眨眼，揉揉眼睛，看看夫人。

「您可能注意到，除了孩子手上那個，這是僅存的探測儀了。其餘探測儀都已由教誨權威下令找出銷毀。我聽說這孩子是從約旦學院院長手中拿到的，她自己學會如何閱讀探測儀，不需要解讀書。我真希望探測儀說的不是實話，不用書就能閱讀探測儀對我來說簡直是天方夜譚，這要花費幾十年辛勤研究才能略解大意。她在拿到探測儀幾個星期後就開始研讀，現在幾乎已能輕易操控了。我無法想像任何學者可以像她一樣。」

「帕佛修士，她現在人在哪裡？」主教說。

「在另一個世界，已經太遲了。」帕佛修士說。

「那個女巫知道！」另一人說，他的麝香鼠精靈不斷齧咬著一枝鉛筆，「一切都已就緒，只欠女巫的供詞！我們應該繼續拷打她！」

「什麼樣的預言？」考爾特夫人質問，她愈來愈氣憤，「你們竟敢瞞著我！」

顯然她的位階高過他們。金猴子環視整張桌子，沒人敢直視他。

只有主教不為所動。他的金剛鸚鵡精靈抬起一隻腳來搔搔頭。

「女巫暗示了一件非常神奇的事。」主教說：「我不敢相信預言的暗示。如果那預言是真的，就會使我們面臨有史以來最可怕的責任。考爾特夫人，我再問妳一次：您對這孩子和她父親知道些什麼？」

夫人氣得臉色發白。

「您竟然質問我？」她輕蔑地說：「那麼您竟然敢對我隱瞞從女巫身上得知的事？還有，您竟然認為我會對您有所隱瞞？您以為我站在她那一邊嗎？還是您以為我站在她父親那一邊？或許您認為我應該像那個女巫一樣被拷打？嗯，主教閣下，我們都任您支配，您只要彈彈手指，就可以把我碎屍萬段。但就算您找遍我身上每一寸血肉也找不到答案，因為我根本不知道這個預言，什麼都不知道。我要求您告訴我，您知道什麼。我的孩子，我唯一的孩子在罪惡和羞恥中誕生，但她還是我的孩子，而您竟然對我隱藏我有權知道的事！」

「拜託，」另一人焦慮地說：「拜託，考爾特夫人，女巫還沒開口，我們會從她口中多知道一些的。史達洛主教也說女巫只是暗示而已。」

「要是女巫不肯說呢？」夫人問，「那怎麼辦？我們就要猜猜看，是不是？我們只能嚇得胡亂猜測嗎？」

帕佛說：「不，我打算詢問探測儀。我們會找到答案的，不管是從女巫口中，還是從解讀書中。」

「要花多久時間？」

他疲倦地說：「很長一段時間，這是個相當複雜的問題。」

「但是女巫可以立刻告訴我們。」夫人說。

她忽然站起來。大部分男人也都站起來，似乎表示對她的敬畏，只有樞機主教和帕佛坐著不動。帕可拉向後緊靠牆壁，竭力使自己不顯眼。金猴子咬牙切齒，泛光的毛髮直豎。

夫人將金猴子甩到肩上。

「我們去問她話。」她說。

她轉身進入走廊，男人也匆忙跟在後面，推推擠擠經過帕可拉身邊，她及時閃到一邊，心靈正飽受折磨。最後離開的是主教。

帕可拉的焦慮已使她漸漸現形，她花幾秒鐘重新鎮定自己，跟隨他們沿走廊前進，最後進入一個空洞悶熱的白色小房間。他們圍繞著中央一個可怕的身影，一個被緊緊捆綁在鋼椅上的女巫，死灰的臉孔流露痛苦，雙腿扭曲斷裂。

考爾特夫人站在女巫面前俯視。帕可拉站在門邊，知道自己不久就會現形，這實在太難受了。

「女巫，告訴我們那孩子的事。」夫人說。

「不！」

「妳會受苦的。」

「我已經飽受痛苦了。」

「噢，還會更痛苦呢。我們這個教會有幾千年經驗，可以讓妳的痛苦無窮無盡延伸。告訴我們孩子的事！」夫人說，還伸手折扭女巫的手指，手指應聲而斷。

女巫大叫，緊接著整整一秒，帕可拉現出身形來，一、兩位神職人員看著她，既困惑又恐懼。她又控制住自己，他們才轉頭繼續觀看拷打的過程。

夫人說：「妳要是不回答，我就把妳的手指一根根折斷。快說，妳知道那孩子什麼事？」

「好吧！拜託，拜託，不要再折了！」

「那妳說呀。」

接著又是一聲讓人噁心的斷裂聲，這次女巫開始失聲痛哭。帕可拉幾乎壓抑不住了。女巫尖叫著說：「不，不要！我告訴妳！求求妳，別再做了！這孩子是來……女巫比你們早知道她的身分……我們發現她的名字……」

「我們知道她的名字。妳說的名字是什麼意思？」

「她真正的名字！她命運的名字！」

「叫什麼？告訴我！」夫人說。

「不……不……」

「怎麼找到的？如何發現的？」

「有個測試……如果她能從眾多雲松枝裡找出正確的一枝，她就是那孩子，這事發生在特洛塞德領事館，那孩子和吉普賽人來……那孩子和熊……」

她的聲音消失了。

夫人不耐煩地輕叫一聲，賞她一個大巴掌，女巫呻吟了一下。

「關於這孩子的預言到底是什麼？」夫人繼續說，聲音冷酷無情卻激動，「那個會顯示她命運的名字是什麼？」

帕可拉向前靠近，雖然那些男人緊緊圍著女巫，卻沒人注意到她。帕可拉必須盡快結束女巫的痛苦，但隱身壓力大得驚人。她顫抖著從腰間拿出匕首。

女巫正在啜泣：「她是以前來過的那人，從那時起，你們就對她又恨又怕！好了，現在她又回來了，你們卻找不到她……她就在斯瓦巴……和艾塞列公爵在一起，妳失去她了。她逃跑了，她會……」

女巫還來不及說完話就被打斷。

敞開的門廊上突然飛進一隻燕鷗，正恐懼得發狂。他摔落地上，拍打著破碎的翅膀，掙扎著衝到女巫懷裡，緊緊貼在她身上，用鼻子磨蹭著、啁啾哭喊著，女巫痛苦大叫：「亞比—阿卡！來吧，快來吧！」

除了帕可拉，沒人了解她在說什麼。亞比—阿卡是女巫臨死時前來接走女巫的女神。

帕可拉準備就緒。她瞬間現形，微笑上前，因為亞比—阿卡一向歡樂快活，她的來訪是喜悅的禮物。女巫看到她後，抬起布滿淚水的臉頰，帕可拉彎身親吻她的雙頰，溫柔地將刀子滑入她的心臟。燕鷗精靈抬起暗沉的雙眼，瞬間消失。

現在帕可拉必須替自己殺出一條生路。

男人們仍處於震驚中，但考爾特夫人立刻恢復常態。

「抓住她！別讓她逃跑！」她尖叫著，但帕可拉已衝到門邊，手上的箭也搭在弓上。她立刻彎弓射箭，主教應聲倒地，用手掐住喉嚨，雙腳向上彈踢。

帕可拉衝出房間，沿著走廊跑上艙梯，轉身搭弓射箭，另一個男人跟著倒地不起。此時驚人的警報聲已響徹整艘大船。

她跑上甲板，兩個水手堵住她的去路。她說：「在下面！囚犯逃跑了！趕快找人幫忙！」這使兩人大惑不解，他們站在那裡舉棋不定時，帕可拉便趕緊閃身，一把抓住藏在抽風機後的雲松枝。

「射下她！」考爾特夫人的聲音從後方傳來，三人立即開槍，帕可拉瞬間跳上雲松枝，猶如自己的箭一般一飛沖天，子彈射中金屬，消失在濃霧中。幾秒鐘後，她已飛到空中，安安全全待在濃霧裡。一隻狀似巨鵝的東西，從灰色空氣中滑翔到她身邊。

「去哪裡？」他問。

「快走，凱薩，快走。我要遠離這些臭氣沖天的人。」

事實上，她不知道自己該去哪裡，下一步該怎麼做。但有件事她非常清楚：總有一天，她的箭會在考爾特夫人喉嚨上找到標的。

她們往南飛去，離開霧中那個動盪不安的世界。不斷往前飛時，有個問題在帕可拉心中逐漸浮起：艾塞列公爵在做什麼？他那些神祕活動顛覆了全世界。

問題是，她的知識來源主要都與自然有關。她可以追蹤各種動物、捕捉各式魚類、找到最罕見的莓子，也可以辨讀松貂內臟和鱸類鱗片留存的訊息、詮釋番紅花花粉的警告。這些都是大自然的子民，也會告訴她自然的真相。

但有關公爵的知識，帕可拉必須到別處探訪。特洛塞德的領事蘭塞里博士和人類有聯繫，帕可拉迅速飛入霧中，看看博士能告訴她什麼。帕可拉進入領事館前，先在海港上稍稍盤旋，鬼火般的煙霧如幽魂飄過冰洋，領航員引導一艘非洲大船進港時，她也在一旁觀看，還有幾艘船正在港外下錨。帕可拉從來沒見過這裡出現這麼多艘船。

短暫的白晝逐漸退去，她降落在領事館後院的花園。帕可拉拍拍窗戶，博士親自開門，還將手指壓在脣上示意噤聲。

「歡迎妳，帕可拉。趕快進來，歡迎歡迎。不過妳最好不要停留太久。」他領她到火爐旁的椅子坐下，從面對前街的窗簾間看出去，說：「要不要來點酒？」

她啜飲托考伊酒，告訴他最近她看到些什麼，以及國外船隻的消息。

「妳想他們明不明白女巫講的那孩子的事？」他說。

「我想他們不會完全明白，但是他們知道那孩子非常重要。至於那女人，博士，我很怕她。我想我應該殺了她，但我還是很怕她。」

「對，我也是。」他說。

博士告訴帕可拉城裡蔓延的傳言，在這些甚囂塵上的傳言中，有些事實已然浮現。

「他們說教誨權威正聚集前所未見的軍力，而且還只是前鋒部隊。帕可拉，另外還有關於軍人和一些讓人不太愉快的傳言。我聽說波伐格和他們在那裡做的事了——切掉孩子的精靈，這是我聽過最邪惡的事——唉，他們好像也這樣對待某個連隊的戰士。妳聽過還魂屍嗎？他們天不怕地不怕，因為他們沒有心。現在城裡已經出現幾個還魂屍，當局雖然把他們藏起來，但真相還是洩漏了，城裡的人都對此恐懼不已。」

「另一個女巫部族呢？」帕可拉說：「你有她們的消息嗎？」

「大部分都回老家了。帕可拉，所有女巫都心驚膽戰地等待，擔心接下來會發生什麼事。」

「你聽到教會的事了嗎？」

「他們非常困惑，不知道艾塞列公爵要做些什麼。」

「我也不知道，我完全無法想像。博士，你認為他打算怎麼做？」

博士用拇指輕輕搓揉蛇精靈的腦袋。

「他是個學者，」過了一會兒他才說：「但他對學問並不熱中，對政治也興趣缺缺。我和他碰過一次面，他天性熱情又堅強，但並非專制。我認為他並不想統治……帕可拉，我不知道。我想他的僕人可以告訴妳，他的名字是索羅德，曾和公爵一起被囚禁在斯瓦巴的屋子裡，或許值得一訪，看看他能告訴妳什麼。當然，他也可能和主人一起進入另一個世界了。」

「謝謝你。這主意不錯……就這麼做。我現在就出發。」

她向領事告別，飛入濃重的黑暗，與雲中的凱薩會合。

帕可拉前往北地的旅程因周遭的混亂情況而更形艱困。極地人和動物都陷入驚恐，不僅因為大霧和磁偏移，也因非季節性的融冰和土壤騷動，彷彿永凍大地正從一場漫漫長夢中逐漸醒來。

在這場大混亂中，一道神祕的光線突然穿破濃霧照射到地面，又馬上消失無形。帕可拉看到下方的麝牛正憑直覺朝南奔跑，又立刻朝西或朝北奔馳；緊緊聚集在一起的飛鵝，也因磁場混亂而被打散，呱呱亂叫，不停東飛西飛。帕可拉將雲松枝定向北方，最後才找到在斯瓦巴荒原高地上的房子。

帕可拉看到公爵的僕人索羅德正和一群峭壁鬼族捉對廝殺。

她在遠處還不知道發生什麼事時，就已看到整個過程。滿是白雪的院子裡，一陣陣前後撲打羽翅造成的漩渦，以及鬼族惡毒的「呦克、呦克、呦克」叫聲的回響。一個包裹在毛皮中的身影拿著來福槍對它們射擊，身邊清瘦的狗精靈不斷咆哮，只要那些骯髒東西飛得太低，就一把咬住它們的翅膀。

帕可拉不認識那人，但峭壁鬼族向來是女巫的敵人。她繞轉到上方，在混亂中放出好幾支箭。鬼族不知所措地尖聲亂叫，一群烏合之眾立刻開始四下盤旋，一看到新的敵人，就滿腹狐疑地逃開。一分鐘後，天空又轉為一片單調，鬼族沮喪的「呦克、呦克、呦克」聲仍在遠山間回響，逐漸微弱沉寂。帕可拉飛到庭院中，降落在泥濘濺血的雪地上。男人推開風帽，手中仍警戒地握著來福槍——女巫有時也是敵人。帕可拉看到一個老人，長下巴、頭髮灰白、眼神堅定。

「我是萊拉的朋友，希望能和你聊聊。瞧，我把弓放下了。」

「那孩子到哪裡去了？」

「另一個世界。我很擔心她的安危，我要知道公爵到底在做什麼。」

索羅德放下來福槍說：「進來吧。我也把來福槍放下了。」

兩人相互答禮後，一起進入屋中，凱薩在空中翱翔監視。索羅德泡了些咖啡，帕可拉則說出她和萊拉的經歷。

「她一向是個任性的孩子，」他們坐在散發著石腦油燈光的橡木桌前，「往年公爵造訪學院時，我都會見到她。一個討人喜歡的孩子，我很喜歡她。至於她的命運是否更為深遠，我卻一無所知。」

「公爵打算怎麼做？」

「帕可拉，妳認為他會告訴我嗎？畢竟我只是他的僕人，替他清洗衣物、煮飯、打掃房間。和公爵在一起的這些年，我可能觀察到一、兩件事，但多半只是意外的發現。他對我一向守口如瓶。」

「那告訴我，你無意中發現到的那一、兩件事。」她堅持。

索羅德年紀雖然大了，身體仍然健康又有活力，這位年輕漂亮的女巫對他的關注讓他有點受寵若驚。可是他也相當精明，了解這份重視不在他本人，而在他知道的事情，但他是個誠實的人，過不了多久，就全盤說出。

「我不能精確告訴妳他到底在做什麼，我無法了解這些哲學的細節。但是我可以告訴妳驅使公爵前進的原因，雖然他不知道我曉得這件事。我曾經在幾百件小事中看到這個跡象。如果我說錯什麼，請糾正我：女巫的神和我們的不一樣，對不對？」

「沒錯。」

「妳知道我們的神？教會的神，也就是俗稱的『無上權威』。」

「對，我知道。」

「嗯，這麼說好了，公爵始終不欣賞教會那些規範。那些人談到聖禮、贖罪、救贖和類似的事情時，我曾在公爵的臉上看到一抹厭惡。帕可拉，對我們而言，膽敢挑戰教會的人是唯一死罪。自我開始為公爵服務起，他已在心中醞釀叛變的種子，這點我可以確定。」

「背叛教會？」

「對，有一部分。他有段期間還想招兵買馬，但最後還是放棄了。」

「為什麼？因為教會過於強大嗎？」

「不是，這阻止不了我的主人。帕可拉，這對妳來說可能有點奇怪，但是我比這人的妻子甚至母親更了解他。過去四十年來，他是我的主人，也是我的研究對象。正如我無法飛翔，我無法追隨他思想的深度；但雖然追趕不上他，至少可以看出他朝哪個方向高飛。不，我相信他放棄和教會對抗，並非因為教會過於強大，而是因為教會過於衰弱，不值一試。」老僕人說。

「那……他現在在做什麼？」

「我猜他想發動一場更高階的聖戰。我想他企圖針對無上權威發動叛變。他出發尋找無上權威本人居住的地方，打算毀滅祂，我是這麼認為的。夫人，說出這些事讓我心驚膽戰，通常我連想也不敢想；但是我也想不出別的理由解釋他現在做的一切。」

帕可拉坐著沉默了一會兒，設法了解索羅德話中的意義。

在她開口說話前，他先開口了：

「當然，膽敢策畫這麼一項宏偉計畫，立刻會成為教會打擊的目標。想都不用想，他們會說這是最褻瀆神的行為。他們會迅雷不及掩耳地在宗教法庭前將他就地正法。我從來沒有提過這些，以後也不會再說了。若非妳是女巫，不受教會權力管轄，我也不敢大聲說出來。除了這點可看出些端倪外，別的都沒有道理。他打算找到無上權威並殺死祂。」

「這有可能嗎？」帕可拉說。

「公爵的一生充滿了許多不可能。我不是說他無所不能。帕可拉，乍看之下他顯然瘋了，當初連天使都辦不到，現在區區一個人類怎麼膽敢去想這種事呢？」

「天使？什麼是天使？」

「教會說天使是一種純潔的精靈。教會教導我們，在創造天地以前，有些天使叛變，最後被逐出天堂，墮入地獄。他們失敗了，妳看，這就是重點。他們具有天使的力量卻失敗了。公爵只是個人類，擁有人類的力量，僅止於此。他的野心卻無窮無盡，他敢做出世間男女想也不敢想的事。妳看他做了什麼：把天空撕開，打開一條通往其他世界的大路。誰曾這麼做過？誰曾想過這件事？帕可拉，一方面我認為他瘋癲、邪惡又發狂，另一方面我卻想，他是艾塞列公爵，他和別人不同。或許……如果這件事會發生……應該由他來完成，而不是別人。」

「索羅德，你打算怎麼辦？」

「我會留在這裡等。我會捍衛這棟房子，直到他回來告訴我下一步該怎麼做，或一直待到我死為止。夫人，現在我想問妳同樣的問題。」

「索羅德，我打算去看看那孩子是否安全，或許我還會經過這裡，我很高興你會待在這兒。」她說。

「我不會讓步的。」他告訴她。

帕可拉拒絕索羅德提供的食物，並向他道別。

約一分鐘後，她和鵝精靈會合。他們一起高飛穿越大霧瀰漫的山脈時，精靈始終不發一語。帕卡拉覺得異常困擾，故鄉中每一撮苔蘚、每一池冰凍的小潭和每隻蚊蚋都使她心神顫動，都在召喚她回家。她為那些景物感到恐懼，也為自己擔憂，她必須有所改變，她過問的這些是世間事，是人類的事；而艾塞列公爵的神並不是她的神。難道她已逐漸成為人類了嗎？難道她逐漸失去巫性了嗎？

如果是，她就無法單打獨鬥。

「回家吧，凱薩，我們必須和姊妹們談談。這些事對我們來說太複雜了。」

他們加快速度，飛入翻騰濃霧，前往家鄉恩納拉湖。

在湖邊森林密布的洞穴中，她找到族人和史科比。熱氣球飛行員在其餘人墜落斯瓦巴後，盡全力讓熱氣球繼續飄浮，女巫帶領他來到家鄉，讓他可以在這裡修復吊籃和受損的瓦斯袋。

「夫人，很高興看到您，」史科比說：「您有沒有小女孩的任何消息？」

「沒有，史科比先生。你願意今晚加入我們的會議，幫助我們討論下一步行動嗎？」

史科比驚訝地眨眨眼，他從未聽說有人類參加女巫的會議。

「榮幸之至。我可能會有一、兩項建議。」他說。

一整天，女巫如暴風羽翼上的黑色雪花從四面八方趕來，空中布滿她們絲衣迅速鼓動的影像，和雲松枝針葉劃過空中的颼颼聲。在潮溼森林中的獵人、在融化浮冰旁捕魚的漁夫，會在霧中聽到整個天空的呢喃聲，如果天空轉為清朗，他們抬頭時會看到飛行中的女巫，猶如黑色碎片飄浮在神祕浪潮之上。

到了傍晚，環繞湖邊的松木林已被樹下幾百個火堆點亮，最大的火堆搭建在會議穴前方。等大夥兒用過餐後，女巫開始聚集。帕可拉坐在正中央，一朵朵小小紅花編成的花冠掛在金髮間。她的左邊坐著史科比，右邊則是一位訪客：拉維安的女王盧塔・絲卡荻。

絲卡荻一小時前抵達，她的出現讓帕可拉大吃一驚。帕可拉一直認為，就人類來說，考爾特夫人異常美豔，但絲卡荻和夫人竟不相上下，而且還比夫人多了份不尋常的神祕感，顯示絲卡荻曾和一些神靈進行過交易。她活潑熱情，有雙黑色的大眼睛，聽說艾塞列公爵曾是她的情人。她戴著一副沉重的黃金耳環，黑色鬈髮上掛著叮噹作響的雪虎犬牙王冠。帕可拉的精靈凱薩從絲卡荻的精靈口中得知，絲卡荻因為某個韃靼部落對她的到訪不表尊敬，遂殺死韃靼人崇拜的雪虎作為懲罰。失去虎神，整個韃靼部落陷入恐懼與憂鬱，於是乞求絲卡荻，希望能轉而崇拜她，卻遭到她輕蔑的拒絕。他們崇拜她對她有什麼好處？她問道。對老虎也沒有益處呀。這就是絲卡荻，美麗、驕傲又殘酷。

帕可拉不確定絲卡荻為何來訪，但仍很歡迎她。按照禮數，絲卡荻應該坐在她身邊。女巫都集合後，帕可拉開始發言。

「各位姊妹！妳們知道今天集會的原因：我們必須對這些剛發生的事件下決定。宇宙已經大開，艾塞列公爵已打開這世界通往另一世界的大路。我們應該把這件事列入考慮？還是維持現在的生活方式，只關心自己的事？還有萊拉．貝拉克這孩子，現在歐瑞克王將她命名為蓮花舌萊拉。她在蘭塞里的屋中選出正確的雲松枝，她就是我們期待的孩子，但她消失了。

「我們有兩位貴賓，他們也會說說自己的想法。首先我們聽聽絲卡荻女王的看法。」

絲卡荻站起來，白色臂膀在火光中閃爍，雙眼炯炯有神，即使坐在最遠處的女巫也能看到她臉上生動的表情。

「姊妹們，我來告訴妳們到底發生什麼事、該和誰作戰，因為一場大戰即將展開。我不清楚誰會加入我們，但是我知道我們必須和教誨權威對抗，也就是對抗教會。與我們的生命相比，教會的歷史不長，他們曾試圖壓迫、控制自然的脈動，如果無法控制，就乾脆剷除它們。妳們有些人已經看過他們在波伐格做的好事，非常可怕，但波伐格不是唯一出事的地方，切割也不是唯一的可怕行為。姊妹們，妳們只知道北方的事，但我曾到南方旅行。相信我，那裡也有教會，他們也在那裡切割小孩，正如波伐格的人一樣，方法不同，卻一樣可怖——他們切除性器官，對，男孩女孩都有——他們用刀子切除性器官，使孩子再也沒有感覺。這就是教會做的好事，每個教會都一樣：他們控制、毀滅、消除各種美好的感覺。如果戰爭真的爆發，教會會站在其中一方，而不管我們會和多奇怪的聯盟結合，我們都一定要站在另一方。

「我建議兩個部族聯合起來前往北方探索這個新世界，看看能在那裡找到什麼。如果我們在這個世界找不到那孩子，她必定已追隨艾塞列公爵離開。相信我，公爵正是關鍵。他曾是我的情人，我也心甘情願加入他的隊伍，因為他恨教會，也恨他們做的一切。

「這就是我的想法。」

絲卡荻熱情演說，而帕可拉欣賞她的能力和美貌。拉維安女王坐下後，帕可拉轉頭面向史科比。

「史科比先生是這孩子的朋友，也就是我們的朋友。先生，你能把你的想法告訴我們嗎？」帕可拉說。

德州人站了起來，他的身材像皮鞭一樣瘦長，為人彬彬有禮。表面上，他似乎沒注意這是個非常奇異的場合，但他心知肚明。他的野兔精靈海斯特蹲在身邊，長長的耳朵平貼背上，金黃色眼睛半閉著。

「夫人，首先，我要感謝妳們的善意，也要感謝妳們幫助被來自另一個世界的風痛擊的熱氣球飛行員。我不會再考驗妳們的耐心了。

「萊拉這孩子以前往在牛津學院，在我和吉普賽人旅行到北地波伐格時，她告訴我關於牛津學院的一些事。艾塞列公爵曾對學者展示一個嚴重受損、宣稱屬於古曼的頭顱，最後多少說服學者提供他金錢，到北地探索事情真相。

「既然那孩子確信她看到的是事實，我也不願質問她。她說的那些話，多少引起我一些回憶，只是我沒辦法清楚回想。不過我的確知道古曼博士一些事，從斯瓦巴來這裡的旅途中，我終於想起了。一個通古斯克老獵人曾告訴我，古曼似乎知道在某處有某種東西，如果可以擁有它，就能夠提供一種保護。我絕不敢輕視妳們操縱事物的魔法，但是不管那東西是什麼，它具有我所知最驚人的力量。

「我想我大概會延緩回德州退休的計畫，我非常關心這孩子，也打算出發尋找古曼博士。我認為古曼還活著，我想是公爵愚弄了學者。

「我打算前往新尚巴拉，我在那裡最後一次聽到他還活著的消息，我要去找他。我看不到未來，但至少看得清現在。我將加入妳們這場戰役，因為我的子彈也很珍貴。但是，夫人，這將是我最後一項任務了。」他下了結論，轉身面對帕可拉，「我打算去尋找古曼，看看他知道些什麼，如果我能找到他知道的那東西，我會把它帶去給萊拉。」

帕可拉說：「史科比先生，你結過婚嗎？你有小孩嗎？」

「沒有，夫人，不過我一直希望能成為父親。我了解您的問題，您說對了：那個小女孩不幸擁有那樣的雙親，或許我能補償些什麼。總得有人這麼做，我也心甘情願。」

「謝謝你，史科比先生。」她說。

帕可拉取下王冠，從上面拔下一朵深紅色小花。她戴著花冠時，小花仍然像剛摘下時一樣新鮮。

「帶著這個，當你需要我的幫助時，把它握在手中呼喚我，我會聽到你的呼喚，知道你在何處。」

「啊，謝謝您，夫人。」史科比詫異地說。他拿起小花，小心塞在胸前口袋內。

「我們會呼喚風神將你送到新尚巴拉。」帕可拉告訴他：「現在，姊妹們，誰想要發言？」

會議繼續進行。女巫在某種程度上相當民主，每個女巫都有發言權，最年幼的女巫也不例外，但只有女王才有權做決定。會議延續一整夜，有些激進者倡議立刻發動戰爭，有些則認為應謹慎而行，其中幾個最有智慧的女巫則建議號召首度全女巫大聯盟。

絲卡荻也贊成這項建議，於是帕可拉馬上送出信差。至於下一步行動，帕可拉挑選出二十位最傑出的戰士和她一起飛往北地，進入公爵打開的新世界中找尋萊拉。

「絲卡荻女王，那妳呢？」帕可拉最後問：「妳的計畫是什麼？」

「我要尋找艾塞列公爵，從他口中知道他在做些什麼。他似乎朝更遠的北方前進了。妹妹，我可以加入旅程的第一階段嗎？」

「當然，歡迎妳。」帕可拉說，心中很高興有她作伴。

於是她們達成協議。

會議結束後，一位年老女巫上前對帕可拉說：「女王，您最好聽聽茱塔．卡曼寧的心聲。她雖然很任性，但她的話可能很重要。」

年輕的女巫卡曼寧——她一百歲出頭，以女巫的標準而言算是稚嫩——個性固執羞赧，她的知更鳥精靈焦躁地從她的肩膀飛到手上，又在她頭上盤旋，最後才暫時停在肩上。女巫的臉頰豐潤鮮紅，帶有活潑熱情的天性。帕可拉和她並不熟稔。

年輕女巫無法在女王的注視下保持沉默，她說道：「女王，我知道古曼，我愛過他。但現在我痛恨他，如果看到他，我會殺了他。我本來不願意告訴您這些，但是姊姊叫我一定要告訴您。」

她惡狠狠地看了看年老女巫，老女巫同情地看著她：她知道什麼是愛。

「嗯，」帕可拉說：「如果他還活著，也要等史科比先找到他。妳最好和我們一起去新世界，這樣妳就沒有機會先殺了他。忘記他吧，卡曼寧。愛情使我們受苦，但這個任務比復仇更重要，妳要記住這點。」

「是的，女王。」年輕女巫謙遜地說。

女王帕可拉、她的二十一位同伴和拉維安女王絲卡荻，準備飛入新世界，一個女巫從未進入的世界。

第三章 孩子國

萊拉很早就醒來了。

她做了一個可怕的夢：有人給她一個真空箱，就像艾塞列公爵展示給約旦學院院長和學者看的一樣。那件事在現實中發生時，萊拉正躲在衣櫥裡，看著公爵展示失蹤探險家古曼受損的斷頭。但是在萊拉夢中，她必須親手打開真空箱，她一點也不想這麼做。其實她已嚇壞了，可是不管願不願意都得動手。她扳開箱扣，聽到空氣衝入冷凍隔間，嚇得雙手發軟，最後她掀開蓋子，驚嚇得幾乎喘不過氣，心裡卻明白自己必須這麼做。可是真空箱內空無一物，頭顱消失了，根本沒什麼恐怖的東西。

不管怎樣，她高聲尖叫、滿頭大汗地醒來。這間又熱又小的房間面對港口，月光照入窗口，萊拉躺在別人的床上，蜷曲在別人的枕頭上，貂潘拉蒙用鼻子蹭蹭她，出聲安慰。噢，她真的驚嚇過度！多奇怪呀，現實中，她一直很想見見古曼的頭顱，還求公爵再次打開真空箱讓她瞧瞧，夢中她卻恐懼至極。

清晨來臨時，她詢問探測儀夢的意義，探測儀只說這是個有關頭顱的夢。

萊拉想叫醒那個奇怪的男孩，但他睡得很沉，所以她決定別吵醒他，自行到樓下廚房打算煎蛋捲吃。二十分鐘後，她坐在人行道桌前，驕傲地吃著焦黑粗糙的東西，麻雀潘拉蒙則啄食蛋捲上的蛋殼。

她聽到身後傳來聲音，威爾睡眼惺忪地出現了。

「我也會煎蛋捲，」她說：「你想吃的話，我可以煎一點給你吃。」

威爾看看她盤內的東西，說：「不用了，我吃穀片就好，冰箱裡的牛奶還沒過期。住在這裡的人應該才離開不久。」

萊拉看著威爾將玉米片搖入碗中，倒入一些牛奶，她從來沒看過這種事。

威爾把碗拿到外面，說：「如果妳不是這個世界的人，那妳的世界在哪裡？妳是怎麼來這裡？」

「從橋上來的。我爸爸建了座橋，然後……我跟著他過來。但是他到別處去了，我不知道去哪裡。我也不在乎。過橋時起了大霧，所以我迷路了。我在霧裡走了好幾天，只吃一些莓子和找到的東西。有一天霧散了，我們就在那裡的峭壁上……」

她指了指身後，威爾沿著海岸望過去，燈塔後有一片巨大峭壁，盡頭消失在朦朧的遠處。

「我們看見這個小城，就走過來。沒人住在這裡。至少這裡有東西吃，也有床可以睡。我們不知道接下來該怎麼辦。」

「妳確定這不是妳世界裡的另外一個地方？」

「當然。這裡不是我的世界，我很確定。」

威爾記得自己那種絕對的確定感，當他望過空中窗口看見草地時，心中知道那不是自己的世界，他點了點頭。

「所以至少有三個世界連在一起了。」他說。

「有成千上百萬個。」萊拉說：「別的精靈告訴我的，一個女巫的精靈。沒有人數得出到底有幾個世界，所有世界都在同一個地方，在我爸爸搭建這座橋以前，沒有人可以從一個世界到另一個世界。」

「那我發現的窗口呢？」

「我不知道那個。可能所有世界開始重疊了。」

「那妳為什麼要找灰塵？」

她冷冷地看著他。「我以後再告訴你好了。」她說。

「好吧，妳要怎麼找？」

「我要去找一個懂得『塵』的學者。」

「什麼？隨便一個學者嗎？」

「不是。是找實驗神學家。在我的牛津只有他們知道這類事情。同理可證，你的牛津一定也是。我要先到約旦學院，因為約旦有最好的學者。」

「我從沒聽過實驗神學。」他說。

「他們知道基本粒子和基本原力。」萊拉解釋，「還有電子磁學那類的東西。原子物。」

「什麼磁學？」

「電子磁學。就像電子的，這些燈泡，」她說，手指著裝飾的街燈，「它們都是電子。」

「我們是說電。」

「電……就像琥珀金！那是一種寶石，樹膠凝固形成的。有時候裡面會有昆蟲。」

「妳是說琥珀，」他說，接著兩人異口同聲：「電子……」[1]

他們分別在對方臉上看到自己的表情。這一刻在威爾之後的記憶中停留了很長一段時間。

「嗯，電磁學，」他繼續說，把頭偏開，「你們的實驗神學聽來好像我們說的物理學。妳要的是科學家，不是神學家。」

「啊……」她警覺地說：「我要找到他們。」

他們坐在寬闊清新的早晨中，和煦的太陽照耀著港口，兩人隨時都可能開口，因為他們心中有無數疑問。忽然，他們聽到港口遠處傳來聲音，就在賭場花園附近。

兩人震驚地往那兒看去。那是個孩子的聲音，眼前卻空無一人。

威爾對萊拉悄聲說：「妳說妳在這裡待了多久？」

「三、四天，我忘記數日子了。我從來沒看到任何人。一個人也沒有。我幾乎到處都找過了。」

這裡的確有人。兩個小孩出現在通往港口的街上，女孩和萊拉年齡相仿，另一個則是更年幼的男孩。他們手提著籃子，兩人都是紅髮。他們注意到咖啡桌旁的威爾和萊拉時，人還在一百碼外。

潘拉蒙從金翅雀變成老鼠，沿著萊拉手臂往上爬進襯衫口袋。他已經注意到這兩個新來的小孩就像威爾，精靈是隱形的。

兩人漫步前來，在附近一張桌旁坐下。

「你們從喜咯則來的嗎？」女孩問。

威爾搖搖頭。

「從聖伊拉？」

「不是，」萊拉說：「我們從別的地方來的。」

女孩點點頭。這個回答合情合理。

「發生什麼事了？」威爾說：「那些大人呢？」

女孩瞇著眼睛。「難道幽靈沒到你們城裡？」她說。

「沒有。」威爾說：「我們剛剛才到這裡，不知道幽靈的事。這是哪裡？」

「喜喀則。」女孩疑神疑鬼地說。「嘉喀則，懂吧？」

「喜喀則，」萊拉複述著：「喜喀則。為什麼那些大人要離開？」

「因為幽靈啊，」女孩不耐煩地奚落她，「妳叫什麼名字？」

「萊拉。他是威爾。妳呢？」

「安琪。我弟弟叫保羅。」

「你們從哪裡來？」

「山上。先前有一場大霧和風暴，大家害怕得跑到山上。等霧散了，大人從望遠鏡中看到

1　編注：作者為了營造兩個世界相似又相異的特色，在用語上費了很大心思。萊拉世界的「電子」（anbar）現象相當於威爾（即現實）世界的「電」（electricity）。「anbar」實為阿拉伯語，意為「琥珀」，而「電」的希臘字源即為「琥珀」，希臘人因摩擦琥珀會產生靜電，故名之。因此，萊拉世界有關電的用語都源於「anbar」一字，如電子（anbar）、電子磁學（enbaromagnetism）等。電（electric）與琥珀金（electrum）發音相近，經萊拉說明，威爾明白為琥珀，因此兩人同時從琥珀（amber）聯想到電子（anbar）。此處中文無法精確譯出，故注解說明。

城內到處都是幽靈，就回不來了。但是小孩子不怕幽靈。後面還有更多小孩，稍後就來，但是我們最先到。」

「我們和突里歐。」小保羅驕傲地說。

「誰是突里歐？」

安琪很不高興，保羅不該提到他，現在大家都知道這個祕密了。

「我們的哥哥，」她說：「他沒跟我們在一起，他要躲到他能……反正他躲起來了。」

「他要……」保羅還未說完，安琪狠狠揍了他一下，他馬上住嘴，顫抖的雙唇緊緊抿住。

「妳說這城市怎麼了？」威爾說：「到處都是幽靈嗎？」

「對呀，喜喀則、聖伊拉，所有的城市，幽靈到有人類的地方。你從哪來的？」

「溫徹斯特。」威爾說。

「沒聽過。那裡沒有幽靈嗎？」

「沒有。我在這裡也沒看到呀。」

「當然看不到！」她得意地說：「你又不是大人！等我們長大後，就會看見幽靈了。」

「我不怕幽靈。」小男孩說著，一臉無畏，「殺光壞蛋。」

「難道那些大人都不回來了嗎？」萊拉問。

「會呀，過幾天吧。」安琪說：「等幽靈到別的地方再說。我們都喜歡幽靈來，可以到處亂跑，做我們想做的事。」

「那大人認為幽靈會對他們怎麼樣？」威爾問。

「嗯，幽靈一抓到大人就難看了。那些幽靈會當場吃掉他們的生命。我當然不想變成大人。大人一了解發生什麼事，就怕得一直哭，他們試著假裝什麼事都沒發生，可是已經太遲了。沒有人想接近他們，他們變得孤孤單單。後來他們全身變得慘白，最後一動也不動，還活著，但有點像是裡面被人吃光光，從他們的眼睛裡可以看到他們腦袋空空如也。」

女孩轉向她弟弟，用他的袖子幫他擦鼻涕。

「我和保羅要去找冰淇淋吃。你們要不要一起來？」

「不了，」威爾說：「我們還有別的事要做。」

「那，再見了。」她說。接著保羅說：「殺死幽靈！」

「再見。」萊拉說。

安琪和小男孩一離開，潘拉蒙就從萊拉口袋裡爬出來，老鼠頭看起來皺巴巴，眼睛晶亮無比。

潘拉蒙對威爾說：「他們不知道你發現的那個窗口。」

這是威爾第一次聽到潘拉蒙說話，截至目前，這也是令他最震驚的一件事了。萊拉取笑威爾受驚的模樣。

「他……他會說話……所有精靈都會說話嗎？」威爾問。

「當然會！」萊拉說：「你以為他只是寵物嗎？」

威爾抓抓頭髮，眨眨眼，然後搖搖頭。「不知道。」他對著潘拉蒙說：「你說的沒錯，我想。他們不知道。」

「我們在穿越時，最好小心一點。」潘拉蒙說。

這種和老鼠說話的奇異感只持續了一會兒，接下來就像對著電話講話一樣稀鬆平常，因為他其實是對著萊拉說話。但老鼠和她是分開的，潘拉蒙的想法中有萊拉的影子，但還有些別的。這麼多怪事同時發生，實在太難理解了。威爾設法理清頭緒。

「妳要先找一些衣服，」他對萊拉說：「才能到我的牛津去。」

「為什麼？」她固執地說。

「妳不能穿這樣去和我們世界的人說話，他們不會讓妳靠近。妳一定要看起來和他們一樣，所有行動都要偽裝。看，我清楚得很，這幾年來我一直都是這樣。妳最好聽我的話，不然妳會被抓到，如果他們發現妳從哪裡來，接著就會發現那個窗口，然後一切就完了……嗯，這個世界是很好的藏身處，我……正在躲一些人。這是我做夢都想不到的藏身處，我不希望別人發現。我不希望因為妳看起來怪里怪氣，好像不屬於那個世界，而透露我的行蹤。我在牛津還有事要辦，如果妳透露我的消息，我會殺了妳。」

萊拉吞了吞口水。探測儀沒說謊，這男孩的確是殺人犯，如果他從前殺過人，對她可能也不會心軟。萊拉嚴肅地點點頭，一點也不含糊。

「好吧。」她說。

潘拉蒙變成狐猴，圓大困惑的眼睛直視威爾，威爾也直盯回去，精靈馬上變成老鼠，偷偷摸摸溜回萊拉口袋裡。

「好，」他說：「我們在這裡時，就對其他小孩說謊，說我們是從他們世界的別處來的。還好這裡沒有大人，我們可以自由來去，沒人會注意。可是在我的世界裡，妳得照我說的做。第一，妳最好把自己洗乾淨，妳要看起來很乾淨，不然別人馬上會注意到妳。不管我們去哪裡，我們都要偽裝。要看起來好像天生就是那裡的人，這樣別人才不會起疑。妳先去洗頭，浴室裡有洗髮精，然後我們再去找些不一樣的衣服。」

「我不知道該怎麼洗，」萊拉說：「我從沒自己洗過頭髮。在約旦學院都是女管家幫我洗的，後來就再也不用洗了。」

「嗯，那妳要自己想辦法，全身都洗乾淨。在我的世界，每個人都非常乾淨。」

「唉。」萊拉說著上樓，一張凶猛的老鼠臉從她肩上怒視著他，威爾只是冷眼回視。

威爾一面想在這和煦寧靜的早晨漫步，探索這座城市，一面又為母親心焦，還為自己造成的死亡震驚失神。除此之外，他還有很多事要做呢，忙忙也好。萊拉沐浴時，他把廚房的流理檯面清理好，把地板拖乾淨，還把垃圾丟到外面巷子的垃圾桶內。

他從購物袋中取出綠色皮製文具盒，深情注視著。等他教萊拉如何穿越窗口進入他的牛津後，他要回來看看裡面到底是什麼，現在，他把文具盒塞在睡覺的床墊下。在這個世界中，它安全得很。

萊拉下樓時，全身溼答答，卻很乾淨。他們出發替她找衣服，來到一間百貨公司，這棟建築就像其他地方一樣破舊。威爾覺得衣服款式雖然有些過時，但還是替萊拉找到一條格子裙和綠色無袖上衣，上衣有個口袋可以裝潘拉蒙。萊拉拒絕穿牛仔褲，也不相信威爾描述他世界中的女生大半都穿牛仔褲。

「那是褲子，」萊拉說：「我是女生欸，別傻了。」

威爾聳聳肩，最重要的是，格子裙看起來很普通。離開前，威爾將一些銅幣丟到櫃檯後面的收銀機。

「你在幹嘛？」她說。

「付錢呀。買東西就要付帳。難道在妳的世界中，買東西不用付錢嗎？」

「在這個世界不用！我敢說其他小孩根本不付錢！」

「他們或許不用，但是我要。」

「你要是開始變得像大人一樣，那些幽靈就會把你抓起來。」萊拉說，她不知道自己是否可以開始取笑他，還是該怕他。

在天光中，威爾可以看清城中心的建築多麼古老，有些建築幾乎已成廢墟。路上的坑洞沒有修復，窗戶破損，水泥也不斷剝落。這地方過去可能非常宏偉壯麗，從精雕細琢的拱門間可以看到開闊庭院裡植物綠意盎然，巨大建築看起來恍若宮殿，但是所有階梯都有裂縫，門緣也從牆上鬆脫。摧毀整棟建築再重新建造，可能會更好些，但喜喀則的市民情願遙遙無期地填補下去。

他們來到一座聳立在小廣場上的樓塔，兩人從未見過這麼古老的建築。那是棟簡單的城垛樓塔，共四層樓高，靜靜站在耀眼陽光下，相當啟人疑竇。萊拉和威爾不禁被寬廣階梯上半開的門吸引，他們閉口不提，只是不太情願地繼續往前走。

兩人走到接近寬廣的棕櫚大道時，威爾要萊拉找一間街角的小咖啡館，外面人行道上有漆成綠色的金屬桌子。萊拉毫不費力就找到了。這間咖啡館在日光下看起來更小更破爛。就是這裡沒錯，有著鍍鋅櫃檯和義大利濃縮咖啡機，而吃了一半的義大利燴飯在溫暖空氣中已開始發酸。

「是這裡嗎？」萊拉問。

「不是。在路的正中間。先確定附近沒有其他小孩……」

這裡只有他們兩人。威爾帶她來到種著棕櫚樹的分隔島，他四處張望以確定自己的方位。

「我想大概在這裡。我穿過來時，可以看到上面那間白色房子後巨大的山丘，往這個方向看就是咖啡館，還有……」

「它長得什麼樣子？我什麼都看不到。」

「妳絕對不會認錯，那一點都不像我們看過的東西。」

威爾四下張望。難道窗口消失了？還是關上了？他四下都找不到。

忽然，他看到窗口了。他前後移動觀察邊緣。就像昨晚在牛津那邊發現到的一樣，從某一側才看得到，如果移動到窗口後面，它就隱形了。窗口另一邊草地上的陽光，就像這裡的一樣，只是有種無以名狀的差異。

「在這裡。」威爾確定後說。

「哈！我看到了！」

萊拉不覺興奮異常。她驚訝的神態就像威爾聽到潘拉蒙說話一樣。她的精靈再也忍不住，從口袋中出來變成一隻黃蜂，進出窗口無數次。萊拉則不斷將仍然微溼的頭髮拂順成劉海。

「站在旁邊，」他告訴她說：「妳要是站在正前方，別人就只看到一雙腿，他們就會起疑。我不要別人注意我們。」

「那是什麼聲音？」

「交通。這是牛津圓環的一部分，現在一定非常壅塞。妳趴下來從旁邊看過去。現在不是穿越的好時機，附近有太多人走動。可是如果我們半夜穿過，又沒有地方可以去。我們現在一穿過去，至少可以輕易混進人群。妳先爬過去，然後離開窗口。」

萊拉身旁有個藍色小背包，離開咖啡館後就一路背過來，她先把背包從身後拉下來夾在手臂間，然後蹲下來望過去。

「啊……」她倒抽一口氣，「這就是你的世界嗎？看起來根本就不像牛津。你確定你是在牛津嗎？」

「當然確定。妳穿過去後，會看到前面有一條路，往左走，再往前走一點，走那條往右邊的路，那條路通往市中心。妳要確定自己看清並記住這個窗口的位置，好嗎？這是回來唯一的路。」

「好，我不會忘記的。」她說。

萊拉夾好背包，鑽過空中窗口後消失。威爾蹲在那裡，看她朝哪個方向走。

萊拉站在他的牛津的草地上，黃蜂潘拉蒙在她肩上，威爾心想，至少沒人注意到她出現。汽車和卡車在幾呎外飛馳，在這個忙碌的路口，駕駛人沒空注視一旁看似詭異的氛圍，即使他們真注意到，車流也會遮掩住窗口，使他們從遠處看不分明。

一連串煞車聲、叫罵聲和撞擊聲傳來。威爾馬上蹲下來張望。

萊拉躺在草地上，有輛汽車緊急煞住，廂型車追撞在後，將前面的汽車向前推，萊拉躺在那裡，一動也不動……

威爾立刻衝過去。沒人注意到他出現，大家的焦點都集中在那輛汽車、扭曲的保險桿、走出來的廂型車司機和小女孩身上。

「我煞不住……她突然從前面跑出來……」汽車駕駛說道，是位中年婦人，「你跟得太近了。」她轉身對廂型車駕駛說。

「算了，」他說：「這孩子怎麼了？」

廂型車駕駛是在對威爾說話。威爾跪在萊拉身邊，抬頭看看四周，附近什麼也沒有，他必須負起責任。萊拉躺在他身邊的草地上，頭四下轉動，眼睛眨得很厲害。威爾看見黃蜂潘拉蒙也從一根草莖上昏昏沉沉朝萊拉匍匐而去。

「妳還好嗎？」威爾說：「動動腿和手臂。」

「笨蛋！」汽車的女主人說：「突然衝到前面，連看也不看。我能怎麼辦？」

「孩子，妳還好嗎？」廂型車駕駛說。

「嗯。」萊拉咕噥著。

「都還好嗎？」

「手腳都動動看。」威爾堅持。

她照著做，沒有地方骨折。

「她沒事了，」威爾說：「我會照顧她。她沒事了。」

「你認識她嗎？」卡車駕駛問。

「她是我妹妹，」威爾說：「沒關係。我們就住在附近。我會帶她回家。」

萊拉已經坐起來了，顯然沒什麼大礙，女人轉而關心自己的車子。其他車輛開始繞過兩輛靜止的車輛前行，駕駛經過時都好奇地觀看這個小小場景，就像常人一樣。威爾扶萊拉站起來，他們愈早離開現場愈好。女人和廂型車駕駛了解這番爭論該由雙方的保險公司處理後，就交換地址。此時，女人看到威爾扶著萊拉一跛一跛地離開。

「等一下！」她叫道：「你是證人。我要你的姓名和住址。」

「我是馬克．蘭森。」威爾轉頭說：「我妹妹叫麗莎。我們住在伯恩巷二十六號。」

「郵遞區號呢？」

「我不記得，好了，我要帶我妹妹回家。」他說。

「上來吧。」廂型車駕駛說：「我載你們回家。」

「不用了，沒關係，走路比較快，真的。」

萊拉的腿傷並不嚴重。她和威爾一起離開，沿著鵝耳櫪樹下的草地前進，轉進第一個街角。

他們坐在花園矮牆上。

「痛不痛？」威爾問。

「撞到我的腿，跌倒時又撞到頭。」她說。

但萊拉更關心背包裡的東西。她伸手掏出黑天鵝絨包裹的沉甸甸小包，把它打開。威爾看到探測儀時不禁睜大雙眼：描繪在表面周圍細微的圖案、金色指針、詢問針，儀器的精緻讓威爾歎為觀止。

「這是什麼？」他問。

「真理探測儀。是一個說真話的機器。一個符號解答器。希望沒破掉……」

探測儀完好無缺。即使在她顫抖的手中，長針仍穩定轉動著。萊拉收好探測儀後說：「我從來沒看過這麼多大車和這些東西……我沒想到它們跑得這麼快。」

「妳的牛津沒有汽車和廂型車嗎？」

「沒有這麼多，也不像這些車。我剛剛還不太習慣，不過現在好多了。」

「從現在開始，我們要更小心點。如果妳亂闖被公車撞到、迷路或怎麼樣，他們就會知道妳不是這個世界的人，然後開始找尋那個窗口……」

威爾不必這麼生氣的。最後他終於說：

「好吧。這樣好了，如果妳假裝是我妹妹，對我來說也是很好的偽裝，因為他們要找的人沒有妹妹。而且我和妳在一起，也可以教妳怎麼過馬路不被撞死。」

「好吧。」她謙遜地說。

「還有錢。我猜妳一定沒錢……唔，妳怎麼可能有錢？那妳要怎麼到處活動和吃東西呢？」

「我有錢。」她說，將皮包中一些金幣搖出來。

威爾詫異地看著那些金幣。

「那是黃金嗎？對吧？嗯，那就足以讓大家開始問問題了，沒錯，妳還真是不安全。我給妳一些錢吧，把那些金幣收好，別讓人看到。記住……妳是我妹妹，妳的名字是麗莎・蘭森。」

「莉琪。我以前曾經假裝自己叫莉琪。我記得住這個名字。」

「好，那就叫莉琪吧。我是馬克。別忘了。」

「好。」她溫順地說。

萊拉的腳稍後鐵定非常疼痛，被車撞到之處已開始紅腫，也漸漸形成一大片瘀青；再加上前晚威爾在她臉上造成的瘀青，萊拉看起來就像受虐兒，這也使威爾格外憂慮：警察大概會對此非常好奇吧？

威爾試著不去想這些。他們一起出發，穿越紅綠燈後，只向後瞄一眼鵝耳櫪樹下的窗口。

窗口看起來幾乎隱形；交通也順暢起來。

兩人在夏城的班柏利路上走了十分鐘後，在銀行前停步。

「你要做什麼？」萊拉問。

「我要領錢。我最好不要太常領錢，不過，我想提款紀錄到工作日結束時才會顯示吧。」

威爾將母親的提款卡插入自動提款機，按下卡片密碼。一切似乎很順利，他領出一百英鎊，提款機嘩拉嘩拉將錢吐出來。萊拉看得張口結舌，威爾給她一張二十鎊鈔票。

「待會再用，買個東西，換點零錢。我們先去找進城的公車。」

萊拉讓威爾處理公車的事，自己則安靜坐著，看著這個彷彿是她的、又不真是她的城市的房屋和花園。這就像在別人夢中一樣。他們在城中一座古老石造教堂旁下車，萊拉知道這個教堂，卻不認識對面的一棟百貨公司。

「全都變了。好像……那不是穀物市場？這是布洛德，那是巴里歐，那裡應該是柏德里圖書館。但是約旦呢？」

萊拉不由自主地發抖。這可能是車禍意外遲來的反應，也可能是發現在家鄉約旦學院的位置上坐落著一棟完全不同的建築而引發的震撼。

「這不對，」萊拉悄聲說，因為威爾叫她不要那麼大聲指指點點說哪裡不對，「這是不一樣的牛津。」

「對呀，我們都知道這點。」他說。

威爾對萊拉的無助感一點心理準備也沒有。他無法了解她在大街小巷跑跳的整個童年幾乎和眼前景致一模一樣。他也不知道，她有多驕傲自己屬於約旦學院的一員，那裡的學者最聰明、收入最豐厚、景色也最宏偉壯觀，現在卻憑空消失了。她再也不是約旦學院的萊拉，而是個在陌生世界中的小女孩，不屬於任何地方。

「好吧。」萊拉發抖地說：「如果約旦不在這裡的話……」

那就得花更長的時間去找尋，如此而已。

第四章 穿顱孔

萊拉一離開，威爾就找到電話亭，撥了信封上律師辦公室的電話號碼。

「喂？請找帕金斯先生。」

「請問是哪位？」

「是有關約翰．帕里，我是他兒子。」

「請稍候。」

一分鐘後，有個男人的聲音傳來：「喂，我是艾倫．帕金斯。哪位？」

「抱歉打擾了。我是威爾．帕里。事情和我父親約翰．帕里先生有關。您每三個月都替我父親匯款到我母親的戶頭。」

「是的……」

「嗯，我想知道我父親在哪裡。他是活著還是死了？」

「威爾，你幾歲了？」

「十二歲。我想知道他的事。」

「是的……你母親……她……她知道你打電話給我嗎？」

威爾小心地想了想。

「不知道，不過她的身體不太好，沒辦法告訴我太多，但是我很想知道。」威爾說。

「是的，我了解了。你現在人在哪裡？在家嗎？」

「不是，我在……我在牛津。」

「自己一個人？」

「對。」

「你說，你母親身體不舒服？」

「對。」

「她是住院還是怎麼了？」

「有點像那樣。您到底要不要告訴我？」

「嗯，我可以告訴你一些事，但是不多，也不是現在，而且我也不希望透過電話告訴你。我五分鐘後要見一個客戶……你能不能在兩點半到我辦公室來？」

「不行。」威爾說。這樣太冒險了，此時律師搞不好已聽說警方正在通緝他。他迅速動腦筋，繼續說：「我打算搭公車到諾丁罕，我不想錯過那班公車。可是我真的很想知道，您不能在電話裡告訴我嗎？我只要知道我父親是不是還活著？如果他還活著，我要到哪裡才找得到他。您可以告訴我這點，對不對？」

「這倒沒那麼簡單。我不能任意提供客戶的私人訊息，除非我確信客戶要我這麼做。而且我也要證據證明你的身分。」

「哦，我懂了，那您能不能只告訴我，他是活著還是死了？」

「嗯，好吧，反正這也不是機密。不幸的是，我還是無法告訴你，因為我也不知道。」

「什麼？」

「錢是從家族信託基金撥出來的。他留下指示要我付錢，一直付到他喊停為止。從那天起，我再也沒有他的消息。這意味著他……唉，我猜他可能消失了。所以我無法回答你。」

「消失？是……失蹤了嗎？」

「事實上，這是公開的報導。這樣吧，你要不要到我辦公室來，然後……」

「不行，我要去諾丁罕。」

「好吧。那你可以寫信給我，不然就叫你母親寫給我，我再看看我能做些什麼。不過你一定要了解，我在電話裡能說的不多。」

「嗯，我想也是。好吧。您能告訴我他在哪裡失蹤嗎？」

「我剛說了，這是公開報導。當時報上也有一些相關新聞。你知道他是探險家嗎？」

「我母親告訴過我一些，我知道……」

「嗯，當時他帶領一支探險隊，後來探險隊失蹤了。這已經是十年前的事了。」

「在哪裡？」

「遙遠的北方，我想是阿拉斯加。你可以在公共圖書館裡查查看。你要不要……」

就在那一刻，威爾的錢用完了，他身邊沒有多餘的零錢。話筒的撥號聲在他耳邊響著，他放下電話後向四周張望。

此時威爾心中最想做的事就是和母親說話。他必須克制自己撥電話給庫波太太的衝動，一旦聽到母親的聲音，很難不回到她身邊，那麼兩人都會身陷險境。但是他可以寄張明信片給她。

威爾選了張牛津市景的明信片，寫著：「親愛的媽媽，我很安全也很好，我很快會再去看妳。希望事事都很順利。我愛妳。威爾。」接著他寫下地址，買張郵票，將明信片緊貼著自己一分鐘後，才丟入郵筒。

早上過了一半，威爾走在購物大街上，公車緩慢穿行在擁擠的人群間。他突然發現自己實在過於顯眼，今天不是週末，這年紀的小孩應該在學校上課才對。他能躲到哪？

沒多久，威爾找到藏身之處。他總能輕易消失在人群中，他對此非常在行，甚至頗為自豪。他的躲藏術有點像帕可拉在船上隱身的技巧：竭盡全力把自己變得不顯眼，成為背景的一部分。

威爾知道自己住在什麼樣的世界裡，便走進一間文具店，買了原子筆、便條紙和寫字板。學校常會讓成群結隊的孩子進行購物調查之類的活動，如果他假裝正在如此做，至少看起來就不像蹺課。

他開始沿路而行，找尋公共圖書館的蹤影，還不時假裝做做筆記。

此時，萊拉也在尋找一個安靜的地方，以便詢問探測儀一些問題。在她自己的牛津裡，只要走五分鐘就可以到達十幾個安靜的地方，這個牛津卻迥然不同。在片段的熟悉感中，出現無數奇風異景：為什麼路上畫著這些黃色線條？人行道上為什麼會有這些小白點？（在她的世界中，從來沒聽過口香糖。）路上轉角處那些紅色綠色的燈到底是什麼意思？這簡直比閱讀探測儀還難。

萊拉來到聖約翰學院門口，她和羅傑曾在晚上爬到花壇上放置鞭炮；賽門．帕斯洛曾將名字縮寫刻在凱特街角落那塊磨損的石頭，而眼前這塊石頭上也有同樣的縮寫！當時萊拉親眼看著賽門那麼做！在這個世界中，某個有著相同姓名縮寫的人，一定也曾無所事事站在這裡，做了同樣的事。

搞不好在這個世界也有一個賽門．帕斯洛。

或許也有另一個萊拉。

萊拉的背脊突然涼了起來，老鼠潘拉蒙也在她的口袋裡發抖。她搖搖頭，這裡怪事已經夠多了，不需要她加油添醋多想幾件。

這個牛津和她的牛津之間還有另一項差異：人行道上人潮洶湧，在各建築物間進出。還有各式各樣的人：穿著像男人的女人、非洲人，還有一群韃靼人順服地跟在領袖身後，每個人都穿得整整齊齊，提著黑色小箱子。起初，萊拉驚恐萬分地瞪著那些人，因為他們都沒有守護精靈，要是在她的世界，這些人早被視為鬼魂或異類。

但他們似乎都活蹦亂跳（這也是最怪的事）。這些生物還算開心地四下移動，整個世界也認為他們是人類。萊拉必須承認，他們或許也算是人類，只是他們的精靈就像威爾的一樣，隱藏起來了。

萊拉四處晃蕩將近一個小時，對這個假牛津估量一番後，不覺飢腸轆轆，就用二十英鎊鈔票買了一條巧克力棒。小店主人好奇地打量她，或許他是從印度來的，不了解她的口音吧，可是她也表達得非常清楚啊。萊拉還用零錢在科芬德市場買了一個蘋果，科芬德市場和真的牛津倒挺相像。最後她朝公園走去，發現自己站在一座巨大建築物前，這座建築物具有牛津的風貌，卻不存在於她的世界，即使這棟建築放在她的世界也不會太突兀吧。她坐在外面的草地上用餐，並對這棟建築大加讚賞。

這棟建築是座博物館。博物館的每道門都敞開，裡面有動物標本、骨骼化石和礦物箱，就像她和考爾特夫人在倫敦造訪的皇家地理博物館一樣。宏偉的鋼鐵玻璃走廊後面，是博物館另一區入口，裡面幾乎空無一人，雖然詢問探測儀仍是她最記掛的事，她還是走進瞧瞧。在第二個房間中，她發現自己被一些熟悉的事物圍繞：許多展示箱中陳列著極地服飾，看起來就像她的毛皮大衣，還有雪橇、海象牙雕刻及獵捕海豹的魚叉，此外還有一大堆亂七八糟的戰利品、遺跡及魔法用具、工具和武器。如萊拉所見，這些東西不僅來自極地，還來自這個世界各地。

嗯，真詭異。這些馴鹿皮大衣就和她的一模一樣，他們繫套雪橇韁繩的方式卻錯誤百出。這裡有張照片展示一些薩摩耶獵人，看起來就像那些逮住萊拉、把她賣到波伐格的人，瞧！就是那群人！連那些早已磨損又在定點重新打結的繩索，她都一眼認出，因為她曾被綁在那座雪橇上痛苦煎熬了好幾個小時……這些神祕事件到底是怎麼回事？難道其實只存在一個世界，而這個世界利用夢境創造了其他世界嗎？

萊拉看到某樣東西，使她又想起探測儀。在一個鑲著黑木框的老舊玻璃箱裡，有幾個打洞的人類頭骨：有些洞在前方，有些在側面，還有些在上方。陳列在正中間的頭骨上還有兩個洞，卡片上密密麻麻的字跡寫著，這個過程叫「穿顱孔」。卡片上還寫，這些顱孔都是在人生前打穿的，因為顱孔都已痊癒，邊緣也變得非常平順。然而其中一個頭骨卻不一樣：這個洞由一支青銅箭頭射穿，箭頭還插在那裡，顱孔邊緣相當尖銳破碎，所以分辨得出其間差異。

這正是北韃靼人的習慣。而根據約旦學院那些認識古曼的學者表示，古曼也對自己這麼做過。萊拉迅速向四周觀望，看見附近沒有人影，就拿出探測儀。

萊拉把心思凝聚在正中間的頭骨，問道：這個頭骨是誰的？為什麼他頭上有這些顱孔？

飽含塵埃的光線從博物館玻璃屋頂流瀉進來，滑落上層畫廊，萊拉專心一意站在光線下，沒有察覺自己正被人觀察。

一位六十幾歲、看來頗有權勢的男子，穿著作工精細的三件式亞麻西裝，手上拿著一頂巴拿馬帽，站在上層畫廊，從鐵欄杆邊向下望。

他的銀髮從光滑、黝黑、幾乎不見皺紋的前額，整齊地向後梳。眼睛又大又深邃，睫毛又長又密，約隔一分鐘，就會從嘴角伸出尖銳、暗沉的舌尖，舔舔嘴脣以保持溼潤。胸前口袋的雪白色手帕有種濃郁的古龍水味，彷彿溫室中味道過於濃郁的植物，甚至聞得到根部開始腐爛的氣味。

他已經觀察萊拉好幾分鐘了。他沿著畫廊跟隨下方的萊拉移動，當她在頭骨箱前站定，他便仔細打量她，不放過任一細節：她亂七八糟的頭髮、臉頰上的瘀青、新衣服、光滑的頸子彎在探測儀上方、光溜溜的雙腿。

他將胸前的手帕抖出來，擦擦前額，向樓梯走去。

萊拉正全神貫注學習一些怪事。這些頭骨古老得不可思議，箱前的卡片只寫著：「青銅器時代」，但從未說謊的探測儀，卻說這個頭骨已經有三萬三千兩百五十四年的歷史，還說這人是巫醫，顱孔是為了讓神進入而打開的。接著探測儀又漫不經心說出——這是萊拉沒問的問題——穿了顱孔的頭骨，比被箭頭刺穿的頭骨具有更多「塵」。

這到底會是哪個世界呢？萊拉從閱讀探測儀的專注沉靜中醒來，回神到現實世界，發現自己不再單獨一人。一個穿著淡色西裝的老人正凝視著隔壁的展示箱，身上還有香味。他讓萊拉想起一個人，卻想不起到底是誰。

他注意到萊拉盯著他看，就笑咪咪地抬頭。

「妳在看這些穿顱孔的頭骨呀？人真會對自己做些奇奇怪怪的事呀。」他說。

「嗯。」萊拉面無表情地說。

「妳知道嗎？現在還有人在做這種事呢。」

「是呀。」她說。

「那些嬉皮，妳知道吧，就像那種人。其實，妳年紀太小，不可能記得嬉皮。他們說這比嗑藥還有效。」

萊拉已將探測儀放回背包，心中盤算該怎麼溜之大吉，她還沒機會詢問探測儀最重要的問題，現在這個老人又想和她搭訕。他看來似乎是個好人，至少聞起來很香。現在他更靠近些了，就在他傾向展示箱時，一隻手不經意拂過她的手。

「讓人百思不解，是不是？沒有麻醉藥，也沒有消毒劑，可能是用石器打洞。他們一定得很強悍，對不對？我好像沒在這裡見過妳。我常常來。妳叫什麼名字？」

「莉琪。」她很自然地說。

「嗨，莉琪。我是查爾斯。妳是牛津地區的學生嗎？」

萊拉不確定該怎麼回答。

「不是。」她說。

「來這裡玩？嗯，妳選了個有許多精采東西可看的地方。妳對什麼最感興趣？」

萊拉被這個男人搞得糊里糊塗，她已經很久沒有這樣的感覺。一方面，他看來很親切、友善、乾淨、穿著又時髦；另一方面，她口袋中的潘拉蒙卻不斷拉扯想引起她注意，要她格外小心，因為潘拉蒙也隱約想起些什麼。萊拉感受得出不是味道本身，而是味道的意義代表了糞肥與腐敗。她想起雷克森的宮殿，空氣中洋溢香水味，地上卻堆滿穢物。

「我對什麼感興趣？」她說：「噢，全都感興趣。我恰好看到這些頭骨在那裡，就對它們產生興趣了。我不認為任何人會想要穿顱孔，好可怕啊。」

「沒錯。我自己也不喜歡穿顱孔，但是我保證這種事的確發生過。我可以帶妳去見一個曾經做過那種事的人。」他看起來如此友善又樂於助人，萊拉幾乎動心了。接著他突然伸出那黑色的小舌尖，像蛇一樣迅速又溼黏地伸吐著。萊拉搖搖頭。

「我要走了，謝謝你的好意，不過我最好不要去。反正我現在也要走了，我跟別人約好了。是我朋友。」她附加說：「我住在他家。」

「當然，沒問題。」他和藹地說：「嗯，很高興能和妳說話。再見了，莉琪。」

「再見。」她說。

「噢……為了預防萬一……如果妳想進一步了解這類事情，」他說著，交給她一張小卡片，「這是我的姓名和地址。」

「謝謝。」萊拉無動於衷地將名片放在背包口袋後才離開。她可以感覺到他一路盯著她。

她一離開博物館就朝公園走去，她知道那裡有塊專門打曲棍球或其他運動的草地。她找到樹下安靜的地方，開始詢問探測儀。

這次她問的是，在哪裡可以找到曉得「塵」的學者。答案非常簡單：探測儀指向她身後那座高大方形建築物裡的某個房間。事實上，這個答案太過直接，出現得也太突然，萊拉知道探測儀還有別的話要說，她開始感覺探測儀就像人一樣也有情緒，也知道它什麼時候想多告訴她一些事情。

探測儀移動了。它說的是：妳必須關照那個男孩。妳的任務是幫助他找到父親。專注這點。

萊拉眨眨眼，震驚萬分。威爾不知從哪裡跑出來幫她，這顯而易見。但她千山萬水趕來竟是為了幫他，真是讓她詫異。

探測儀還沒說完呢。指針又開始搖晃了，她看到：不要對學者撒謊。

萊拉用天鵝絨包住探測儀，再塞回背包。她站起來，向建築四周張望，看看能在哪裡找到學者，隨即出發，心中還有種怪怪的挑戰心態。

威爾輕而易舉找到圖書館。參考室館員相信威爾正在進行一項地理研究計畫，便幫他從裝訂成冊的《泰晤士報》索引中，找到他出生的年份，也是他父親失蹤那年。威爾坐下來逐頁翻看，不用說，有些地方提到約翰．帕里，而且都和考古探險相關。

威爾發現同個月份的新聞在同一捲縮微膠卷內。他依序放入投影機，轉動著找到新聞內容，激動地逐字讀出。第一條新聞提到探險隊出發前往北方阿拉斯加。探險隊由牛津大學的考古協會出資贊助，打算勘察該地區，並希望能找到早期人類定居的證據。探險隊成員包括約翰．帕里，是前皇家海軍成員，也是專業探險家。

第二條新聞是在出發後六星期撰寫的。內容簡短描述探險隊已抵達阿拉斯加在諾亞塔克的北美極地觀測站。

第三條新聞在兩個月後，敘述觀測站對任何訊號都沒有回應，根據判斷，約翰．帕里和同伴皆已失蹤。

接下來一連串短文分別敘述救難隊出發搜索卻一無所獲、搜尋隊飛過白令海峽、考古機構的反應、親屬的訪問……

威爾的心開始狂跳，上面有張他母親的照片，手中還抱著一個嬰兒，正是他。

有個記者寫了篇「淚流滿面的妻子焦急等待消息」的樣板文章，威爾失望地發現，文章敘說的真相不多。另外還有一小段敘述約翰．帕里先前在皇家海軍平步青雲，卻離開皇家海軍，專注在組織地理和科學探險隊，然後就沒有下文了。

索引上沒有其他相關消息，威爾垂頭喪氣地離開縮微膠卷閱讀機。別處一定還有相關資料，但是他能去哪裡找？如果他花太多時間搜尋，自己也會被追蹤到……

他歸還縮微膠卷並詢問圖書館員：「請問妳知道考古協會的地址嗎？」

「我可以替你找到……你是哪一所學校的？」

「聖彼得。」威爾說。

「那不在牛津吧？」

「對，是在漢普夏。我們班在做一些當地調查，一種環境研究……」

「噢，我懂了。你要的是……考古……在這裡。」

威爾抄下地址和電話號碼，他承認自己對牛津不熟反而安全，他大可以詢問考古協會怎麼走。那裡離圖書館不遠，他謝謝圖書館員後就離開了。

萊拉走入建築，在樓梯下看到一張寬大的桌子，後面坐著門房。

「妳要去哪裡？」他問。

這幾乎就像回到家一樣。萊拉摸摸口袋裡的潘，他似乎也樂在其中。

「我要替二樓的一個人傳信。」

「誰？」

「李斯特博士。」她說。

「李斯特博士在三樓。如果妳要給他什麼東西，把東西留在這裡，我會轉告他。」

「好，可是他立刻就要這個東西。他剛剛才吩咐過的。其實這不是個東西，我必須傳給他一個口信。」

門房仔細看了看萊拉，但他不是萊拉的對手。她裝出一副溫和愚蠢的乖模樣，最後門房終於點頭，繼續看報。

當然，探測儀沒有告訴萊拉人名。她是從門房後面牆上的信件架看到李斯特的名字，只要假裝自己認識某人，他們可能就會讓人進去。從某種角度來看，萊拉比威爾更清楚這個世界。

萊拉在二樓看到一條長長的走廊、一扇敞開的門，面對空無一人的演講廳；另一扇門則通往一個小房間，兩個學者正在黑板前站著討論。這些房間和走廊的牆壁看起來都非常單調死板，簡直像貧民窟，不屬於牛津的學術與輝煌。但磚牆上油漆平滑，門是厚重的木頭，扶欄也是光滑的鋼材，這些東西應該很昂貴吧。這再度證明這個世界的確非常怪異。

萊拉很快發現探測儀告訴她的那扇門。門牌寫著：「黑暗物質研究小組。」下面潦草寫著R．I．P。還有人用鉛筆加上「組長：萊茲瑞斯」。

萊拉看不懂上面的意思。她敲敲門，一位女性的聲音說：「進來。」

這是個小房間，裡面擠滿成堆搖搖欲墜的紙張和書籍，牆上白板寫滿數字和程式。門後貼著一張看似中文圖樣的設計。萊拉可以從敞開的門口看見另一個安靜房間裡有些複雜的電子機器。

萊拉倒是有點意外，沒想到她要找的學者竟是一位女性，但探測儀也沒提過是男性，畢竟這裡是個非常古怪的世界。那女人坐在機器前，小小的玻璃螢幕上顯示數字和形狀，機器前方有個象牙色長盤，小而骯髒的方格上寫滿英文字母。學者按了其中一格，螢幕變得一片空白。

「妳是誰？」女人問。

萊拉關上身後的門。想到探測儀對她說的話，便試著做出平常不會做的事——說實話。

「蓮花舌萊拉。妳叫什麼名字？」萊拉問。

女人眨了眨眼。萊拉猜想她大概快四十歲，或許比考爾特夫人年長一點，有短短的黑髮和紅潤的臉頰。她穿著一件白色外套，敞開的外套裡是綠色襯衫，還有這個世界很多人都愛穿的藍色帆布褲。

萊拉的問話使女人舉起手拂拂頭髮，說：「嗯，妳是今天第二個意外。我是瑪麗．瑪隆博士。妳要做什麼？」

「我要妳告訴我關於『塵』的事。」萊拉四下看看，確定只有她們兩人後才開口，「我知道妳知道這個，我可以證明。妳一定要告訴我。」

「『塵』？妳在說什麼？」

「妳可能不是用這個名稱。那是種基本粒子，在我的世界裡，學者稱它魯薩可夫粒子，但通常他們都稱它『塵』。『塵』不易察覺，是從天外掉下來黏在人身上。小孩身上不多，大部分在成人身上。還有一件事，我直到今天才發現：我在路上的博物館裡看到有些古老頭骨上有一些洞，就跟韃靼人鑽的一樣，『塵』也聚集在那些頭骨上，比沒有洞的頭骨還多。還有，『青銅器時代』是什麼時候呀？」

女人目瞪口呆地看著她。

「青銅器時代？天啊，我不知道，大概在五千年前吧。」她說。

「哈，那他們寫那張卡片的時候搞錯了。那些有兩個顱孔的頭骨，大概有三萬三千年歷史了。」

萊拉住了口，因為瑪隆博士看來快要昏倒了，她雙頰血色盡失，一手放在胸前，另一手緊抓椅子的扶手，張大嘴巴。

萊拉一臉疑惑又固執地站著，等博士復原。

「妳是誰？」博士最後說。

「蓮花舌萊……」

「不是，妳是哪裡來的？妳是做什麼的？妳怎麼會知道這些事？」

萊拉厭煩地歎了口氣，她早忘記學者多會拐彎抹角了，告訴他們真相比登天還難，謊話對他們來說還較容易了解。

「我是從另一個世界來的，在那個世界中，也有一個像這樣的牛津，只是有點不同，我就是從那裡來的。還有……」

「等等，等等。妳是從哪裡來？」

「從別的地方，」萊拉說，這次更小心些，「不是這裡。」

「噢，別的地方。」那女人說：「我懂了。嗯，我想我懂了。」

「我要查出關於『塵』的事。」萊拉解釋，「在我的世界中，教會的人很怕『塵』，他們認為那是原罪。這非常重要。而我父親……不對，」她激動地說，甚至有點結巴，「我不是要說這個。我全搞錯了。」

瑪隆博士看到萊拉焦急皺眉、握拳，又看到她臉頰和腿上的瘀青，就說：「天啊，小朋友，鎮定下來……」

博士突然停下來揉揉眼睛，她的雙眼因疲勞而布滿血絲。

「我為什麼要聽妳說話？」博士說：「我一定是瘋了。事實上，這裡是全世界妳唯一可以得到答案的地方，可是他們竟然打算關閉……妳剛才說的『塵』聽起來像我們調查好一陣子的東西。妳提到博物館裡的頭骨，也使我想起某件事，因為……不，今天我真是受夠了。我太累了。我想聽妳說話，相信我，但是現在不行，拜託。我剛剛有沒有說他們要把這裡關了？一週內我就要把提案彙集提交到補助委員會，可是我們一點希望也沒有……」

博士打了個大呵欠。

「那今天的第一個意外事件是什麼？」萊拉問。

「噢，對。我一向仰賴的某個贊助人突然撤銷補助。反正，我想這也不怎麼出人意料。」

博士又打了呵欠。

「我要煮一些咖啡，否則我會睡著。妳要不要來點？」博士說。

博士將電壺裝了水，用湯匙將即溶咖啡粉舀入兩個馬克杯。萊拉看著門背面的中文字樣。

「這是什麼？」

「那是中文，意思是『易經』。妳知道那是什麼嗎？妳的世界裡有那種東西嗎？」

萊拉瞇著眼看她，觀察她是否在冷嘲熱諷，然後說：「有些東西一樣，有些東西不一樣，就這樣。我也不知道我世界裡的每件事。或許他們也有這個什麼經。」

「對不起。」瑪隆博士說：「可能有吧。」

「什麼是黑暗物質？」萊拉問：「那是布告上寫的，對不對？」

瑪隆博士又坐下，並用手臂替萊拉勾來一把椅子。

她說：「黑暗物質是我研究小組尋找的重點。沒人知道那是什麼。在這個宇宙中，有許多我們不了解的東西，這就是關鍵。我們可以看見星星、銀河和閃爍的光體，但要讓它們各自凝聚而不四方飛散，需要更多使地心引力產生作用的力量，懂嗎？但是沒人偵察得到，所以有許多不同的研究計畫試著查出那是什麼東西，我的小組也是其中之一。」

萊拉全神貫注地聆聽，博士終於認真對話了。

「妳認為那是什麼？」萊拉問。

「嗯，我們認為是……」博士正要開始說話，電壺中的水燒開了，她站起來將水倒入杯內，繼續說道：「我們認為是一種基本粒子，和截至目前發現的東西完全不同。但是這種東西很難偵測……妳是哪裡的學生？妳學過物理嗎？」

萊拉感覺潘拉蒙狠狠咬了她一口，警告她別亂發脾氣。探測儀要她說實話，這聽來簡單，但是她知道自己如果全說實話，會導致什麼下場。她得小心翼翼避免直接撒謊。

「學過，我知道一點點，可是不知道黑暗物質。」她說。

「嗯，在所有粒子互相撞擊的噪音中，我們試著探測出最難察覺的東西。通常他們把探測儀放在地下幾百公尺深的地方，我們卻在探測儀四周設立一個電磁場，隔絕不要的東西，讓想要的東西進來。最後我們擴大信號，把信號輸入電腦。」

博士遞給萊拉一杯咖啡。房間裡沒有牛奶，也沒有糖，她在抽屜裡發現幾塊薑汁餅乾，萊拉飢腸轆轆地拿起一塊。

「我們發現一種符合這條件的粒子。」瑪隆博士說：「我們認為會符合，但是奇怪……我為什麼要告訴妳這個？我不該說出來。這都還沒出版，也沒有參考資料，甚至還沒寫下來。我今天下午有點不正常。」

「嗯……」博士繼續說，還打了一個好大的呵欠，萊拉以為她這個呵欠大概永遠都打不完了。「我們的粒子真是詭異的小怪物，我們稱之為『影子粒子』，或『影子』。妳知道剛才我為什麼那麼驚訝嗎？因為妳提到博物館裡的頭骨。我們小組的一個成員是業餘考古學家，有天他發現了令人難以置信的東西，但我們無法忽視，因為那東西完全吻合這些『影子』的各種荒唐特性。妳知道嗎？它們是有意識的。沒錯。『影子』就是粒子的意識。妳聽過這麼愚蠢的事嗎？難怪我們沒辦法繼續獲得補助。」

博士啜飲著咖啡，萊拉則像朵飢渴的花，吸吮她所說的每一個字。

「對，」博士接著說：「『影子』知道我們在這裡，還會加以回應。最荒唐的是：妳要有所期待，才能看見它們。妳要先把心情調整到某種境界，能同時感覺自信和放鬆。妳必須有能力……那段引文在哪裡……」

博士從書桌上亂糟糟的紙張中，找到一張用綠筆寫著的紙條。她念出來：

「『……怡然於不確定、神祕與懷疑中，不汲汲探求真相與理性……』妳一定要進入這種境界。這是詩人濟慈的詩，我前幾天發現的。所以妳先讓自己進入某種境界，接著再注視『洞穴』……」

「『洞穴』？」萊拉問。

「噢，對不起。電腦，我們都叫它『洞穴』。洞穴牆上的影子，柏拉圖說的。這也是那位考古學家的功勞，他幾乎什麼都懂。可是他到日內瓦去面試一份工作，我確定他不會回來了……我剛剛說到哪裡？對了，『洞穴』，沒錯。一旦妳聯繫上，妳只要開始思考，『影子』就會回應。千真萬確。『影子』會像鳥群一樣飛向妳的思想……」

「那麼，那些頭骨呢？」

「我正要說這個。我同事奧利佛．佩恩有天在『洞穴』前測試一些東西，結果非常奇特——至少對物理學家而言沒有道理。他手上有根象牙，只是一小塊，上面沒有『影子』，所以沒出現反應；但雕刻過的象牙棋出現了反應。另外從大塊木頭上砍下來的木片沒反應，一把木尺卻有反應，雕刻過的小木雕反應更為劇烈……天啊，我現在談的是基本粒子。一團團渺小、幾乎稱不上是東西的東西，它們竟知道這些物體是什麼。只要和人類工藝、思想有關的東西，都有『影子』圍繞……

「接著奧利佛，也就是佩恩博士，從在博物館工作的朋友那裡找來一些頭骨化石，測試這種效果可以追溯到多遠。三、四萬年前是個中斷點，在那之前，沒有『影子』，在那之後，出現很多『影子』。很明顯，這段期間大概是現代人類的起源。我的意思是，妳也知道，就是我們遙遠的祖先，但是和我們真的沒什麼差異……」

「那是『塵』，」萊拉專斷地說：「那就是『塵』。」

「如果想要別人認真看待這個發現，就不能在申請補助時提到這種事。根本沒有道理，這根本不存在，完全不可能：不是不可能，就是毫不相關，即使不是上述原因之一，還是讓人覺得非常丟臉。」

「我想看『洞穴』。」萊拉說。

她站起來。

博士雙手抓抓頭髮，還用力眨眨眼，讓疲倦不堪的雙眼看個清楚。

「好吧，我沒理由拒絕妳，明天『洞穴』可能就不是我們的了。來吧。」

博士帶領萊拉進入另一個房間。這房間看起來較大，裡面塞滿各種電子儀器。

「就是這個，這邊。」博士說，指向一個螢幕，上面浮現空洞的灰色光芒。「那就是偵測器，在電線後面。想看到『影子』，就要連上一些電極，就像測量腦波。」

「我想試試看。」萊拉說。

「妳什麼都看不到的。我已經很累了，這太複雜了。」

「拜託！我知道自己在做什麼！」

「妳知道？我倒希望我自己也知道。不行，千萬不行。這是非常昂貴困難的科學實驗。妳不能就這樣進來主導一切，還要親身試一下，這又不是彈珠檯……對了，妳到底是從哪裡來的？妳應該在學校上課吧？妳怎麼找到這裡的？」

她揉揉眼睛，彷彿剛好醒來。

萊拉又開始發抖，說實話，她想。「我用這個找到的。」她說著，一面拿出探測儀。

「這到底是什麼？羅盤嗎？」

萊拉讓博士拿過去看，儀器的沉重感讓她突然睜大眼睛。

「我的天啊，這是黃金打造的。妳到底是從哪……」

「我想它的功用就像妳的『洞穴』一樣。這正是我要查清楚的事情。要是我能正確回答一個只有妳知道答案的問題，我是不是可以試試『洞穴』？」萊拉急忙說。

「什麼，現在我們要算命了嗎？這是什麼東西啊？」

「拜託！反正問一個問題就是了！」

瑪隆博士聳聳肩。「噢，好吧。妳告訴我……告訴我，我從事這項工作之前，在做什麼？」

萊拉興匆匆地將探測儀從博士手中拿回來，開始轉動轉輪。萊拉能感受到，她的心思比三根指針還要早一步指向正確圖案。她也感覺長針抽動著準備回應。長針開始繞著探測儀轉動時，她的眼睛也隨著移動，她注視、計算、觀察那一長串意義，最後得知真相。

萊拉眨了眨眼，歎口氣，從暫時的恍惚中回神。

「妳以前是修女，」萊拉說：「我絕對猜不到。修女應該永遠待在修道院中。可是妳不再相信教會，所以他們讓妳離開。這一切都不像我的世界，一點也不像。」

瑪隆博士坐在椅子上，目瞪口呆。

萊拉說：「說得沒錯吧？」

「對，妳從那個知道的……」

「從我的真理探測儀。我認為，這是由『塵』推動的。我一路趕來，就是為了多了解『塵』的事，真理探測儀要我來找妳。我猜想妳的黑暗物質一定也是同一件事。我現在能試試妳的『洞穴』了嗎？」

博士搖了搖頭，不是反對，只是出於無助。她兩手一攤，說：「好吧。我想我在做夢，那乾脆繼續夢下去吧。」

博士將頭髮往身後甩甩，按了幾個開關，電子儀器的嗡嗡聲和電腦的冷卻風扇聲也跟著出現。萊拉一聽到這聲音，忍不住倒抽一口氣。房間中的這些聲音，就像她在波伐格那間閃閃發亮的房間中聽到的一樣，裡面那把銀色鍘刀，幾乎將她和潘拉蒙永遠切離。萊拉感覺潘在口袋裡顫抖，就輕輕捏捏他，讓他安心。

瑪隆博士沒注意到這些，她正忙著調整開關，並在另一個象牙色長盤上按了幾個字母，那個螢幕也突然轉換顏色，上面出現小小的字母和數字。

「現在，妳坐下來。」博士說，把椅子讓給萊拉。她打開一個小罐子，說：「我要將一些凝膠塗在妳的皮膚上以利電流聯繫。這很容易洗掉。現在妳不要動。」

瑪隆博士拿著六根電線，每根末端都有一塊扁平墊子，她將電線連接在萊拉頭上幾個部位。萊拉文風不動，呼吸卻開始加快，心跳也跟著急速。

「好吧，現在妳已經連上了。」博士說：「這麼說吧，這房間充滿了『影子』，整個宇宙都充滿了『影子』，但是我們唯一可以看見它們的方法，就是妳放空心思注視螢幕。開始吧。」

萊拉看著螢幕，上面的玻璃又暗又空，她隱約看到自己的倒影，僅止於此。就做做實驗吧，她決定當作自己在閱讀探測儀，並想像自己在問問題：這女人知道有關「塵」的哪些事？她問了些什麼問題？

萊拉在腦海中移動探測儀的指針，她這麼一想，螢幕也開始閃動。萊拉嚇一大跳，馬上回過神來，閃動也消失了。萊拉沒注意到這股刺激的漣漪讓博士坐直了身子。她皺著眉，向前坐坐，又開始專注。

這次反應立即出現。一連串跳躍的光影猶如極光閃爍的簾幕，在螢幕上熊熊燃燒。那些光影暫時形成一種圖案，然後打散，又重新呈現不同的圖案或顏色，它們翻轉、搖晃、四散，爆炸成火花，突然轉向，像一群在空中改變方向的鳥。萊拉看著這些，感受到一種意識，一種真相即將揭曉的興奮感，讓她想起自己學習閱讀探測儀時的景況。

萊拉問了另一個問題：這是「塵」嗎？它是形成這些圖案、讓探測儀的指針轉動的東西嗎？

答案是更多環狀旋轉的光線。萊拉猜這表示「是」。她突然想到一件事，轉頭對瑪隆博士說話，卻看到她張口結舌，手放在頭上。

「怎麼了？」萊拉問。

螢幕圖像消失了。博士眨了眨眼。

「到底怎麼了？」萊拉又問了一次。

「噢……妳剛剛展示了我見過最好的實驗成果，就這樣。妳剛才在做什麼？妳在想什麼？」

「我在想，妳應該可以看到更清楚的東西。」萊拉說。

「更清楚？這已經是前所未有的清楚了！」

「但那是什麼意思？妳看得懂嗎？」

「嗯，這不該以讀訊息的方式閱讀，不是這樣子看的。『影子』在回應妳傳遞出來的注意力。這已經相當具有革命性了：『影子』回應的就是我們的意識。」

「不，」萊拉解釋，「我的意思是上面的顏色和形狀。那些影子應該可以做別的事，畫出妳要的任何形狀，妳想叫它們畫圖也可以。妳看。」

萊拉轉身再度凝神，這次她假裝螢幕是探測儀，上面環繞著三十六個圖案，她對那些圖案再熟稔不過。她的手指自動在大腿上移動，彷彿將想像中的指針指向蠟燭（意思是了解）、α和Ω（語言）、螞蟻（勤勞），然後開始問問題：人們要如何了解「影子」的語言？

螢幕就像回應思想本身一樣迅速，在無數翻滾的線條和閃光中，一連串圖案清楚顯現：羅盤、α和Ω、閃電和天使。每個圖案都出現好幾次，最後出現另外三個圖案：駱駝、花園和月亮。

萊拉很清楚這些意義，回過神想解釋給博士聽，卻看到博士癱在椅子上，臉色蒼白，雙手緊抓住桌子邊緣。

「它對我說話時，」萊拉說：「是用我的語言告訴我，圖案的語言，就像探測儀。但它也可以用一般的語言說話，用文字，只要妳能設計出一套系統，讓文字出現在螢幕上就行得通。不過妳需要仔細的數學計算，妳知道，這就是羅盤的意思；閃電意指電子，不，指電力跟其他東西；天使代表訊息，它有事想說。但在第二層……意指亞洲，幾乎是最東方的國家，但也不盡然。我不知道是哪個國家……大概是中國吧，他們也有和『塵』，不，和『影子』對話的方式，就好像妳這裡和我的，只不過我用的是圖案，他們用的是線條罷了。我想這是指門後的圖案，但是我真的不太懂。我第一次看到那圖案時就覺得好像很重要，只是我不知道哪裡重要。所以一定有很多方式可以和『影子』說話。」

瑪隆博士連氣也無法喘一下。

「《易經》。」她說：「對，是中國的。是一種占卜預言的形式……而且是用線條。掛在那裡的只是裝飾。」她這麼說時，彷彿在向萊拉保證自己不全然相信那一套。「妳的意思是，人們詢問《易經》時，是在和影子粒子、黑暗物質接觸？」

「對呀，」萊拉說：「我說過，有很多種方法。我從來不知道這些。我本來以為只有一種方法。」

「這些螢幕上的圖案……」博士說。

萊拉忽然靈光一現，馬上轉向螢幕。她還來不及開始詢問，螢幕就閃爍出更多圖案，速度之快連博士都無法跟上。但萊拉知道它們在說些什麼，她再轉身面向博士。

「它說妳也很重要。」她對博士說：「它說妳有一件很重要的事要做。我不知道是什麼，但是錯不了，不然它不會這麼說。所以妳最好讓它能用文字表達，這樣妳才能了解。」

博士沉默了，接著她說：「好吧，妳到底是從哪裡來的？」

萊拉撇撇嘴。她了解瑪隆博士是因為疲倦和絕望，否則絕不會讓一個不知從哪裡出現的陌生小孩參與她的工作，現在她後悔了。但萊拉必須說實話。

「我是從另一個世界來的。這是真的。我進入這個世界。我是……我非逃不可，我世界裡的人在追我，想殺我。探測儀也是……來自同一個地方。是約旦學院院長給我的。我的牛津有個約旦學院，這裡卻沒有。我找過了。我自己學會怎麼閱讀探測儀。我學到一種讓心空白的方法，所以我可以直接看到它的意思。就像妳剛剛說的……懷疑、神祕，那類東西。我注視『洞穴』時，用的也是同樣的方法，而且也有效，我的『塵』應該和妳的『影子』是同一個東西。所以……」

瑪隆博士已經完全清醒了。萊拉拿起探測儀，用天鵝絨包裹好，像母親保護孩子一樣，把探測儀放入背包。

「好了，反正，如果妳想，也可以利用這個螢幕，讓它用文字和妳說話。就像我對探測儀說話一樣，妳也可以和『影子』說話。我想知道的是，為什麼我們世界的人會痛恨『塵』，我是說『影子』，也就是黑暗物質。他們想毀滅它，認為它很邪惡。可是我認為他們做的事才邪惡。我看過他們做的事。所以『影子』到底是什麼？到底是善是惡，還是怎麼樣呢？」

博士揉揉臉，她的臉頰看起來比先前更為紅潤。

「談到這類事會讓人覺得很丟臉，」博士說：「妳知道在科學實驗室中提到善惡有多尷尬嗎？妳知道嗎？我會當科學家的原因之一，就是不用去想那種事。」

「妳一定要想，」萊拉嚴厲地說：「妳不可以在研究『影子』、『塵』或不管那叫什麼時，不去想善惡這類事。而且妳要記得，它說妳一定要想，妳不能拒絕。他們什麼時候要關掉這地方？」

「補助委員會決定週末……怎麼了？」

「那妳只剩今晚了，」萊拉說：「妳可以修理這個機器，把文字放在螢幕上，不要像我一樣把圖案放在上面。這很容易做到，然後妳可以給那些人看，他們就會給妳錢繼續研究。最後妳會揭開『塵』或『影子』的全部真相，再來告訴我。」萊拉高傲地說，彷彿伯爵夫人不滿地抱怨無能的女僕，「探測儀不會精確說出我想知道的事。妳可以替我找出答案，或許我可以利用那個什麼經，用線條來做。但圖案比較容易了解，反正，我是這麼認為。我要把這個拿下來了。」萊拉補充說道，並將頭上的電極拉下。

博士給了她一些衛生紙擦掉凝膠，又將電線捲起來。

「那妳要走了？」博士說：「嗯，沒錯，妳給了我非常奇特的一小時。」

「妳要叫它用文字嗎？」萊拉說，一面拿起她的背包。

「我敢說，這就跟完成申請補助一樣有效。」博士說：「對了，還有，我要妳明天再過來一趟。可以嗎？同一時間？我要妳展示給另一個人看。」

萊拉眼睛一瞇，這會不會是陷阱？

「嗯，好吧。但是記得，我得知道某些事。」萊拉說。

「好，一定。妳會來吧？」

「會。如果我說會，就一定會。我想我會幫妳。」萊拉說。

萊拉離開時，門房從桌後稍微瞧了瞧她，又回到報紙上去了。

「拿塔塔克遺跡，」考古學家說，還轉動他的椅子，「你是這個月內第二個問我這問題的人。」

「另一人是誰？」威爾馬上警戒起來。

「我想他是記者，我不太確定。」

「他為什麼想知道這件事？」威爾說。

「和那趟旅程中失蹤的成員有關。探險隊是在冷戰高峰期失蹤的。星際大戰。你那時大概太小，不記得這些。美國和蘇聯在極地設立了無數座巨大的雷達偵測站……對了，我能怎麼幫你？」

「噢，」威爾說著，試圖保持冷靜，「我只是想知道有關那個探險隊的事。是學校史前人類學作業，我對這個探險隊失蹤的消息很好奇。」

「嗯，不只是你好奇。當時這件事引起很大騷動。我全都替那個記者找過了。那原先只是個預備勘察，不是正式的挖掘工作。這種事不能隨便動工，得先確定那地點是否值得花工夫才行。這個探險隊前去探勘幾個地點，做出報告。他們一共有六人。有時候這類探險隊會結合不同領域的人，如地理學家之類，以分擔開銷，但各自觀察探索想找的主題。這個個案裡有位物理學家，我想他是在找尋一種高緯度的大氣粒子。極光，你知道嗎？北極光。顯然他有配備無線電發射機的熱氣球。

「另一人也跟他們一起去，一個前皇家海軍成員，類似專業探險家。他們要到一些算是很荒涼的土地，極地區的北極熊一向是很危險的動物。考古學家可以處理一些事，可是我們沒受過訓練，不知道該怎麼射擊，如果有懂射擊、定位、露營和那類野外求生技巧的人，會格外有用。

「但是他們全部失蹤。他們通常利用無線電和當地偵測站聯絡，有一天訊號卻沒出現，之後再也沒有他們的音訊。當時有一場風雪，這在極地不稀奇。搜尋隊找到他們最後一個紮營區，那地方多少還算完整，只是北極熊已經吃掉他們的存糧，但是沒有那些人的蹤跡。

「我看，我就只能告訴你這些了。」

「好。」威爾說：「謝謝你，嗯……那個記者，」他繼續說著，在門邊站住，「你說他對其中一人特別感興趣。是哪一個呀？」

「探險家吧。一個叫帕里的人。」

「他長得什麼樣？我是說，那個記者？」

「你知道這個做什麼？」

「因為……」威爾沒辦法想出一個合理的理由，他不該問這個問題，「沒什麼，只是好奇嘛。」

「如果我記得沒錯，他是個魁梧的金髮男人，髮色很淡。」

「噢，謝謝。」威爾說，轉身準備離開。

男人看著他離開房間，一言不發，皺了皺眉。威爾看見他伸手拿起話筒，就迅速離開大樓。

威爾發現自己在發抖。那個所謂的記者就是到他家的其中一人：高大、金髮，幾乎沒有眉毛和睫毛。他不是被威爾推下樓梯的人，而是威爾跑下樓、跳過屍體後，站在客廳門口的那個人。

他不是記者。

附近有間很大的博物館。威爾走進去，手中拿著寫字板假裝做筆記，最後他坐在畫廊中，全身抖個不停，覺得很不舒服，他殺了人的想法正困擾著他：他是個殺人犯。他一直故作鎮定，現在這個想法卻步步相逼。他奪走了一個人的生命。

威爾靜靜坐了半小時，他有生以來最難過的半小時。人們來來去去，觀看繪畫，低聲交談，看也不看他一眼。畫廊管理員在走廊上站了幾分鐘，雙手叉在背後，又緩緩離開。威爾心中正在交戰，表面卻不動聲色。

最後，他漸漸鎮定下來。他是為了保護媽媽，他們把媽媽嚇壞了，讓她變成現在這個模樣，他們是在迫害她，他有權利保護他的家，父親也會要他這麼做。他之所以會下手，是因為這是正確的事。他是為了阻止他們偷走綠色皮盒子，這樣他才能找到父親。難道他沒有權利找父親嗎？他又想起所有童年時的遊戲，那些他和父親從雪崩或海盜大戰中互相營救對方的遊戲。嗯，現在是來真的了。「我會找到你。」威爾在心中說：「你要幫我，我會找到你，我們可以一起照顧媽媽，然後一切都會好轉……」

畢竟現在他有個藏身處，一個安全的地方，別人永遠找不到他。文具盒中的信件（他還沒時間拿出來看）也很安全，就藏在喜喀則的床墊下。

最後，威爾注意到人們似乎有目的的移動著，而且都朝同一個方向走。人們正要離開，管理員說博物館將在十分鐘內關門。威爾起身離開。他先走到主街，律師辦公室就在那裡。威爾心中還是想見見他，雖然他之前說不要，但那男人在電話中聽起來還頗友善……

就在威爾下定決心要穿越馬路、走進辦公室時，突然停下腳步。

一個淡色眉毛的高大男人正從汽車裡出來。

威爾立刻轉向一邊，若無其事地看著身旁珠寶店的櫥窗。他在櫥窗上看到那人的倒影，他四下東張西望，將領帶上的領結扶正，走進律師辦公室內。等他一走進去，威爾便轉身離開，心跳開始加快。沒有一個地方安全。他朝大學圖書館的方向晃蕩，在那裡等萊拉出現。

第五章 航空信

「威爾。」萊拉說。

她已低聲輕喚，他還是嚇了一大跳。萊拉已在他身旁坐了一會兒，他卻絲毫不覺。

「妳從哪裡來的？」

「我找到我的學者了！她叫作瑪隆博士，她有一個可以看到『塵』的機器，她還要讓它說話……」

「我沒看到妳回來。」

「你根本沒注意。你一定在想什麼心事，還好我找到你了。你看，要騙過別人很簡單，看好……」她說。

一男一女兩名警察在做例行巡邏，朝他們走來，他們穿著夏季白色短袖襯衫，配有無線電對講機和警棍，還有兩雙多疑的眼睛。他們還沒走到長椅旁，萊拉已站起來對他們說話了。

「請問你們能不能告訴我們博物館在哪裡？我和哥哥應該在那裡和爸爸媽媽會合，可是我們迷路了。」

男警看了看威爾，威爾忍住脾氣，聳聳肩，彷彿表示：「她說得對，我們迷路了，很笨吧？」男警微笑了，女警則說：「哪個博物館？艾希莫林博物館嗎？」

「對，就是那個。」萊拉說，還在女警指點她方向時，假裝仔細聽著。

威爾站起來道謝後和萊拉一起離開。他們沒回頭看，警察也早對他們失去興趣。

「看到沒有？如果他們在找你，我已經幫你擺脫他們了，因為他們不是在找有妹妹的人，從現在開始，我最好和你一起行動。」他們走到轉角處時，她還喋喋不休地斥責他：「你自己一個人不安全。」

威爾一言不發，心中怒氣難消。他們朝廣場上一棟環形建築走去，建築上方是大型鉛製圓頂，廣場四周是蜂蜜色的石造學院和教堂，花園高牆上滿樹綠蔭。午後陽光烘暖一切，空氣彷彿被染成深金色酒液而變得更為濃郁。在這小小廣場上，每片樹葉都靜止不動，連交通噪音也降低不少。

萊拉終於察覺威爾有些不對勁，就問：「怎麼了？」

「妳對別人說話只會引起他們注意。」他說，聲音還在發抖，「妳應該安安靜靜，動也不動，這樣他們才會忽視妳。我這輩子都這麼做，我知道該怎麼做。妳的方法，妳只會……妳只會凸顯自己。妳不該那樣做，不該玩弄這種伎倆。妳根本不當一回事。」

「你是這麼想嗎？」萊拉不禁怒火中燒，「你以為我不知道該怎麼說謊嗎？我是一流的騙子，可是我沒對你說謊，以後也絕對不會騙你，我發誓。你現在非常危險，要是剛才我沒那麼做，你早就被逮到了。你沒注意到他們在看你嗎？他們的確在看你。你還不夠小心。在我來看，你才不當一回事。」

「如果我不當一回事，那我幹嘛要在那裡閒晃等妳？我可以遠走高飛，也可以躲起來，安安全待在那個城市啊！我自己也有事要做，可是我還是待在這裡幫妳。別說我不當一回事。」

「你得過來。」萊拉氣急敗壞地說。從沒人這樣對她說話：她是貴族，是萊拉。「你非來不可，不然你就永遠查不出你父親的事了，你是為自己才來的，跟我無關。」

他們激烈爭吵，卻刻意壓低聲音，因為廣場非常安靜，行人也來來去去。萊拉一提到這點，威爾住嘴了。他靠著學院的牆壁，臉上血色全失。

「妳怎麼知道我父親的事？」他低聲說。

萊拉也以相同的語氣回答他。「我什麼都不知道，我只知道你在找他。那是我問出來的。」

「問誰？」

「當然是真理探測儀。」

威爾花了幾秒鐘才了解萊拉指的是什麼。他看起來既憤怒又猜忌，萊拉只好從背包中拿出探測儀，並說：「好啦，我讓你看。」

她坐在廣場草地的石頭上，低頭看著金色儀器，開始轉動指針，快得幾乎讓人看不清楚。細長的指針繞著轉盤轉動，先在一處稍停，又在另一處停留，她的手指靜止了幾秒，最後又迅速將指針轉動到新的位置。威爾小心地四下張望，附近一個人也沒有。一群觀光客正抬頭眺望圓頂，冰淇淋小販推著小車沿人行道前進，他們的注意力都在別處。

萊拉眨眨眼，歎了一口氣，彷彿從睡夢中醒來。

「你母親生病了，」萊拉輕聲說：「她很安全，有個女士在照顧她。你拿了一些信後跑掉。還有個男的，我猜是小偷，你殺了那個男的。你在找你父親，然後……」

「好了，閉嘴。」威爾說：「夠了，妳沒有權利這樣調查我。以後絕對不可以。這是偷窺。」

「我知道什麼時候不該多問。探測儀幾乎就像一個人，我多少知道它什麼時候會生氣，什麼時候不想讓我知道一些事。我能感應到。但是昨天你不知道從哪裡蹦出來時，我得問它你是誰，不然我可能會有危險。我非問不可，然後它說……」萊拉把聲音降得更低，「說你是殺人犯，我想好吧，沒什麼大不了，我可以信任你這個人。但是我沒再繼續追問，一直到剛剛才又發問，如果你要我以後不再問，我答應你不再這麼做。這可不是用來探人隱私的，如果我什麼都不做，只想偷窺，探測儀也會不靈。我知道這點，就像我知道我自己的牛津一樣。」

「那妳可以問別的事啊！它有沒有說我父親是活著還是死了？」

「沒有，我沒問。」

兩人都已坐下。威爾疲倦地用雙手抱住頭。

「好吧，」他終於說：「我想我們得互相信任。」

「好啊，我很信任你。」

威爾冷漠地點頭。他累壞了，卻不能在這個世界小睡一下。萊拉的觀察力通常不這麼敏銳，但威爾行為中有些事物卻令她開始深思：他很害怕，卻控制自己的恐懼，就像自己在凍湖邊魚屋做的事一樣，歐瑞克說過，我們別無選擇。

「還有，威爾，」她又說：「我不會背叛你，絕不會把你出賣給任何人。我保證。」

「那就好。」

「我曾做過那種事，我背叛過別人，那是我做過最糟糕的事。我以為自己救了他一命，沒想到卻把他帶到最危險的地方。我恨自己做出那件事，簡直愚蠢得無藥可救。這次我會努力，不因為粗心疏忽而背叛你。」

威爾一言不發。他揉揉眼睛，用力眨眼，設法讓自己清醒。

「我們要晚一點才能穿過窗口回去，」他說：「其實不應該在大白天穿過來。我們不能冒著被別人看見的危險，現在我們還得在這裡晃幾個小時……」

「我肚子餓了。」萊拉說。

他說：「我知道了！我們可以去看電影！」

「看什麼？」

「帶妳去就知道了。我們也可以在那裡買些東西吃。」

靠近市中心有間電影院，走路十分鐘就到了。威爾買了兩張電影票入場，還買了熱狗、爆米花和可樂，他們帶著食物到電影院內坐下時，電影正要開始。

萊拉完全入迷了。她看過幻燈片，但她的世界裡沒有電影。她狼吞虎嚥咬著熱狗、吞下爆米花、猛灌可樂，開心地隨著銀幕上的角色讚歎、大笑。還好觀眾大都是鬧烘烘的小鬼，興奮難抑的萊拉在其中不特別顯眼。威爾立刻閉上眼睛沉沉入睡。

威爾聽到大家起身離開座位的聲音便醒轉過來，在燈光下眨了眨眼。他看看手錶，八點十五分。萊拉也心不甘情不願地離開電影院。

「我這輩子從沒看過這麼好看的東西。」她說：「不知道為什麼我的世界沒人發明這個。我們有些東西比你們的好，可是這個比我們所有東西還更好。」

威爾甚至想不起電影內容。外面天色還亮，街上人車擁擠。

「妳要不要再看一場？」

「要！」

於是他們走進另一家電影院，就在轉角幾百公尺處，又看了一場電影。萊拉把雙腳放在椅子上，抱住膝蓋，威爾腦中一片空白。這次他們出來時，將近十一點鐘，這樣好多了。

萊拉又餓了，他們向流動攤販買了漢堡，邊走邊吃，這對她也十分新鮮。

「我們一向坐著吃東西，從來沒看過人邊走邊吃。」她告訴他：「這地方有很多事都不一樣，例如，我就不喜歡這裡的交通。可是我喜歡電影院，還有漢堡。我好喜歡這些噢。還有那個學者瑪隆博士，她會讓那個機器使用文字，我知道她可以。我明天要回去看她進行得如何。我一定可以幫她，大概還可以讓那些學者把她要的錢給她。你知道我父親是怎麼要到錢的嗎？就是艾塞列公爵呀。他對那些人略施小計……」

他們沿著班柏利路前進，萊拉告訴他那晚她躲在衣櫃內，看著公爵將真空箱內古曼的斷頭展示給約旦學院學者觀看。既然威爾是個一流的聽眾，萊拉繼續把自己所有故事都告訴他，從她逃離考爾特夫人的公寓開始，直到在斯瓦巴的冰峭上，明白自己將羅傑帶向死亡那一刻。威爾一言不發，專注聽著，心中滿懷同情。乘著熱氣球的旅程、武裝熊族、女巫、教會復仇組織，她描述的似乎都出現在他在海上城市裡做的奇妙夢境裡。海上城市空洞、寂靜又安全：一點也不真切，就這麼簡單。

最後他們終於來到圓環旁的鵝耳櫪樹，現在街頭已經冷清多了：每分鐘大約只有一輛車經過。窗口還在那裡，威爾發覺自己微笑了：不會有事的。

「等沒有車再穿過，」他說：「我現在要過去了。」

過一會兒，他出現在棕櫚樹的草地上。一、兩秒鐘後，萊拉也尾隨而來。

他們都有種回家的感覺。夜廣漠溫暖，充滿花朵和海洋的氣味，兩人沐浴在溫柔的寂靜裡。

萊拉伸伸懶腰開始打呵欠，威爾也覺得卸下了肩上重擔。他一整天都背著這個重擔，卻絲毫沒察覺這擔子幾乎壓得他喘不過氣，現在他覺得輕鬆、自由又平靜。

萊拉突然抓住他的手臂，同一瞬間，他也恍然大悟。

咖啡館後的小街上，有個東西在尖叫。

威爾馬上出發找尋聲音來源，他走進一條透著月光的窄巷，萊拉緊跟在後。拐過幾個彎後，他們來到早上才經過的石塔前廣場。

二十幾個孩子在樓塔底部圍成半圓形。有些孩子手上拿著棍棒，有些用石頭擲向一個東西，那東西被他們困在牆邊。萊拉起先以為那是個小孩，但半圓人牆內傳出恐怖淒厲的吶喊，卻不是人類的聲音。孩子們也在尖叫，半是害怕半是厭惡。

威爾跑上前將最前面的孩子拉開。那男孩大概與威爾同齡，穿著條紋T恤。他轉過身時，萊拉看到他瞳孔外發狂的眼白，別的小孩見狀也停下來看著他們。安琪和她小弟也在那裡，手裡拿著石頭。在月光照射下，每個孩子的眼睛都凶得發亮。

他們沉默下來，只有尖銳的叫聲持續，威爾和萊拉同時看到：那是隻黃斑貓，正躲在樓塔角落。牠一隻耳朵已經撕裂，尾巴也斷了。是威爾在桑德蘭大道看到的那隻很像莫西的貓，那隻帶領他進入窗口的貓。

威爾一看到貓，就用力推開男孩。男孩跌倒在地，馬上站起來，一副憤意難消的模樣，但其他孩子拉住他。威爾已跪在貓身旁。

黃斑貓跳到威爾懷中，他緊抱著貓面對大家。萊拉一時錯亂，以為威爾的精靈終於出現。

「你們為什麼要傷害這隻貓？」威爾質問，沒人回答。他們對威爾的憤怒心有餘悸，每個人都呼吸急促，緊握著棍子和石頭，一句話都說不出來。

安琪終於說話了：「你不是這裡的人！你不是喜咯則人！你不知道幽靈，也不知道貓。你跟我們不一樣！」

穿著條紋T恤、被威爾推到地上的男孩正顫抖著，準備上前大打一架。要不是威爾手中抱著那隻貓，他早就衝上前去拳打腳踢，威爾當然也會欣然應戰，兩人間流動著一股憤恨的電流，非以暴力解決不可，可是男孩很怕那隻貓。

「你們是哪裡來的？」男孩輕蔑地問。

「我們從哪裡來不重要。你們要是怕這隻貓，我就帶走牠。你們覺得牠是厄運，我們卻覺得是好運。現在給我滾開。」

有一會兒，威爾以為這些孩子的怨恨就要克服恐懼，所以準備放下貓惡鬥一場。突然，孩子身後傳來一股震耳的低沉咆哮，他們一轉身，看到萊拉的手放在一隻大花豹肩上，花豹咆哮時還露出雪白牙齒。威爾雖然認出是潘拉蒙，還是嚇了一大跳。但這對付那些孩子則效果奇佳，他們轉身四下流竄，幾秒鐘後，廣場便空無一人。

兩人離開前，萊拉看了看樓塔。潘拉蒙的咆哮聲使她忍不住抬頭，她忽地看到樓塔頂端有人正從城垛邊緣朝下張望，那人不是小孩，而是個鬈髮的年輕人。

半小時後，他們回到咖啡館樓上的小公寓。威爾找到一罐煉乳，黃斑貓飢渴地舔得一乾二淨，然後開始舔舐傷口。潘拉蒙因好奇之故也變成一隻貓。黃斑貓疑神疑鬼豎直了毛，但是牠很快發現，不管潘拉蒙是什麼，他既不是真貓，也不會造成威脅，就不理會他了。

萊拉詫異地看著威爾照顧受傷的貓。在她的世界中，她只親近過各種勞動的動物（武裝熊除外），貓用來趕走約旦學院的老鼠，而不是養著當寵物。

「我想牠的尾巴斷了。」威爾說：「我不知道該怎麼辦，可能會自然痊癒吧。我要在牠耳朵上塗一點蜂蜜。我曾在某處看過，說這樣可以消毒……」

貓的耳朵看起來慘不忍睹，但至少牠正忙著舔舐，傷口也變得愈來愈乾淨。

「你確定這是你看到的那隻貓？」她問。

「當然確定。如果這裡的人那麼怕貓，這世界應該不會有貓才對。牠大概找不到回家的路。」

「他們真是神經病。」萊拉說：「他們可能會殺死牠。我從來沒看過那種小孩。」

「我看過。」威爾說。

他面無表情，不想談這件事，萊拉心想自己最好別開口。她知道自己也不會詢問探測儀。

萊拉累壞了，她回到房間，頭一沾枕就睡著了。

過一會兒，黃斑貓也蜷起身子睡著了。威爾倒了杯咖啡，拿出綠色皮製文具盒，坐在陽臺上。從窗內透射的光線很充足，他想看看那些紙張。

紙張不多，他猜得沒錯，這些紙都是信件，用黑色墨水寫在航空信紙上，上面每個字都是由威爾一心想找到的人親手寫下的。他一次又一次用手指撫摸，將信貼到臉上，希望能和父親更親近些，然後才開始讀信。

阿拉斯加，費班克
一九八五年六月十九日　星期三

親愛的：

這裡一如往常，混合著效率和混亂——所有儲藏品都到齊，但那個物理學家（一個叫作尼爾森的笨好人）卻沒安排好該如何把他那該死的熱氣球拖到山上，所以他四處忙著找交通工具時，我們只好無聊地打發日子。這也表示我有機會和上次遇到的老傢伙聊天，那人叫作傑克．彼得森，是金礦工。我在一間骯髒酒館內找到他，就在棒球賽的電視噪音中，我問了他那個異常現象。他不願在那裡多說，帶我回他住處，一瓶傑克丹尼爾酒就使他滔滔不絕。他沒親眼看過那現象，但他遇到的愛斯基摩人有，那傢伙說，那是進入靈魂世界的通道，幾世紀來，他們一直都知道那通道——必須進入那個世界，帶回一些戰利品，這是成為巫醫的儀式之一，不過也有些人從此一去不返。老傑克的確有那地區的地圖，他還在那人告訴他的地點上做了個記號。（我還是寫下來以防萬一：北緯六十九度二分十一秒，西經一百五十七度十二分十九秒，就在盧考特嶺支脈，科威爾河北方一、兩哩處。）我們聊到一些極地傳奇：無人駕駛的挪威船隻漂浮將近六十年之類的故事。那些考古學家都是相當不錯的隊員，一心一意想動工，也對尼爾森和熱氣球頗為容忍。他們沒人聽說過那個異常現象，相信我，我也要守住這個祕密。我深愛你們。

強尼

阿拉斯加，烏米亞特

一九八五年六月二十二日 星期六

親愛的：

我真是大錯特錯，「溫和的傻瓜尼爾森」？那個物理學家根本不是這種人，如果我沒弄錯，他正在尋找那個異常現象。在費班克的耽擱也是他故意拖延的，妳相信嗎？除非無可抗拒的理由，如缺乏運輸工具，否則他知道整個小隊不會乖乖等他，因此他私下送走了熱氣球，並將我們訂好的交通工具全部取消。我偶然發現這個事實，正打算問他搞什麼鬼時，碰巧聽到他用無線電對講機和別人描述那個異常現象，不過他不知道正確地點。後來我請他喝酒，假裝自己是虛張聲勢的極地老手，對日常瑣事之外的奇事更感興趣，還用有限的科學論調取笑他，賭他無法解釋「大腳」現象[1]等等。我暗中觀察，又冷不防向他提起那個異常現象——那個愛斯基摩人進入靈魂世界的無形通道——離盧考特很近，而且正是我們要去的地方。想想看！妳知道，他全身一顫立刻緊張起來。他很清楚我在說什麼。我假裝沒注意到他失態，繼續談些巫術之類的事，告訴他薩伊豹的故事，希望他認為我只是迷信的笨軍人。但是伊蓮，我猜對了，他也在找那個異常現象。問題是，我該不該告訴

1 編注：「大腳」（Bigfoot）現象為當代奇聞怪談之一，最早可能起源於北美原住民的「野人」（sasquatch）傳說。在北美，過去一百五十多年來不斷有人聲稱目睹全身毛茸茸的人形巨獸，這些傳聞統稱為「大腳」現象，源於怪物留下的巨大腳印。喜馬拉雅山上的「雪人」（Yeti）傳說也屬其一。

他？我得先弄清楚他在玩些什麼把戲。深愛你們。

強尼

阿拉斯加，科威爾酒館

一九八五年六月二十四日　星期一

親愛的：

我可能會有一陣子不能寄信給妳了。這裡是我們停留的最後一處城鎮，之後就要上溪河嶺，那些考古學家已經迫不及待想離開。有個傢伙以為他會找到證據，證明有古老得出人意料的人類遺址，我問有多早，為什麼他這麼有把握，他告訴我，他先前挖掘到獨角鯨的象牙雕刻，利用碳十四證明年代早到無法想像，比先前假設的年代還早，根本就是異常。如果這些東西來自我的異常現象，即來自另一個世界，這不是很古怪嗎？談到這裡，尼爾森已成為我最親密的夥伴，他老和我開玩笑，暗示他知道我知道的一切，我假裝自己是虛張聲勢的帕里少校，身陷中年危機的粗壯傢伙，腦袋卻空空如也，什麼嘛！但是我知道他想幹什麼。舉例來說，雖然他是如假包換的學院派，他的補助金卻來自國防部——我知道他們用的金融密碼；另一方面，他所謂的氣象熱氣球根本不是他描述的東西，我看過他的大木箱，那其實是我生平見過最好的一套輻射衣。怪得很呢，親愛的。我會繼續執行我的計畫，把那些考古學家帶到他們想去的地方，然後離開幾天去找尋我的異常現象，要是我不小心在盧考特嶺碰到尼爾森也在那裡晃蕩，我會見機行事。

（續前）運氣來了。我碰到傑克的愛斯基摩朋友馬特．齊加伊克。傑克告訴我在哪裡可以找到他，但是我毫不敢期望他真的會在那裡。齊加伊克告訴我，蘇俄人也在找尋這個異常現象，年初齊加伊克在盧考特嶺碰到一個傢伙，跟蹤了他好幾天，對方一點也沒察覺。齊加伊克猜他在找那地方，他猜對了，那人也真的是蘇俄間諜。他沒繼續說下去，不過我猜他把那人撞到山下去了。他描述的異常現象有點像是空中的縫隙，像是一個窗口。從一端看過去，可以看到另一個世界。不過那個窗口不容易發現，因為另一個世界的那個部分就和這裡一模一樣，有岩石、青苔等等。那是在一個小灣北邊約五十步的地方，在一個看起來像立熊岩石的西側，傑克給我的位置不怎麼正確，應該是北緯十二秒，不是十一秒。

親愛的，祝我好運。我會從靈魂的世界帶回戰利品給妳。我永遠愛妳，替我親親寶寶。

強尼

威爾覺得頭暈目眩。

他父親描述的就是他在鵝耳櫪樹下發現的窗口。他也發現了一個窗口——他們倆甚至用同樣的字眼描述！威爾一定找對路了。這也是那些人一直找尋的……所以這整件事也變得異常危險。

父親寫下這封信時，威爾還是個嬰兒。七年後某個早晨，威爾在超市裡體認到母親身在險境，必須保護她。漸漸地，威爾了解這份危險是她心靈所創造的，所以更要保護她。

現在，真相已殘忍地揭露，那份危險根本不是心理問題。真的有人在追蹤她，追蹤這些信件，這些訊息。

威爾搞不懂這件事意味著什麼，但他非常高興能和父親共享這麼重要的事：約翰．帕里和他兒子威爾分別發現了這項非凡的事物。他們相逢時，可以大談特談此事，父親會因威爾追隨他的事業感到自豪。

夜晚寂靜，海洋沉寂，威爾將信件摺疊收好，沉沉入睡。

第六章
發光的飛人

「古曼？」蓄黑鬍的毛皮商人說：「從柏林學院來的？人很莽撞。五年前我在烏拉爾北方盡頭見過他。我還以為他死了呢。」

山姆．坎西諾是史科比的舊識，也是個德州人。兩人坐在山莫斯基旅店煙霧瀰漫、點著石腦油燈的酒吧內，將小杯辛辣的冰伏特加一飲而盡。坎西諾將盤中鹹魚和黑麵包推向史科比，史科比抓了一把，點點頭，暗示坎西諾多說一些。

「他走進那個笨蛋雅可維夫設下的陷阱，」毛皮商人繼續說：「整條腿撕裂得深可見骨，他沒用一般藥物，反而堅持用熊族一種叫血苔的東西——類似地衣，但不是純正的苔蘚。反正，他躺在雪橇上痛得大聲叫嚷，還對屬下發號施令——他那些屬下正在用星象定位，測量一不正確他就厲聲責罵，老天，還真是得理不饒人呢。他體格精瘦，可是強悍、有力又好奇。你知道他已經受過儀式，成為韃靼人了吧？」

「不會吧！」史科比說著，在坎西諾的玻璃杯中又倒了些伏特加。精靈海斯特蹲在櫃檯上，待在他的肘旁，如往常般雙眼半合，雙耳平貼在背上。

史科比靠著女巫召喚的風，在當天下午抵達新尚巴拉。他一將儀器和設備收藏妥當，便立刻出發前往魚貨包裝站附近的山莫斯基旅店。這裡是極地浪人停留找工作、交換訊息、留言的地方。史科比以往在這裡停留過幾天，等待合約、旅客或正確的風向，因此他的行動一點也不突兀。

人們感覺世界劇變，自然而然聚集討論。每天都會傳出新消息：都這時候了，葉尼塞河尚未結冰；部分海洋也已流失，海床上奇形怪狀的石頭紛紛現形；一隻百呎長的烏賊，把三名船員從船上抓去，活活肢解……

北方的霧持續漫來，霧氣濃重冰冷，有時還會出現奇特夢幻的光線，人們可以隱約看到巨大的形狀，也可以聽到一些神祕的聲音。

總之，這不是找工作的時機，山莫斯基旅店也因此大爆滿。

「你剛才提到古曼嗎？」吧檯前有人突然開口，那是個一身海豹獵人裝扮的老人，他的旅鼠精靈從口袋中鄭重地向外探頭。「沒錯，他已經是韃靼人了。他加入那個部落時，我人也在現場。我看見他們在他的頭顱穿洞，他還有另一個名字，韃靼名字，我一時想不起。」

「朋友，我請你喝一杯，意下如何？」史科比說：「我正在打聽這人的消息。他加入哪個部落？」

「葉尼塞．帕克塔，就在森由諾夫嶺下，靠近葉尼塞和……我忘記叫什麼……一條河的岔口，那條河從山上流下來。河岸碼頭還有塊跟房子一樣大的岩石。」

「哈，對了，」史科比說：「我現在也想起來，我曾飛過那裡的上空。你剛說古曼的腦袋鑽了洞嗎？為什麼？」

「他是個巫醫，」老海豹獵人說：「我想那部落接受他前就認定他是巫醫了。頭顱鑽洞那件事一共進行了一天兩夜，他們用弓箭鑽鑿，就像鑽木取火一樣。」

「哈，難怪他的隊員都會乖乖聽話。」坎西諾說：「我從沒見過像他們那麼強悍的惡棍，可是他們就像緊張兮兮的小孩，四下跑腿照古曼的吩咐辦事，我想是因為詛咒。如果他們認為他是巫醫，聽起來就更有道理。那人的好奇心就跟狼的下顎一樣有力：絕不鬆口。他硬是叫我告訴他這地方一切消息，還有狼獾和狐狸的習性。他因為雅可維夫該死的陷阱而受苦受難，大腿血肉模糊，還忙著寫下血苔的功效、測量體溫、觀察傷口，記錄下每件蠢事……很古怪的人。有個女巫向他求愛，他卻拒絕了。」

「真的嗎？」史科比說，想起帕可拉的美貌。

「他不該拒絕，」海豹獵人說：「如果女巫向你求愛，你就應該接受。如果你不接受，有一天厄運出現就是你自己的錯。就像是要選擇祝福或詛咒，但絕對不能不做選擇。」

「他可能有他的理由。」史科比說。

「如果他腦袋清楚，他的理由最好很強。」

「他脾氣硬。」坎西諾說。

「可能是不想對不起另一個女人吧。」史科比說：「我聽過他別的事，聽說他知道一個具有魔法的東西的下落，不知道是什麼，但是那東西可以保護主人。你們聽過這故事嗎？」

「有，我聽過。」海豹獵人說：「他自己沒有那東西，但他知道在哪裡。有人想逼他說，結果他殺了那個人。」

「他的精靈非常古怪。」坎西諾說：「是隻老鷹，黑色的老鷹，有白色的頭和胸部，是我從沒見過的品種，我不知道叫什麼。」

「那是鴞。」酒保聽到他們的對話後回答：「你們在講古曼對不對？他的精靈是鴞，抓魚的老鷹。」

「他怎麼了？」史科比說。

「噢，他在柏陵蘭捲入斯克林的戰爭。我上次聽到他被人射殺了。」海豹獵人說：「當場斃命。」

「我聽說他被砍頭了。」史科比說。

「不對，你們兩個都錯了。」酒保說：「我知道真相，我從一個跟著他的因紐特人那裡聽來的。他們在庫頁島某處紮營，後來發生雪崩，古曼被壓在一百噸石頭下。那個因紐特人親眼看到。」

「我不了解的是，」史科比說，一面還替大家斟酒，「他到底在做什麼？他在探勘石油嗎？他是軍人嗎？跟哲學祕密有關嗎？坎西諾，你剛提到測量，那是什麼？」

「他們測量星光和極光。他熱愛極光。我認為他主要的興趣在廢墟，古老的東西。」

「我知道誰可以多告訴你一些消息。」海豹獵人說：「山上有個莫斯科維帝國學院的天文臺。他們可以告訴你更多事，我知道古曼去過那裡好幾次。」

「李，你為什麼要知道這些？」坎西諾說。

「他欠我錢。」史科比說。

這個答案太令人滿意，馬上打發掉這些人的好奇心。大家談到目前最熱門的話題：災變四起，卻沒人注意。

「那些漁夫說可以航行到上面那個新世界。」海豹獵人說。

「有新的世界嗎？」史科比說。

「等這場討厭的霧消散，我們就能瞧個清楚。」海豹獵人自信滿滿地說：「那件事發生時，我剛好坐在獨木舟上面向北方。一目了然，我永遠忘不了那景象。那裡的地平線不是弧線，而是一直線，不停延展。我可以眺望前方，要看多遠就看多遠，有陸地、海岸、山脈、港口、綠樹和農田，甚至還有天空。各位，那可是難得一見的奇觀。我原本可以一直划進空中，進入那面平靜的海，頭也不回，可是霧偏偏降下來了……」

「從沒見過這種大霧，」坎西諾發牢騷，「大概會持續一個月吧，可能還不止。李，如果你想從古曼身上找錢，算你倒楣，那人已經死了。」

「哈！我想起他的韃靼名了！」海豹獵人說：「我剛剛想起他們鑽洞時叫他什麼。聽起來像『約巴里』。」

「約巴里？沒聽過這種名字。」史科比說：「我猜，或許是尼本名字。看來，如果想要回我的錢，可能得找到他的繼承人和保證人。柏林學院或許可以清償他的債務。我會去天文臺走走，看他們有沒有他的消息。」

天文臺得往北走一大段路，史科比雇了一隊狗拉雪橇和駕駛。現在不容易找到人願意在霧中出發，但史科比很有說服力，或者說，他的錢很有說服力。經過漫長的討價還價，最後一個奧比區的老韃靼人終於答應帶他過去。

雪橇駕駛沒利用羅盤，或許他發現羅盤根本沒用。他是以各種標誌定位，包括他的極地狐狸精靈，她坐在雪橇前方，興致勃勃地四下嗅聞。史科比不管走到哪裡都會帶著自己的羅盤，這時他才了解，地球磁場就像其他東西一樣，早已深受干擾。

他們停下來煮咖啡時，老駕駛說：「這事兒以前發生過。」

「什麼？天空裂開嗎？以前發生過？」

「幾萬年前。我的族人還記得，好久以前了，幾萬年前。」

「他們怎麼說？」

「天空掉下來，靈魂在這個世界和那個世界之間活動。所有陸地都挪移了。雪融化後又冰凍。這些靈魂過一陣子就把洞封起來。關上了。女巫說那裡的天空很薄，就在北極光後面。」

「烏瑪，接下來會發生什麼事？」

「跟以前一樣，統統一樣。大麻煩之後就會有大戰爭，靈魂間的戰爭。」

駕駛不願再多說，不久，他們再度啟程。雪橇在凹凸的路面和窟窿間緩慢前進，穿越陰暗岩地與蒼白的霧，最後老人說：「天文臺就在那上面。現在你得下來步行，路太彎，雪橇無法前進。如果你要回去，我在這裡等你。」

「好，我處理好就回來。烏瑪，你在這裡生火，坐下來休息一會兒。我大概會花三、四個小時。」

史科比將海斯特塞在胸前外套裡，步行出發，經過半小時艱辛的攀爬後，一團建築物忽然出現在上方，彷彿有隻巨手瞬間將之憑空置放。但這忽現的建築只是大霧片刻消散的結果，一分鐘後又是迷濛一片。史科比看見主天文臺上的巨型圓頂，稍遠處還有個小圓頂，兩個圓頂之間則是些行政大樓和住宅。為了避免光害影響天象觀測，窗戶皆封死，建築物不透一絲燈光。

史科比到達幾分鐘後，就和一群天文學家聊起來，困在霧中的天文學家一籌莫展又沮喪，迫不及待想知道他帶來什麼新聞。史科比說出所見一切，在他們充分討論完這話題後，問起古曼的消息。那些天文學家已連續數週沒有訪客，因此聊得格外起勁。

「古曼？好，我告訴你。」所長說：「雖然他有個日耳曼名字，但他是英國人。我記得……」

「才不是呢。」副所長說：「他是日耳曼帝國學院成員之一。我在柏林認識他的。我確定他是日耳曼人。」

「不，你會發現他是英國人。反正，他的英語完美無瑕。」所長說：「不過我同意，他的確是柏林學院的成員。他是地理學家……」

「不對，不對，你錯了，」另一人說：「他的確探索地質，但不是以地理學家的身分。我曾與他長談，我想，可稱他為史前考古學家。」

在一間充當休息室、客廳、飯廳、酒吧和娛樂室的多用途房間內，他們六人圍坐桌前。除了史科比外，還有兩個莫斯科維人、一個波蘭人、一個約魯巴人和一個斯克林人。史科比感到這個小團體很高興有客來訪，因為訪客可以帶來新話題。波蘭人最後發言，卻被約魯巴人打斷：

「史前考古學家是什麼意思？考古學家研究古老的東西，你為什麼還要在前面加上史前？」

「他研究的東西比你想像的年代還久遠。他在尋找兩、三萬年前文明的遺跡。」波蘭人說。

「胡說八道！」所長說：「根本是胡說八道！這人在開你玩笑。三萬年前的文明？哈！證據在哪裡？」

「冰底下。」波蘭人說：「這正是重點。根據古曼的說法，地磁過去曾數度劇烈變動，地軸也跟著改變，因此溫帶才變成了冰原。」

「怎麼變？」莫斯科維人說。

「噢，他有一些很複雜的理論。重點是，任何早期文明的證據可能被埋在冰下。他宣稱他有一些岩石異常形成的照片。」

「哈！只有這些嗎？」所長說。

「我只是報告事實，並非辯護他的理論。」波蘭人說。

「各位，你們認識古曼多久了？」史科比說。

「呃，我想想看，」所長說：「我第一次見到他是在七年前。」

「在那之前一、兩年，他已闖出一番名聲，寫了各種有關磁極變動的報告，」約魯巴人說：「但他不知是從哪裡冒出來的，我是指，沒有人知道他學生時代的事，也沒有人看過他先前的文章……」

他們又討論了片刻，雖然多半認為古曼可能已經死了，但是大夥仍努力回想、提議，以便拼湊出完整的印象。波蘭人離開去煮咖啡時，史科比的野兔精靈悄聲對他說：

「李，探探斯克林人的口風。」

斯克林人很少開口。史科比以為他天生沉默寡言，但經海斯特提醒，他在對話暫停時，看了看那人的精靈——一隻雪白貓頭鷹，正用亮橙色眼睛盯著他看。嗯，貓頭鷹的確會這樣盯著人看，但海斯特說對了，那人雖面無表情，貓頭鷹卻帶著敵意和疑慮。史科比還注意到一件事：斯克林人的戒指上刻有教會象徵。他忽然了解對方為何沉默不語。史科比曾聽說，每所哲學研究機構的職員都必須包含一位「教誨權威」代表，以檢查或壓制各類異端發現。

了解這點，想起萊拉曾說過的話，史科比說：「各位，請告訴我，你們是否知道古曼在調查『塵』？」

沉默立刻降臨在這個沉悶的小房間，雖然沒人直盯著斯克林人，但注意力全都集中在他身上。史科比知道海斯特會雙眼半合、耳朵平垂，裝得高深莫測，史科比自己則一臉快活無辜，端詳每個人的表情。

最後，他轉向斯克林人，說：「抱歉……我問了不該問的問題嗎？」

斯克林人說：「史科比先生，你在哪裡聽到這件事？」

「在我飛來這裡的途中，有位旅客告訴我的，」史科比輕鬆說道：「他們沒說這到底是什麼，但從描述聽來，似乎是古曼博士研究過的東西。我以為是天文上的東西，例如極光，可是我相當困惑。身為熱氣球飛行員，我非常了解天空，但我從來沒見過這種東西。這到底是什麼？」

「如你所言，是一種天文現象。」斯克林人說：「沒什麼大不了。」

史科比覺得該離開了，該知道的他都知道了，他也不想讓烏瑪等太久。他離開大霧籠罩的天文臺，朝小徑前進。因為海斯特的雙眼離地面較近，他全憑精靈帶路。

他們才走了十分鐘，有個東西在霧中快速飛掠朝海斯特衝去：是斯克林人的貓頭鷹精靈。海斯特察覺到她即將來襲，及時壓低身子，鷹爪撲了個空。海斯特可以戰鬥，爪子也很銳利，而且她強悍又勇敢。史科比知道斯克林人也在附近，就從皮帶中抽出來福槍。

「李，在你後面。」海斯特叫道，史科比迅速轉身，在箭飛過肩膀時低頭。

史科比立刻開火，斯克林人倒地呻吟，子彈已射入他腿部。一會兒，他的貓頭鷹精靈安靜地揮動翅膀，笨拙地降落到他身邊。她半躺在雪地上，掙扎著將翅膀收起。

史科比舉起手槍，瞄準那人的頭部。

「好，你這該死的傻瓜，你想幹嘛？難道你不知道，天空中出現這種東西，大家都有麻煩了嗎？」

「來不及了。」斯克林人說。

「什麼來不及？」

「來不及阻止了。我已送出訊息。教誨權威很快就會知道你在調查什麼，他們會很高興知道古曼……」

「他怎麼樣？」

「這確認了我們的猜測：有人也在找他，他們也知道『塵』。史科比，你是教會的敵人。從他們食用的果實，可認識出他們。從他們詢問的問題，可知蛇正齧咬他們的心臟[1]……」

貓頭鷹發出呼呼的叫聲，翅膀痙攣似地抬起又放下，亮橙色眼裡充滿痛苦。斯克林人周圍的雪地開始湧現紅色血跡，即使濃霧瀰漫，史科比也看得出這人瀕臨死亡。

「子彈一定射中動脈了，我把袖子撕下來做止血帶。」

「不！」斯克林人厲聲說道：「我很高興一死！我將會得到殉教者的棕櫚葉！不准你剝奪！」

「想死就死吧。你只要告訴我……」

史科比沒有機會問完話，貓頭鷹精靈在一陣淒涼的微顫後消失，斯克林人的靈魂已離去。史科比看過一幅圖畫，描繪教會聖者遭刺客攻擊，那些刺客亂棍打死聖者時，小天使迎走聖者的精靈，並致贈象徵殉教的棕櫚枝。如今斯克林人的表情就和畫中聖者如出一轍：一種忘情的狂喜。史科比不屑地放下他。

海斯特開口說話。

「早該想到他會送出訊息的，拿走他的戒指。」

「為什麼？我們又不是小偷。」

「對，但我們是叛徒。我們沒有選擇當叛徒，卻因他的惡意而沉淪。反正教會一知道這件事，我們也會完蛋，不如趁這機會占點便宜，快，把戒指拿起來收好，搞不好用得到。」

史科比了解她的意思，便從死人指間取下戒指。他看了看幽暗的大霧，發現小徑旁是座險峻深淵，底下滿布岩石，一片黑暗。他將斯克林人的屍體推向邊緣，過了好長一段時間才傳來屍體落地的重擊聲。雖然史科比殺過三個人，但他向來不喜歡暴力，也厭惡殺生。

「別再想了，」海斯特說：「他沒給我們機會，我們開槍也不是想射死他。天殺的，李，他就是想死。這些人都瘋了。」

「我想妳說的沒錯。」他說著，收起手槍。

他們在小徑盡頭找到雪橇駕駛，狗群已套上轠繩準備上路。

「烏瑪，告訴我，」他們往魚貨包裝站前進時，史科比說：「你有沒有聽過古曼這人？」

「噢，當然聽過，每個人都知道古曼博士。」駕駛說。

「你知道他有個韃靼名字嗎？」

「不是韃靼名字，你是指約巴里吧？不是韃靼名字。」

1 編注：出自《聖經》〈馬太福音〉第七章第十九至二十一節。

「他怎麼了？他死了嗎？」

「你問我，我一定得說我不知道。所以你不可能從我這裡知道真相。」

「我懂了。那我可以問誰呢？」

「你最好問他的部落。最好到葉尼塞去問。」

「他的部落……你是說那些對他舉行儀式的人？鑽他頭骨的人？」

「對。你最好問他們。他可能沒死，可能死了，也可能不死也不活。」

「他怎麼可能不死也不活？」

「在靈界。他可能在靈界裡。我已經說了太多，現在我要閉嘴了。」

他真的封口了。

他們回到基地後，史科比立刻走到碼頭邊，找尋可以載他到葉尼塞河口的船隻。

此時，女巫也在四下尋覓。拉維安女王絲卡荻和帕可拉結伴飛行了數日夜，穿越濃霧和旋風，飛過遭洪水及山崩蹂躪的大地。她們顯然正穿過前所未知的世界。空氣中吹著奇特的風，古怪的味道四處瀰漫，不知名巨鳥一見她們便展開攻擊，最後被女巫的連發箭趕跑。她們找到一塊土地休憩，那裡的植物都非常奇異。

雖然如此，有些植物還能食用，還有類似兔子的小生物也提供美味餐點，飲水不虞匱乏。要不是有些鬼魅般的形體如霧般飄過草地，群集在附近的溪流和低矮水澗，在這土地上生活可能還挺舒服呢。那些鬼魅在某些光線下幾乎隱而不見，飄浮在光中，忽隱忽現的律動，就像在鏡前飄動的透明薄紗。女巫從未見過這類東西，立刻疑神疑鬼起來。

「帕可拉，妳看它們是活的嗎？」絲卡荻說。她們盤旋在樹海邊緣靜止不動的東西上方。

「不管是死是活，都充滿了惡意。」帕可拉說：「我從這裡就感覺得到。除非我知道哪種武器可以對付它們，不然我不會再靠近。」

幽靈似乎沒有飛行能力，只能在地面活動，這對女巫來說非常幸運。當天稍晚，女巫終於見識到幽靈的厲害。

事情發生在渡河口。河口旁有條泥路，通往樹叢旁的低矮石橋。夕陽斜照綠意盎然的草地，空氣中布滿金色塵埃。在這片斜光中，女巫看到一群旅者往橋梁前進，有些人步行，有些人騎著拖曳小車的馬匹，還有兩人騎馬。他們沒發現女巫，但他們是女巫在這個世界中看到的第一批人。帕可拉正準備飛下去和他們說話時，卻聽到一聲驚叫。

這是在前面領路的騎士發出的。他手指樹叢，女巫往下看，看到一大片幽靈正飄過草地，毫不費力地飄向那群人，它們的獵物。

人們四下奔竄。帕可拉詫異地看到騎馬的領隊立刻掉頭離開，沒留下幫助同伴，第二個騎士也往另一個方向全速飛奔。

「姊妹們，我們飛低點看看，」帕可拉告訴同伴：「除非我下令，否則不要插手。」

女巫看見隊伍裡也有一些孩子，有些坐在小推車上，有些在一旁步行。孩子顯然看不到幽靈，幽靈對他們也不感興趣，反而攻擊成人。一名老婦人坐在小推車上，膝上抱著兩個小孩，她躲在那兩個孩子身後，還在幽靈接近時將孩子往前推，彷彿要犧牲他們以救自己一命。絲卡荻看她如此懦弱，不覺憤憤不平。

兩個孩子從老太太手中掙脫而出，跳下小車，就像周圍的小孩一樣，驚恐地跑來跑去，或在幽靈攻擊成人時，站著緊抱在一起大哭。推車上的老太太很快就被迅速移動的透明微光籠罩，幽靈正忙著吞噬某種隱形的東西，這幕景象讓絲卡荻看了噁心反胃。除了兩個騎馬逃走的人外，所有成人都遭遇相同下場。

帕可拉也驚惶失措，她飛得更低。有個父親抱著孩子設法涉水逃走，但有個幽靈追趕上他們。孩子緊抓住父親嚎啕大哭，男人卻緩下腳步，站在及腰的水中，無助地乖乖就範。

他到底怎麼了？帕可拉飛到幾呎外，滿心恐懼地看著。她曾在自己的世界聽過旅人提及吸血鬼，她看幽靈忙著狼吞虎嚥，不覺想起吸血鬼——幽靈在吞食這男人具有的某種東西，他的靈魂，或是精靈。很顯然，這世界的人的精靈是在人體內部，不在外面。男人的雙手從孩子腿間鬆開，孩子跌到他身後的水裡，徒然緊抓著他的手，哭叫著喘氣，男人卻只是緩慢轉頭，看著小兒子在身邊溺水，完全無動於衷。

帕可拉再也忍不住，飛下去將孩子從水中拉出，此時絲卡荻叫道：「妹妹，小心！妳後面……」

帕可拉心中一角忽地感到一陣奇異的窒悶，她伸手向上抓住絲卡荻的手，絲卡荻將她拉出險境。她們一同飛高，孩子叫喊著，尖尖的指甲緊抓住帕可拉腰間，帕可拉看到身後的幽靈彷彿一團在水上旋轉的霧，到處尋覓失蹤的獵物。絲卡荻對準幽靈正中心射了一箭，一點用也沒有。

帕可拉將孩子放在河岸邊，知道幽靈不會攻擊他，便又返回空中。這個小小旅隊再也無法前進：馬匹在草地上吃草，搖頭趕走蒼蠅；孩子放聲大哭，緊緊抱在一起；從遠處觀望，成人都靜止不動，眼睛圓睜，有些人站著，多數人坐著，一種可怕的沉滯籠罩了他們。最後一個幽靈飽足飄走後，帕可拉降落在一個女人面前，那個健壯的女人坐在草地上，看起來很健康，雙頰紅潤，金髮柔順。

「女士？」帕可拉說，卻沒有回應，「妳聽得到嗎？看得到我嗎？」

帕可拉搖搖她的肩膀，女人用盡全力抬頭看看，似乎視而不見。她眼神空洞，帕可拉捏捏她前臂的皮膚時，她只是緩緩低頭，然後又往別處看去。

其餘女巫也在散落的運貨馬車間移動，恐慌地看著這些受害者。孩子聚集在稍遠處的小丘上看著女巫，害怕地低語。

「騎馬的人在看這裡。」有個女巫說。

她指著谿谷小徑。逃跑的騎士拉住馬轉身回望，以手遮光，看看發生什麼事。

「我們會跟他聊聊。」帕可拉說，立刻飛到空中。

不管這人在面對幽靈時表現得如何，他都不是懦夫。看到女巫向他飛去，他將背上的來福槍轉到胸前，策馬向草地奔馳，如此一來，他可以在空曠處面向女巫，轉身射擊。帕可拉緩緩降落後，將身上的弓放在前方地上。

不管他們有沒有這類舉止，含義顯而易見。男人將肩上的來福槍放低，看看帕可拉和別的女巫，並抬頭看看她們在空中盤旋的精靈。這些女人年輕又野蠻，穿著黑絲衣裳，騎著雲松枝在天空飛翔——他的世界裡沒有這種生物，但他沉著以對。帕可拉向前靠近時，看到他臉上的憂傷與堅毅。她無法原諒他先前的作為，同伴死亡時，他卻轉身就跑。

「妳是誰？」他問。

「我叫帕可拉，另一個世界恩納拉湖區的女巫女王。你叫什麼？」

「約金．羅倫茲。妳是說女巫？妳們和惡魔有協議嘍？」

「如果有，我們會是你的敵人嗎？」

他想了想，終於將來福槍放在大腿上，「曾經是，但時機不同了。妳們為什麼會到這個世界來？」

「因為時機不同。那些攻擊你們的生物是什麼？」

「嗯，幽靈……」他聳聳肩，還帶著些許驚慌，「妳不知道幽靈嗎？」

「我們的世界沒有這種東西。我們看見你逃跑，不知該做何感想。現在我了解了。」

「成人根本無法對付幽靈，」羅倫茲說：「只有孩子能幸免。法律規定，每個旅隊都必須包括騎士，一男一女，擔負我們剛剛的工作，否則孩子會沒人照顧。可是現在時局很糟，城市中充滿幽靈，以前每個地方都只有十幾個幽靈而已。」

絲卡荻四處張望。她看見另一個騎士回到馬車旁。那人的確是名女性，孩子朝她飛奔。

「告訴我妳們在找什麼？」羅倫茲說：「妳之前沒回答。妳們不會無故來此。現在就回答我。」

「我們在找一個孩子，」帕可拉說：「一個從我們世界來的小女孩。她的名字是萊拉．貝拉克，也叫蓮花舌萊拉。我們想不出她人在哪裡。你看過一個獨自旅行的奇怪小女孩嗎？」

「沒有。可是有天晚上我們看到一群天使朝極地飛去。」

「天使？」

「一整隊在空中，全副武裝，閃閃發亮。這些年來他們並不常見，但是在我爺爺那個年代，他們常常穿越這個世界，至少我爺爺是這麼說。」

他舉手遮光，望向四散的馬車及滯留的旅人。另一名騎士已經下馬，忙著安慰孩子。

帕可拉順著他的眼神望去，說道：「如果我們今晚和你們一起露宿，幫你們監視幽靈，你會多告訴我們一些這世界的事嗎？還有你看到的那些天使？」

「當然會。來吧。」

女巫幫忙沿路推動馬車，跨越橋梁，遠離幽靈出現的樹林。被襲的成人只能留在原地，小孩緊抱著對他們不再有反應的母親，或拉拉父親的袖子，父親一言不發，注視著虛無，眼瞳裡空無一物，即使這些景象讓人鼻酸，卻也莫可奈何。年幼的孩子不明白為什麼要把父母留在原地；年紀稍長的孩子，有些已失去雙親，有些曾看過類似的事情，只變得垂頭喪氣、呆滯冷漠。帕可拉在河裡救起的小男孩大哭著要爸爸，在帕可拉懷中伸手橫過她的肩膀，叫喊著仍靜立在河中、無動於衷的身影。帕可拉眼中也充滿淚水。

穿著粗獷帆布馬褲、跨騎馬上的女騎士一語不發。她神情陰鬱，語氣嚴厲，催促孩子前進，無視他們的眼淚。夕陽將天色染成一片金黃，使一切清晰可見，炫目的閃光已經消失，孩子和那對男女的臉龐似乎不朽、堅強且美麗。

稍後，營火漸燼，巨大山丘在月下安靜橫陳，羅倫茲開始告訴帕可拉和絲卡荻他們世界的歷史。

這裡從前是個無憂的世界，城市優雅宏偉，耕地肥沃，湛藍海洋上商船往復，魚網滿獲鱈魚、鮪魚、鱸魚和烏魚，森林裡到處是獵物，孩子從未挨餓；大城市的庭院和廣場中，有來自芭西、貝南、艾爾蘭、高離的大使、菸草商、貝加摩的即興喜劇演員和彩券商。夜晚來臨時，戴著面具的情侶聚在植滿玫瑰的柱廊或點燈的花園中，空氣中瀰漫茉莉花香和曼陀羅琴悸動的音符。

女巫瞠目結舌地聆聽，這個世界的故事和她們的世界多麼類似，但又迥然不同。

「可是事情終於出錯。三百年前，一切都不對勁了。有些人認為應該譴責天使塔上的哲學家公會。天使塔位在我們離開的城市。其他人則認為這是我們犯下重罪的懲處，不過我還不知道這個罪過是什麼。但幽靈憑空出現，從此再無寧日。妳也看到那些幽靈做的好事。想想看，住在有幽靈的世界會是什麼樣子！我們要如何蓬勃發展？如何能如往常一般過日子？父母親隨時可能罹難，家庭因此崩解，商人可能遭襲，事業就此衰落，職員和工人也跟著失業。情侶又怎麼能相信彼此的海誓山盟呢？幽靈一來，這個世界的信任和美德也跟著消失了。」

「這些哲學家是些什麼人？」帕可拉問：「你提到的那座樓塔又在哪裡？」

「就在我們離開的城市——喜咯則，鵲之城。妳知道為什麼稱它鵲之城嗎？因為鵲鳥偷竊，這是我們唯一會做的事。我們從來沒創造什麼，幾百年來什麼也沒建造，唯一能做的事，就是到其他世界偷東西。是啊，我們知道其他世界。天使塔裡的哲學家發現了一切。他們有種咒語，念了咒語就可以穿越一扇不存在的門，到另一個世界。有人說那不是咒語，而是一把即使沒有鎖也能開啟萬物的鑰匙。誰知道呢？不管那是什麼，反正讓幽靈進來了。據我所知，哲學家還在利用那個咒語。他們到別的世界偷竊，帶回那裡的東西，例如黃金珠寶，這理所當然，還有其他東西，像是發明、穀類和鉛筆等等，這些都是我們財富的來源，」他酸苦地說：「那個偷竊公會。」

「為什麼幽靈不會傷害小孩？」絲卡荻說。

「這是最神祕的事。孩子的純真有種力量可以對抗無動於衷的幽靈。但不只這樣，小孩子根本看不見幽靈，我們也不了解原因何在，從來不知道。但是幽靈孤兒很常見，妳可以想像，就是那些雙親遭剝奪的孩子，他們成群結隊在鄉間晃蕩，有時在幽靈聚集的城市裡，大人會雇用他們尋找食物和補給品，有時他們只是到處流浪，尋找食物。

「我們的世界就是這樣。哎，我們盡力在這種詛咒下過活。這些幽靈真的是寄生蟲，把宿主大部分生命吞噬一空，卻不殺害宿主。早先還多少維持平衡，直到最近出現那場風暴。當時，整個世界彷彿被扯碎裂開，我記憶中從未出現那樣的風暴。

「接著起了一陣大霧，持續好幾天，覆蓋住我知道的每個角落，沒人可以旅行；等霧散後，城裡全是幽靈，成千上萬。所以我們逃到山上，逃到海中，但是這次不論我們逃到哪裡都甩不掉它們。妳也看見了。

「現在該妳說了。告訴我妳的世界，妳為什麼要離開自己的世界來這裡。」

帕可拉盡可能據實以告。他是個誠實的男人，毋需對他隱瞞什麼。他仔細聆聽，又搖頭又讚歎，等帕可拉說完後，他說：「我剛才告訴妳，我們的哲學家有能力打開通往別的世界的通道。嗯，有人認為，他們偶爾會忘記關閉，所以如果有旅人從別的世界找到進入這裡的通道，我也不覺得稀奇。畢竟，我們知道天使可以穿越過來。」

「天使？」帕可拉說：「你先前曾提到他們。我們從未聽過天使。天使是什麼？」

「妳想知道天使的事？」羅倫茲說：「那好，聽說他們自稱為『班尼艾霖』，也有人叫他們『觀察員』。他們不像我們一樣有血有肉，而是一種靈體。或許他們的血肉比我們的更細緻、輕微，也更明亮些，我不知道，可是他們和我們不同。他們的工作是傳送天堂的訊息。我有時會在空中看到他們從這個世界穿越到另一個世界，像螢火蟲般明亮，高高在上，甚至可以在靜夜裡聽到他們振翅的聲音。他們關心的事物和我們不同，不過在遠古時，他們曾經下來和人類打交道，也有人說，他們和人類生子。

「大風暴降臨後，大霧也跟著來了，當時我正在回家的路上，結果被困在聖伊拉城後的山上。我在山泉附近的牧羊小屋裡避難，山泉旁是一片樺木林，一整夜我都聽到上方霧裡充滿警告聲、憤怒的叫聲，還有鼓翅聲，我從未近得可以聽到那些聲音。黎明將近時，我聽到小規模的戰鬥聲，箭枝飛嘯而過，劍擊鏗鏘作響。雖然心中好奇，可是我怕得不敢出門張望。老實告訴妳，當時我早已嚇壞了。等霧裡天色稍微亮些，我才膽敢往外看去，山泉邊躺著一個受傷的身影。我覺得自己看了不該看的東西——一種神聖的東西。我撇過頭去，等我又轉回頭時，那身影已經消失了。

「那是我最接近天使的一次。但是我也告訴過妳，某晚我們又看到他們，在高高的天上，穿梭於星子間朝極地前進，像一列航行中的無敵艦隊……出了什麼事，我們在這下面卻毫不知情。戰爭可能開打了。天堂在過去曾有一次戰事，噢，那是在幾千幾萬年前，很久很久以前的事了，我不知道結果如何。如果戰爭再起，也不無可能，但後果對我們來說可能很慘烈……我無法想像。

「雖然如此，」他繼續說，坐直身子開始攪動火堆，「這場戰爭結束後，或許會比想像中好。天堂的那場戰爭，可能會將這世界的幽靈一掃而空，把它們趕回原來的地方。那就真是上天保佑了！如果可以解決這個可怕的毒害，我們可以過得多清新快活啊！」

羅倫茲一臉絕望地注視著火堆。閃爍的火光在他臉上跳躍，強悍的面容看起來既陰鬱又悲傷。

絲卡荻說：「先生，有關極地，你提到天使往極地出發，他們為什麼要去極地？你知道原因嗎？天堂在那裡嗎？」

「我不知道。妳明白我不是什麼博學的人。嗯，我們世界的北方據說是靈魂的居所。如果天使開始聚集，就會前往那裡；我敢說，如果他們要進攻天堂，也會在那裡建築堡壘，並從那裡出擊。」

男人抬起頭，女巫順著他的目光望去。這世界的星星就和她們的一樣：銀河閃爍蒼穹間，無數星子在黑暗中點點發光，幾乎和月光一樣明亮……

「先生？」帕可拉說：「你聽說過『塵』嗎？」

「塵？我猜妳指的不是路上那種灰塵。沒有，我沒聽說過。可是妳看……一整隊天使……」

他指著蛇夫座。很明顯，一小群發亮物體正穿越那一帶。他們不是飄浮，而是像鵝或天鵝般有目的地飛行。

絲卡荻站了起來。

「妹妹，我該向妳告辭了。」她對帕可拉說：「不管這些天使是什麼，我都要上去和他們聊聊。如果他們要去尋找艾塞列公爵，我就和他們同行；如果不是，我就自己尋覓。謝謝妳的相伴，再會了。」

她們親吻道別，絲卡荻拿起雲松枝衝向天空。她的藍喉鴿鴞精靈席格從黑暗中飛奔到她身邊。

「我們要高飛嗎？」他問。

「和蛇夫座上那些發光的飛人一樣高。席格，他們前進得很快，我們快追！」

絲卡荻和她的精靈一飛沖天，比火焰裡的星火還快，空氣衝過她雲松枝上的小枒，她的黑髮也在身後飄揚。絲卡荻沒有回顧野地上的小火堆，也沒有看看熟睡的孩子和她的女巫同伴。那段旅程已經結束，況且，她離前方那些發亮生物還不夠近，除非她緊盯著他們，否則他們很容易就消失在無垠的星光中。

她繼續前進，目光從未偏離天使，距離逐漸縮短，天使的形影也看得較為清楚。

不論他們身在何處，也不管夜色多暗，陽光似乎總照耀著他們，並不像身上燃燒著光芒。他們像長有翅膀的人類，但比人類高大得多。他們全都裸身，絲卡荻得以辨認出三男兩女。他們的翅膀從肩胛骨伸展，背部和肩膀的肌肉相當強韌有力。絲卡荻在他們身後跟隨了好一段距離，觀察推測他們的力量，以防萬一必須和他們作戰。他們身上沒有武器，但從另一方面來說，他們的飛行能力卓越，如果發生追逐戰，她可能會屈居下風。

為防萬一，絲卡荻先將弓搭好，然後飛向前和他們並肩前進，叫道：「各位天使！停下來聽我說話！我是女巫絲卡荻，我想和你們說話。」

他們轉身了，巨大的翅膀向內拍打減緩速度，身體向下垂直，直到懸浮在空中為止，並不斷揮舞雙翼以維持姿勢。他們團團圍住絲卡荻，五個巨大身影在黑暗空中被無形的太陽照亮。

絲卡荻四下張望，驕傲無懼地坐在雲松枝上，她的心因這種奇特的景象而加速跳動，精靈坐在她身邊鼓翅，緊貼著她溫暖的身軀。

每個天使都迥然不同，卻比她見過的人類更具共同點。他們全都發著微光，一種智慧和情緒的流動靈光，彷彿同時橫掃過他們。他們全都一絲不掛，但絲卡荻覺得他們的眼光如此銳利深刻地透視過她，彷彿她才裸著身。

她不以自己為恥，抬高下巴回視他們。

「所以你們就是天使，」她說：「或叫『觀察員』、『班尼艾霖』。你們要去哪裡？」

「我們聽到召喚。」其中一人說。

絲卡荻不確定誰在說話，或許他們同時開口。

「誰的召喚？」她問。

「一個人。」

「艾塞列公爵？」

「或許。」

「你們為什麼要聽從他的召喚？」

「我們心甘情願。」他們回答。

「那麼，不論他在哪裡，你們也可以帶領我一起去。」絲卡荻命令他們。

絲卡荻已經四百一十六歲，有著成年女巫的驕傲和知識。她遠比蜉蝣般的人類更有智慧，但她一點也不了解，自己在這些古老生命前只能算個小孩。她也不知道，這些天使的智慧遠勝於她，他們智慧的觸角伸展到各宇宙最遙遠的角落，可達一些她完全夢想不到之處。她不知道他們看來像人類，是因為她的眼睛欺瞞了她。如果她能察覺他們真實的形體，看起來倒像是建築，就像由智慧和感情所組成的巨型結構，而不像有機體。

但他們毫無期待：她還年輕得很呢。

他們立刻揮動翅膀向前出發，絲卡荻也緊緊追隨，她在天使巨翼鼓動所造成的騷動中翺翔，獲得一種速度和力量的快感。

他們飛行一整晚，星子在四周運行，旭日從東方升起，星子逐漸褪色消失。太陽金環初現時，整個世界突然大放光明，他們飛進明朗的藍天，飛入清淨的空氣，感覺到一種新鮮、甜蜜和潮溼的味道。

天光下的天使看來較不明顯，他們奇異之處卻更清晰。絲卡荻能看見他們，並非透過高升的太陽，而是不知從哪放射出的光芒。

天使毫無倦意地前進，絲卡荻也不感困乏地追隨。她心中有種激盪的狂喜，彷彿自己可以控制這些不朽的存在。她全身盈溢喜悅，感受到肌膚下粗糙的雲松枝、她的心跳、五官所有的感受、飢餓感、藍喉鴿鴝精靈甜蜜的鳴聲、下方的土地及每一種生物，不論動物也好，植物亦然。她滿懷欣喜，知道自己的本質和它們一樣，心中也清楚，她死後，血肉可以滋養其他生命，就像其他生命曾滋養她一樣。她也為自己即將見到艾塞列公爵而雀躍不已。

夜晚再度降臨，天使繼續往前飛。空氣質地開始變化，並非惡化或改善，只是改變。絲卡荻知道他們已從先前的世界進入另一個世界，但她不知道這是怎麼發生的。

「天使！」她感受到改變後，發聲叫道：「你們是怎麼進入這個世界的？界線在哪裡？」

「空氣中有些無形區域，」他們回答：「一些進入其他世界的走廊。我們看得到，可是妳看不到。」

絲卡荻看不到那條隱形走廊，但也沒必要：女巫的導航能力優於鳥類。天使回答問題時，絲卡荻將注意力集中在下方三道聳起的山脈，試著記清它們的形狀。不管天使怎麼想，如果有必要，絲卡荻自己可以再找到這條走廊。

他們又向前飛行了一會兒，她聽到其中一個天使說：「艾塞列公爵就在這個世界，他建造的碉堡就在那裡……」

天使減緩速度，像老鷹一樣在半空中盤旋。絲卡荻順著一個天使指的方向看去。即使星子仍在深邃墨黑如天鵝絨的夜空上大放光芒，東方一抹微光正逐漸升起。在世界的最邊緣，光線隨著時間逐漸增強，巨大山群聳立著幾座高峰，黑色岩石如矛般突起，雄偉碎裂的厚層和鋸齒狀的山脊錯落，彷彿宇宙大災難後的殘骸。絲卡荻看到清晨第一道光線照射在最高峰，明亮中勾勒出方正的建築：一座巨大堡壘，玄武岩構成的雉堞幾乎有半座山高，延伸出來的部分必須用飛行速度才能測量。

在黎明前的黑暗中，龐大堡壘下方的耀眼火焰和爐內煙霧清晰可見，即使身在好幾哩外，絲卡荻也能聽到榔頭的鏗鏘聲和巨大工廠內的敲擊聲。四面八方都可看見更多天使朝那方向前進，不僅天使，還有一些機器——有鋼鐵翅膀的機器如信天翁般滑翔、玻璃飛行艙像蜻蜓揮動翅膀、還有像大黃蜂嗡嗡作響的飛船——全都朝公爵建造在世界盡頭的山上堡壘前進。

「艾塞列公爵在那裡嗎？」她說。

「對，他在那裡。」一個天使說。

「那我們飛去見他，你們要當我的護衛。」

天使照她的話伸展翅膀，飛向金光薄覆的堡壘，迫不及待的女巫則飛在他們前方。

第七章 勞斯萊斯轎車

萊拉一大早就醒來了。這城市的清晨安靜又溫暖，彷彿一直是這種寧靜夏日。她溜下床走到樓下，聽到水上有些孩子的聲音，就過去看看他們在做什麼。

三個男孩和一個女孩在兩艘腳踏船上嬉耍，濺著水花穿過陽光普照的海港，比賽看誰先抵達臺階。他們一看到萊拉，稍微緩下速度，但不久又開始加速衝刺。優勝組狠狠撞上臺階，其中一個孩子竟掉入水中，他試著爬上另一艘船，結果也把那艘船掀翻，孩子開始潑水嬉戲，彷彿昨夜的恐懼從未發生。萊拉心想，這些孩子比那天在樓塔前的孩子更年幼，最後她也加入他們，潘拉蒙變成一條銀色小魚，跟在她身邊搖擺。和別的小孩說話，對萊拉一點都不難，不久，他們全都圍在她身邊，一起坐在水中暖暖的石頭上，溼透的襯衫在陽光下很快就乾了。可憐的潘拉蒙只好又躲進她的口袋，在溼涼棉衣中變成一隻青蛙。

「妳要把那隻貓怎麼樣？」

「妳真的能帶走厄運嗎？」

「妳從哪裡來的？」

「妳朋友不怕幽靈嗎？」

「威爾什麼都不怕，」萊拉說：「我也不怕。你們為什麼怕貓？」

「妳不知道貓嗎？」年紀最大的男孩不可置信地說：「貓的身體裡有惡魔。妳得殺掉所有看見的貓，不然牠們會咬妳，把惡魔放進妳身體。妳和那隻大豹在一起幹嘛？」

萊拉明白他指的是變成豹的潘拉蒙，就無辜地搖搖頭。

「你一定在做夢，在月光下，各種東西看起來都稀奇古怪。我和威爾住的地方沒有幽靈，所以我們不曉得這種事。」

「妳要是看不見幽靈，那妳就安全了。」一個男孩說：「妳要是看得見，就曉得它們會來抓妳。我爸爸這麼說。後來幽靈把他抓走了，那次他沒注意到它們。」

「所以幽靈現在就在這裡，就在我們周圍嗎？」

「對！」女孩說。她伸出一隻手，抓住一把空氣，得意地說：「我現在就抓住一隻了。」

「它們不能傷害我們，」一個男孩說：「所以我們也無法傷害它們。」

「這個世界裡一直都有幽靈嗎？」萊拉問。

「對呀，」一個男孩說。另一個孩子卻說：「不對，幽靈是在很久以前出現的，幾百年前。」

「是因為公會才來的。」第三個男孩說。

「因為什麼？」萊拉問。

「才不是呢！」女孩說：「我奶奶說，它們會來這裡，是因為我們很壞，神要處罰我們。」

「妳奶奶懂什麼，」一個男孩說：「妳奶奶是有鬍鬚的老山羊，她是笨蛋。」

「公會是什麼？」萊拉問。

「妳知道天使塔吧？」一個男孩說：「就是那座石塔。石塔屬於公會，那裡有個神祕的地方。公會的人知道各種事，哲學、鍊金術之類的。就是他們讓幽靈進來這裡。」

「才不是，」另一個男孩說：「幽靈是從星星上來的。」

「是啦！事情是這樣：幾百年前，公會的人把一些金屬分開，可能是鉛吧。他想要把鉛變成黃金，於是把它一再切割，一直切到最小為止。這已經是世界上最小的東西了，小到甚至看不見。但他還是把它切開了，就在最小片裡面，所有幽靈緊緊摺疊在一起，不占一點空間。那個人切開那部分後，砰！幽靈全跑出來，從此以後它們就在這了，我爸爸是這麼說的。」

「公會的人還在樓塔裡嗎？」萊拉問。

「不在！他們就像別人一樣逃跑了。」女孩說。

「樓塔上沒人，那裡鬧鬼。」一個男孩說：「所以貓會從那裡跑出來。我們才不要再去那裡咧。小孩子都不去那裡了，那裡很可怕。」

「公會的人不怕進去那裡。」另一個孩子說。

「他們有特殊的魔法。他們很貪心，從窮人身上偷東西，」女孩說：「窮人要做所有事，公會的人什麼都不用做。」

「現在樓塔裡一個人也沒有嗎？」萊拉說：「沒有大人？」

「城裡一個大人也沒有！」

「他們才不敢待著呢。」

但萊拉明明看到一個年輕人在樓塔上，她相信自己沒看錯。而且這些孩子說話的語氣像老練的騙子，萊拉聽得出謊言，他們說的是不折不扣的謊話。

萊拉忽然想起來：小保羅曾提到他和安琪的哥哥突里歐也在城裡，而安琪叫他住嘴……難道她看到的人是他們的哥哥嗎？

萊拉起身離開，讓孩子去拯救船隻，將船踏回海邊。她回到屋內煮咖啡，看看威爾醒來沒。他還在沉睡，那隻貓則蜷曲著躺在他腳邊。萊拉迫不及待想去見她的學者，就寫了紙條放在床邊地上，拿起背包前往尋找那扇窗口。

她和潘拉蒙沿路走到昨晚經過的小廣場，廣場空無一人。陽光照亮古老樓塔正前方，顯現門口旁模糊的雕刻，這些人形雕像有著斂起的翅膀，歷經幾世紀風吹日晒後，五官已變得模糊，但它們靜止不動的模樣仍顯示出力量、悲憫和智慧的原力。

「天使。」蟋蟀潘拉蒙在她肩上說。

「或許是幽靈。」萊拉說。

「不是！他們說天使塔，」潘拉蒙堅持，「我猜這一定是天使。」

「要不要進去？」

他們抬頭看看雄偉橡木門上裝飾的黑色鉸鏈。門前幾級臺階早已磨損，大門微微開啟。除了自身的恐懼之外，沒有什麼可以阻止萊拉進入。

她躡手躡腳爬到臺階最上方，從縫隙間向裡張望。她只看見陰暗的石板大廳，裡面什麼也沒有。潘拉蒙開始在她肩上焦躁地拍打翅膀，就像他們在約旦學院地窖中對那些頭顱玩把戲時一樣。萊拉現在聰明多了，知道這地方不對勁。她趕快跑下樓梯，離開廣場，前往陽光普照的棕櫚大道。她確定沒有人在看她後，就直接穿過窗口，進入威爾的牛津。

四十分鐘後，她又進入物理大樓開始和門房爭吵，這次她卻有張王牌。

「你問問瑪隆博士就知道了，」她甜甜地說：「這就對了，你問她。她會告訴你。」

門房轉向電話，萊拉同情地望著他按按鈕，對著話筒說話。這裡完全不像正統的牛津大學有像樣的門房小屋，只有一座木櫃檯，看起來像爿店鋪。

「好吧。」門房說著，轉過身來，「她說妳可以上去，不要到處亂跑。」

「好，我不會亂跑。」她假正經地說，好女孩總會遵守別人的吩咐。

樓梯頂端有個意外正等著萊拉。她經過一扇有女人標誌的門時，那扇門突然打開，瑪隆博士沉默地打手勢要她進去。

萊拉狐疑走進，這不是實驗室，而是盥洗室，瑪隆博士看起來神色不安。

她說：「萊拉……有人在實驗室裡……警官之類的……他們知道妳昨天來看我，我不知道他們在找什麼，但我不喜歡這樣。這到底怎麼回事？」

「他們怎麼知道我來看妳？」

「我不知道！他們不知道妳的名字，可是我知道他們的意思……」

「噢，好吧，我可以對他們撒謊。這很簡單。」

「這到底是怎麼回事？」

外面走廊忽然傳來一個女人的聲音：「瑪隆博士？妳看見那孩子了嗎？」

「看見了，我只是帶她到盥洗室……」瑪隆博士回答。

萊拉心想，博士沒必要這麼心焦，或許她不習慣危險吧。

走廊上的女性看來很年輕，穿著也很時髦，萊拉出來時她勉強笑了笑，眼神卻很嚴厲，充滿猜忌。

「哈囉，妳是萊拉，對不對？」女人說。

「對呀。妳叫什麼名字？」

「我是柯立芙警官。進來吧。」

萊拉覺得這個警官膽子不小，竟把實驗室當作自己的，但她只是溫馴地點點頭。這時，她首次感到一絲悔意，知道自己不該待在這裡。她知道探測儀要她做什麼，但絕不是這樣。她狐疑地站在門口。

室內有個強壯高大的男人，有對白眉毛。萊拉知道學者長什麼模樣，這兩人絕對不是學者。

「進來，萊拉，」柯立芙警官說：「沒關係，這是霍特斯巡官。」

「嗨，萊拉。」男人說：「我從瑪隆博士那裡聽說妳的事。我很想見見妳，可能的話，想問妳幾個問題。」

「什麼樣的問題？」她問。

「不是很難的問題。」他微笑說道，「過來坐下，萊拉。」

他把一張椅子推到萊拉面前。萊拉小心翼翼坐下，還聽到門自動關上的聲音。瑪隆博士站在附近，潘拉蒙變成一隻蟋蟀心焦地躲在萊拉胸前口袋，她感覺潘拉蒙緊靠在自己胸前，暗自希望別人不會注意抖動的口袋。萊拉心裡要潘拉蒙鎮定下來。

「萊拉，妳是從哪裡來的？」霍特斯巡官說。

如果她回答牛津，那他們會很容易查到；她也不能說是另一個世界，這些人都非常危險，他們馬上會想多知道一點。萊拉想到這個世界裡她知道的另一個地名：威爾住的地方。

「溫徹斯特。」她說。

「萊拉，妳是不是打過架？」巡官說：「妳身上這些瘀青是怎麼來的？臉頰上一個，腿上還有，有人痛揍妳一頓嗎？」

「沒有啊。」萊拉說。

「妳上學嗎？」

「有啊，有時候。」萊拉說。

「妳今天不用上學嗎？」

萊拉一句話也沒說。她覺得愈來愈不自在。她看了看瑪隆博士，博士的表情也緊繃不悅。

「我只是來這裡看瑪隆博士。」萊拉回答。

「萊拉，妳現在住在牛津嗎？妳住在哪裡？」

「和一些人住。只是朋友。」萊拉說。

「他們的地址呢？」

「我不知道那地方叫什麼，但我找得到那裡，很容易，可是我不記得街名。」

「那些人是誰？」

「我爸爸的朋友。」她說。

「噢，我知道了。妳是怎麼找到瑪隆博士的？」

「我爸爸是物理學家，他知道瑪隆博士。」

現在比較簡單了，萊拉心想。她開始覺得輕鬆了些，謊話也說得比較流利。

「她讓妳看研究計畫對不對？」

「對呀。有螢幕的機器……對，那些東西。」

「妳對科學有興趣，對不對？」

「對呀。特別是物理。」

「妳長大後要當科學家嗎？」

這種問題毫無意義，萊拉拋給他一個白眼。霍斯特巡官一點都不慌亂，朝年輕女人的方向看了看，再轉回來看看萊拉。

「看到瑪隆博士給妳看的東西時，有沒有覺得很驚訝？」

「嗯，多多少少，但我知道會看到些什麼。」

「因為妳父親的緣故嗎？」

「對。他也在做一樣的工作。」

「沒錯。妳懂他的工作嗎？」

「一些些。」

「所以妳父親也在研究黑暗物質？」

「對。」

「他像瑪隆博士一樣研究到這個地步了嗎？」

「不太一樣。有些事他可以弄得更好，但是他沒有那個有字幕的機器。」

「威爾也和妳的朋友在一起嗎？」

「對，他……」

萊拉突然沉默，她霎時了解自己犯了大錯。

他們也沉默不語，立刻站起來預防她逃跑，瑪隆博士恰好擋住他們的去路，警官被絆倒後接著擋到巡官的路。這給萊拉時間一頭衝出，還將身後的門用力關上，賣命往階梯衝去。

兩個穿著白色外套的男人從一扇門後出現，萊拉當頭撞上他們。潘拉蒙突然變成烏鴉，尖叫著拍打翅膀，兩人驚嚇地向後退了退，萊拉趁機從他們手中掙脫，往樓下衝去進入大廳。門房正好放下電話，沿著櫃檯笨重地前進，大叫：「喂，不要跑！就是妳！」

他掀開櫃檯末端邊板，想出來抓住萊拉，她早已飛奔到旋轉門前。

就在她身後，電梯門打開了，一個淡髮男人向前跑來，身手矯健、行動快速……

旋轉門卻一動也不動！潘拉蒙對她大叫：推錯邊了！

萊拉害怕地大叫，衝進旋轉門另一個小隔間，用盡全身重量推動厚重的玻璃，門終於轉動，他們正好及時躲開沒讓門房一把抓住。但門房擋住了淡髮男子的路，讓萊拉可以在他們出來之前拔腿狂奔。

萊拉不顧眼前的汽車，強行穿過馬路，煞車聲和輪胎的吱吱聲此起彼落。她衝進兩棟建築間的空隙，跑到另一條路，這裡的汽車雙向行駛，但萊拉反應靈敏，矯捷躲過一些腳踏車，那個淡髮男人卻如影隨形——噢，他真可怕。

萊拉進入花園……跳過籬笆……穿過樹叢……潘拉蒙在前方頭頂上掠過，對她叫著該往哪裡跑。最後萊拉蹲在煤倉後，男人迅速跑過眼前，毫不氣喘，他快速又健壯靈敏。潘拉蒙接著說：「快回頭……回到那條路上……」

萊拉從藏身處偷偷摸摸溜出，跑過草坪，穿過花園小門，來到開闊的班柏利路，她在路口間東閃西躲，輪胎又開始吱吱作響。萊拉跑到諾翰園旁一條安靜道路上，樹木林立，還有許多高大的維多利亞式房屋。

她停下來喘口氣。前方其中一座花園有高大的樹籬，樹籬底部還有一座矮牆，她蜷縮在水蠟樹下。

「她幫我們欸！」潘拉蒙說：「瑪隆博士擋住他們的路。她站在我們這邊，不是他們那邊。」

「噢，潘，我不應該提到威爾……我應該小心一點……」

「根本就不該來。」他嚴厲地說。

「我知道。那也是……」

萊拉沒時間繼續苛責自己，潘拉蒙忽然飛到她肩上，說：「小心……後面……」他立刻變成蟋蟀躲進她的口袋。

萊拉站定準備拔腿就跑，卻看見一輛深藍色大車靜靜駛在人行道旁。她正準備找個方向溜走時，汽車後窗卻搖下來了，有張她認識的臉孔探了出來。

「莉琪，」在博物館認識的老人說：「看到妳真好。妳要搭便車嗎？」

他打開車門，向旁邊挪了挪。潘拉蒙從細薄的棉布間咬咬她胸口，她卻緊抓著背包，馬上坐進車內，男人橫過她的身上將門拉上。

「妳看起來好像很趕時間，想去哪裡嗎？」老人說。

「夏城。謝謝。」萊拉說。

前座的駕駛戴著一頂鴨舌帽。這輛汽車中的一切看起來都很平滑、柔軟、有力，在封閉空間中，男人的古龍水味更強烈了。車子駛離人行道旁，無聲無息地前進。

「妳在做什麼啊，莉琪？找更多顱骨的消息嗎？」

「是呀。」她說，轉身向後窗看出去。淡髮男子已不見蹤影。她脫身了！他永遠也找不到她，因為她待在大汽車內和個有錢人在一起。萊拉忍不住打了個勝利的嗝。

「我也做了些調查，我有個人類學家朋友告訴我，說他們也有幾件別的收藏，就像那些展覽品一樣。有些收藏已經相當古老，例如尼安德塔人。」

「噢，我聽說過那個。」萊拉說，一點也不知道老人在說些什麼。

「妳朋友還好嗎？」

「什麼朋友？」萊拉說著，警覺心立起：難道她也把威爾的事告訴他了嗎？

「妳借住的那個朋友呀。」

「噢，對。她很好，謝謝。」

「她是做什麼的？是人類學家嗎？」

「噢……她是物理學家。研究黑暗物質。」萊拉說，覺得自己還控制不住局面。這世界比她想像中更難說謊。而且有件事正困擾著她：這個老人似曾相識，但她就是想不起他是誰。

「黑暗物質？多有趣啊！我今天早上在《泰晤士報》也讀到相關消息。宇宙中充滿這類神祕事物，卻沒人知道到底是什麼！妳的朋友在研究這種東西嗎？」

「對呀。她知道很多很多。」

「莉琪，妳以後要做什麼？妳會研究物理嗎？」

「或許。看情況。」萊拉說。

司機輕咳一聲，將車速減緩。

「喔，夏城到了。」老人說：「妳要在哪裡下車？」

「噢……過了這些商店就好，我可以從這裡走路過去。」萊拉說：「謝謝。」

「艾倫，麻煩你在南商店街左轉，再靠右邊停車。」老人說。

「是，先生。」司機說。

一分鐘後，車子在公共圖書館前靜靜停下。老人打開自己身旁的車門，萊拉不得不爬過他的膝蓋出去。雖然車內空間很大，萊拉還是覺得怪異，即使老人對她很好，她也不想碰到他。

「別忘了妳的背包。」老人說，將背包交給她。

「謝謝。」她說。

「希望還能再見到妳，莉琪。幫我向妳朋友問候。」老人說。

「再見。」她說。她開始在人行道上徘徊，直到汽車轉過街角，駛離視線後，才往鵝耳櫪樹的方向前進。萊拉對那個淡髮男子有種特殊的感覺，她想問問探測儀有關他的事。

威爾又把父親的信件重新閱讀一遍。他坐在陽臺上，聽小孩從遠方港口跳水時的叫聲，閱讀細薄航空信紙上清晰的字跡，試著想像寫信人的模樣，然後一次又一次讀提到嬰孩，也就是他自己的片段。

他聽到萊拉從遠處跑來的腳步聲，把信放進口袋站起來。萊拉幾乎轉眼間就跑到他面前，雙眼狂暴，潘拉蒙則是凶殘的野貓，氣急敗壞地忘記躲起來。這個不常哭的女孩現在氣憤地啜泣，胸脯起伏不定，咬牙切齒，她奔向他，抓住他的手臂叫道：「殺了他！殺了他！我要他死！真希望歐瑞克在這裡……唉……威爾，我做錯事了，真對不起……」

「什麼？到底怎麼回事？」

「那個老頭……他根本就是低級的小偷……他把那個偷走了，威爾！他把我的探測儀偷走了！那個臭老頭，穿著高級衣服，還有僕人開車……哎，我今天早上犯了天大錯誤了……哎，我……」

萊拉開始痛哭失聲，威爾不禁懷疑心臟會不會破碎，至少她的心現在已經碎了。她躺在地上嚎啕大哭，不停顫抖，潘拉蒙也變成一隻狼，在她身旁咆哮，懊悔不已。

遠遠的海邊，孩子中止遊戲遠眺，看看這裡發生了什麼事。威爾坐在萊拉身邊，抓著她的肩膀用力搖晃。

「好了！不要再哭了！從頭開始告訴我。什麼老頭？發生什麼事了？」

「你一定會很生氣的……我答應你，不會洩漏你的行蹤，我答應過你的，結果……」她啜泣著，潘拉蒙變成一隻笨手笨腳的小狗，低垂著耳朵，搖晃著尾巴，因輕視自己而坐立不安。威爾馬上明白萊拉做出什麼羞愧得說不出口的事，所以他就對精靈說話。

「到底發生什麼事？告訴我就是了。」他說。

潘拉蒙說：「我們去看學者，別人也在那裡，一個男的，一個女的——他們用計要我們——他們問了一大堆問題，然後問到你，我們還來不及思考，就承認認識你，然後我們就跑走了……」

萊拉把臉藏在手掌裡，埋著頭俯向人行道。潘拉蒙滿懷焦慮，不停變換形狀：狗、鳥、貓、雪白的貂。

「那人長什麼樣子？」威爾問。

「很高大。」萊拉用嗚咽的聲音說：「而且真的好壯，淡淡的眼睛……」

「他看到妳穿過窗口回來嗎？」

「沒有，可……」

「嗯，那他就不知道我們在這裡了。」

「可是真理探測儀！」她叫道，猛然坐直身子，她的臉因激動而僵硬，看起來彷彿是張希臘面具。

「對，」威爾說：「也把這件事情告訴我。」

萊拉一面啜泣，一面咬牙切齒告訴威爾發生了什麼事：那個老人昨天怎麼在博物館看到她使用探測儀，今天又怎麼在萊拉從那男人手中逃出後停車，車子又怎麼停在路旁，所以她只好從他身上爬出來，他一定是在將背包交給她時，迅速將探測儀偷走了……

威爾看得出她有多懊惱，但不知道她為什麼會感到愧疚。接著，她說：

「威爾，拜託，我做了一件很糟糕的事。探測儀告訴我，叫我不要去找『塵』，一定要幫你。幫你找到你父親。我本來幫得上忙的，如果我有探測儀，就可以帶你到天涯海角去找他。但是我沒有聽它的話，只做我想做的事，我不應該……」

威爾曾看過萊拉使用探測儀，知道探測儀會告訴她真相。他轉過頭去，萊拉抓住他的手腕，他甩開她的手走到水邊。孩子又開始在海港邊嬉戲了。萊拉跑到他身邊說：「威爾，對不起……」

「對不起有什麼用？我不管妳對不對得起。妳已經這麼做了。」

「但是，威爾，我們一定要互相幫忙，你跟我，因為沒有別人了！」

「我不知道要怎麼互相幫忙。」

「我也不知道，但是……」

萊拉話說到一半忽然中斷，眼睛一亮，急忙轉身衝向丟在人行道上的背包，熱切翻遍裡頭。

「我知道他是誰了！也知道他住哪裡！你看！」她說著，還舉起一張白色小卡片。「他在博物館時給我這個！我們可以去那裡把探測儀要回來！」

威爾拿起名片，念了出來：

查爾斯．拉充爵士
大英帝國二等勳爵
蘭斐屋
舊赫丁頓
牛津

「他是爵士，」威爾說：「一個騎士，這表示別人自然而然會相信他，不會相信我們。妳要我怎麼辦？找警察？警察正在找我！就算他們昨天還沒找，現在也已經開始了。妳要是去那裡，他們馬上知道妳是誰，也會知道妳認識我，所以根本行不通。」

「我們可以去偷啊。我們可以到他房子裡去偷。我知道赫丁頓在哪裡，我的牛津也有赫丁頓，不會很遠。走路不到一小時就到了，簡單。」

「妳是笨蛋。」

「歐瑞克會直接到那裡，扯掉他的腦袋。真希望他在這裡，他會……」

萊拉沉默了，威爾只是看著她，她不免垂頭喪氣。如果武裝熊這樣看著她，她也會垂頭喪氣，因為威爾和歐瑞克的眼神一模一樣，只是威爾年輕多了。

「我從來沒聽過這麼愚蠢的事。妳以為我們可以溜進他房子裡把探測儀偷出來？妳該好好想想，用用妳的死腦筋。他會有各種防盜裝置，如果他是有錢人，一定會有各種自動警鈴、特殊的鎖，還有會自動打開的紅外線燈光……」

「我從沒聽過這些東西，我的世界裡沒有這些東西。威爾，我不知道這些。」

「好吧，妳再想想看：他有一整棟房子可以藏那個探測儀，一個竊賊要花多少時間，才能搜遍整棟房子內的每個櫃子、抽屜和藏東西的地方？那些到我家的人有很多時間可以到處搜尋，他們從沒找到想要的東西，我猜爵士的房子一定比我家大多了，或許還有個保險箱。就算我們真的溜進他屋子裡，我們可能還沒找到探測儀，警察就來了。」

萊拉低下頭，威爾說的是實話。

「那我們該怎麼辦？」她問。

威爾沒有回答，但他的確說了「我們」。不管他喜不喜歡，他對她已經有責任了。

他走到海邊，又走回陽臺，最後又走到海邊。他雙手拍打著，希望能找到答案，心中卻無解，最後他生氣地搖搖頭。

「就……到那裡。到那裡找他。找妳的學者幫忙沒有用，警察已經找過她了。她一定會相信他們，不會相信我們。如果我們到那個爵士家裡，至少會知道主要的房間在哪裡。那也是個開始。」

威爾一語不發地走進他睡覺的房間，將信件放在枕頭下，即使他被抓住，那些人還是得不到這些信件。

萊拉在陽臺等他，潘拉蒙變成燕子站在她肩上。現在萊拉看起來開心多了。

「我們會把探測儀拿回來，我感覺得到。」

威爾什麼話都沒說，兩人朝著窗口出發。

他們一共花了一個半鐘頭才走到赫丁頓。由萊拉帶路，避開市中心，威爾則四處張望，一句話都沒說。對萊拉來說，這比在極地前往波伐格還困難。當時她有吉普賽人和歐瑞克作伴，即使凍原中充滿危險，至少看到危險時可以當下分辨出來。但在她與威爾的城市中，危險可能看起來很友善，虛偽帶著微笑、氣味芳香甜美。即使他們不打算殺死她或將她和潘拉蒙分離，他們也已奪走她唯一的嚮導。沒有真理探測儀，她只是個迷失的小女孩。

蘭斐屋塗刷著溫暖的蜂蜜色，前牆大部分爬滿五葉地錦。整棟屋子坐落在悉心照料的花園中，一邊種著灌木叢，另一邊的碎石車道一路延伸到前門。勞斯萊斯就停在左方的雙車庫前。威爾四下所見都顯現財富和力量，一種不成文的優越感，有些上層階級仍視此為理所當然。這裡有樣東西令他無由地打了寒顫，後來他才突然想起：在他年紀很小時，有次母親帶他到一間類似這樣的大屋裡，他們穿上最好的衣服，他也表現得非常有禮，一個老男人和女人卻害他母親哭泣，即使他們離開屋子後，母親仍沒有停止啜泣……

萊拉看到威爾呼吸急促，緊握拳頭，她很善解人意地一句話也沒問。這是他的私事，和她無關。他深深吸了一口氣。

「好，」他說：「就試試看吧。」

他走到車道上，萊拉緊跟在他身後。他們覺得身陷險境。門上有個老式拉鈴，就像在萊拉世界中的拉鈴一樣，威爾原本不知道在哪裡，萊拉指給他看。他們拉鈴時，鈴聲遠遠傳至屋內深處。

開門的人正是先前開車的僕人，只是現在沒戴帽子。他先看看威爾，再看看萊拉，表情稍微轉變了。

「我們想見查爾斯．拉充爵士。」威爾說。

威爾下巴抬起，就像昨晚面對樓塔旁丟石頭的小孩一樣。僕人點點頭。

「在這裡等著，我去稟告查爾斯爵士。」

他又關上了門。這扇門由堅實的橡木打造，上面有兩副沉重大鎖，底端和上方都有門閂，但威爾認為聰明的小偷絕不會從前門登堂入室。另外有個警報器掛在屋前，再加上每個角落巨大的探照燈，他們絕對沒有機會接近這棟屋子，更別提溜進來。

穩定的腳步聲來到門邊，門又開了。威爾仰望男人的臉，一張貪婪、不知足的臉龐，表現得平順、鎮靜、有力，絲毫不覺愧疚或羞恥。

威爾感覺身邊的萊拉既不耐又憤怒，就趕緊說：

「抱歉，萊拉先前搭了您的便車，她把東西忘在車上了。」

「萊拉？我不認識萊拉。這名字好特殊呀。我認識一個叫莉琪的小孩。你又是誰？」

威爾暗罵自己忘記萊拉的假名，說道：「我是她哥哥。馬克。」

「我知道了。嗨，莉琪，或是萊拉。你們最好進來吧。」

他向旁邊一站，威爾和萊拉都沒料到這點，兩人猶疑地進門。走廊非常幽暗，聞得到蜂蠟和花香。每樣東西都很乾淨，也磨得光可鑑人，靠著牆壁的桃花心木櫃中，擺滿優美的瓷器人像。威爾看到僕人隨侍在側，似乎等候召喚。

「到我書房來。」查爾斯爵士說，打開走廊上另一扇門。

他看起來彬彬有禮，甚至很歡迎他們，但他的禮儀中有種躍躍欲試的感覺，使威爾異常警覺。書房寬大舒服，裡面有雪茄味和皮製扶手椅，到處都是書櫃、圖畫和獵物標本。三、四個玻璃櫃中裝滿古老的科學儀器：黃銅顯微鏡、覆著綠皮的望遠鏡、六分儀和羅盤，難怪他想要探測儀。

「坐下。」爵士說，指了一張皮沙發。他自己坐在桌後，說：「怎麼了？你們要說些什麼？」

「你偷了……」萊拉憤怒地說，威爾看看她，她就住嘴了。

「萊拉認為她有一樣東西忘在你車上，」威爾又說了一次，「我們要拿回去。」

「是這個東西嗎？」他說，從書桌抽屜中拿出一個天鵝絨小包，萊拉站了起來。爵士無視她的反應，打開天鵝絨布，掌中露出探測儀金黃色的光芒。

「對！」萊拉大叫，伸手想拿回來。

爵士把手合起。這張書桌相當寬大，萊拉沒辦法搆到探測儀，她還來不及採取任何行動，爵士就轉身將探測儀放入玻璃櫃中鎖上，把鑰匙放入西裝背心的口袋裡。

「但那不是妳的，莉琪。或萊拉，妳是叫萊拉吧。」

「那是我的！那是我的探測儀！」

他搖搖頭，悲傷又沉重，彷彿責怪她使他傷心，但他是為了她好才這麼做。「我想這件事有很多可疑之處。」他說。

「那的確是她的！」威爾說：「老實說，她讓我看過！我知道那是她的！」

「我想你必須證明這點，我就不需證明什麼，因為那東西歸我所有就該是我的，就像我其他收藏品一樣。萊拉，發現妳這麼不誠實，我覺得很意外……」

「我才沒有不誠實！」萊拉叫道。

「噢，妳的確不誠實。妳告訴我妳叫莉琪，現在我知道不是。老實說，妳不管告訴誰，根本不會有人相信這麼珍貴的東西是妳的。這樣好了，我們找警察來。」

他轉身召喚僕人。

「不要，等等……」查爾斯爵士尚未開口，威爾就制止了。萊拉繞過桌子，潘拉蒙不知從哪出現在她手臂上，成為一隻咆哮的野貓，露出牙齒對著老人低吼。查爾斯爵士看見精靈突然出現，不覺眨眨眼，卻不為所動。

「你連自己偷的是什麼東西都不知道，」萊拉咆哮，「你看見我在使用，就以為可以偷走它，所以你就下手。但是你……你比我母親還不如……至少她知道這東西很重要，你卻只把它放進櫃子用也不用！你應該去死！我要是有辦法，就會找人殺掉你。你不配活著。你是……」

萊拉說不下去了。她只能對他吐口水，她也真的如此做，還用盡全身力氣。

威爾靜靜坐著觀察，他掃視各處，記住每件東西的位置。

查爾斯爵士鎮靜地抖出一條絲手帕擦臉。

「妳懂得自制嗎？」他說：「過去坐下，妳這個骯髒的小鬼。」

萊拉全身顫抖，眼中淚珠也跟著抖落，她用力投向沙發，野貓潘拉蒙粗厚的尾巴蹺起，站在萊拉大腿上，明亮的雙眼定定地注視著老人。

威爾默默坐著，心中十分不解。查爾斯爵士早該把他們丟出去了。他到底在玩什麼把戲？接著，威爾看見一件詭異的事，他還以為自己是在做夢。一個翡翠色蛇頭忽然從爵士的亞麻衣袖中出現，爬過雪白的袖口。黑色的舌頭左右伸吐，鱗片狀頭上有雙鑲著金圈的黑眼瞳，來回看著萊拉和威爾。萊拉氣得視而不見，威爾只有片刻可以端詳，她就又縮回老人袖子裡，威爾不覺嚇得目瞪口呆。

爵士走到窗邊的椅子鎮定就座，並抹平褲子上的皺褶。

「我看你們最好聽我的話，不要再這樣撒野了。你們真的別無選擇。這儀器歸我所有，它會留在這裡。我要這個儀器，我是收藏家。妳可以盡情吐口水、跺腳、尖叫，如果你們想說服別人這是你們的東西，我也可以提供很多證件證明我買了這個東西，這對我而言輕而易舉，那你們永遠拿不回去了。」

兩人都安靜了。爵士的話還沒說完。巨大的困惑逐漸減緩萊拉的心跳，整個房間變得非常沉寂。

「但是，我更想要另一樣東西。我自己沒辦法拿到手，所以我打算和你們交易。你們拿到我想要的東西，我會把這東西還給妳。妳說這叫什麼？」

「真理探測儀。」萊拉啞聲說道。

「真理探測儀。多有趣。真理，真相，那些圖案，好，我懂了。」

「你要什麼東西？」威爾問：「在哪裡？」

「在某個我不能去的地方，但是你們可以。我很清楚，你們在某處發現一個入口。我猜應該離夏城不遠，今天早上我讓莉琪，萊拉，在那裡下車。穿過那個入口可以進入另一個世界，裡面沒有大人。到目前為止，我說的都還對吧？嗯，你們知道，建造那個入口的男人有把匕首，他現在就躲在那個世界裡，害怕得不得了，他有理由害怕。如果我猜得沒錯，他就在一座古老石塔中，石塔門口附近有天使的雕刻。天使塔。

「你們必須去那裡，我不在乎你們怎麼做，但我要那把匕首。把它拿來給我，你們就可以拿回探測儀。失去探測儀我會很難過，但是我說到做到。這就是你們該做的事：拿回那把匕首。」

第八章 天使塔

威爾說：「那個有匕首的人是誰？」

他們正坐在勞斯萊斯內，行駛過牛津城。查爾斯爵士坐在前座，半轉身子面對後座的威爾和萊拉。潘拉蒙變成小老鼠，在萊拉掌中尋求慰藉。

「正如我無權擁有探測儀，那人也無權擁有匕首，」爵士說：「對我們大家而言，不幸的是，我擁有探測儀，他擁有匕首。」

「你是怎麼知道另一個世界的？」

「我知道很多你不知道的事。你還期望什麼？我比你年長、見多識廣。這世界和那世界之間有無數通道，知道這些通道的人可以來去自如。喜咯則有個學者公會，他們以前都是如此進出。」

「你根本就不是這世界的人！」萊拉突然說：「你是從喜咯則來的，對不對？」

某種奇怪的感覺又在她記憶中蠢動，她幾乎確定自己見過爵士。

「不，我不是從那裡來的。」他說。

威爾說：「如果我們要從那人手上拿到匕首，我們得多知道一點他的事。他不會輕易給我們匕首，對不對？」

「當然不會。匕首有個功用，就是趕走幽靈，這絕非易事。」

「幽靈怕那把匕首？」

「沒錯。」

「為什麼幽靈只攻擊大人？」

「你們現在不必知道這件事，這不重要。」爵士說著，轉身面對萊拉，「萊拉，談談妳這位特別的朋友吧。」

爵士指的是潘拉蒙。他這麼一說，威爾立刻了解，藏在男人袖子裡的蛇也是精靈，他一定也來自萊拉的世界。他藉著詢問潘拉蒙來轉移注意力，不知道威爾已經看到他的精靈。

萊拉將潘拉蒙舉起來貼近胸口。他變成一隻黑鼠，尾巴一圈圈纏繞在她手腕上，用紅通通的眼睛注視著爵士。

「你不該看見他，」萊拉說：「他是我的精靈。你認為這世界沒有精靈，但是你也有自己的精靈。你的一定是堆糞蟲。」

爵士回答：「如果埃及法老不介意用甲蟲做代表，那我也不介意。嗯，妳來自另一個世界，多有趣啊，探測儀就是從那裡來的嗎？還是妳在旅途中偷來的？」

「是別人給我的，」萊拉憤憤說道：「我的牛津約旦學院院長給我的，照理說是我的。笨蛋臭老頭，你不懂怎麼用探測儀，你就是再花一百年也讀不通。你覺得那只是個玩具，但是我需要它，威爾也需要它。我們會把它拿回來的，你放心好了。」

「我們等著瞧。」爵士說：「這是我上次放妳下車的地方。你們要在這裡下車嗎？」

「不要，」威爾說。他在稍遠的路上看到一輛警車。「因為幽靈出沒，你無法進入喜咯則，讓你知道窗口在哪也沒關係。帶我們到圓環那兒。」

「悉聽尊便。」爵士說，車子又開始向前滑動。「你們拿到匕首時，打電話給我，艾倫會過來接你們。」

他們不再多說，直到司機停車。他們下車後，爵士搖下車窗對威爾說：「對了，你要是沒拿到匕首，就別費事回來。如果你雙手空空來我家，我會叫警察。我一說出你的真名，他們就會飛奔而來。你的名字是威爾．帕里，對不對？對，我想也是。今天的報紙上有張你的照片，很好看。」

車子駛離。威爾一句話都說不出來。

萊拉搖搖他的手臂。「沒關係，他不會告訴任何人。他要是想告訴別人，早就說了。走吧。」

十分鐘後，他們站在天使塔下的小廣場上。威爾把爵士的蛇精靈告訴萊拉，萊拉忽然在街上站定，努力回想。那老人是誰？她在哪裡看過他？沒有用，她就是想不起來。

「我不想告訴他，」萊拉低聲說道：「我昨晚看到一個男人在上面。那些孩子吵鬧時，他就向下看……」

「他長得什麼樣子？」

「很年輕，頭髮鬈鬈的，一點也不老。我只看見他一會兒，在最上面，就在牆垛上。我猜他可能……你記不記得安琪和保羅？保羅說他們有個哥哥也進城了，安琪還不准保羅告訴我們，好像天大的祕密一樣，有沒有？嗯，我猜那可能是他，他可能也在找這把匕首，而且我覺得孩子都知道，我想這正是他們回來的真正原因。」

「嗯，」他說，還抬頭看看，「或許吧。」

萊拉想起那天早上孩子的對話：孩子都不會接近樓塔，裡面有可怕的東西，他們是這麼說的；她又想起自己和潘拉蒙先前離開這城市前，從微啟的門縫中偷看時有多麼不安。「或許這也是那些孩子需要一個成人進入樓塔的原因吧。」潘拉蒙正在她的頭邊揮動翅膀，耀眼的陽光下，他成了隻飛蛾，焦慮地低聲說話。

「噓，」她也低聲回道：「沒辦法，潘。是我們的錯。我們得把事情矯正過來，這是唯一的辦法了。」

威爾往右走，順著樓塔牆壁前行。角落有條圓石鋪成的窄巷，介於樓塔和另一棟建築之間。威爾走到那裡，抬頭仰望，估測空間大小。萊拉也跟在他身後。威爾突然在一扇兩層樓高的窗戶下停步，對潘拉蒙說：「你可以飛到那裡嗎？能不能看到裡面？」

潘拉蒙立刻變成燕子往上飛去。他只能勉強飛近窗戶，一飛到窗臺，萊拉開始喘氣，還輕叫了一聲，潘拉蒙在上面待了一、兩秒後俯衝下來。萊拉歎口氣，又深深呼吸，彷彿溺水的人剛得救一般。威爾皺了皺眉，一臉茫然。

「這很難受，」她解釋道：「精靈遠離時會很痛……」

「對不起。你看到什麼了嗎？」他問。

「樓梯，」潘拉蒙說：「樓梯和黑漆漆的房間。有些劍掛在牆上，還有矛和盾，看起來好像博物館。我還看到那個男的。他在……跳舞。」

「跳舞？」

「前後移動……一隻手搖來搖去。好像在和無形的東西打架……我只能從門縫間看到他，看不太清楚。」

「和幽靈打架嗎？」萊拉猜想。

但他們也猜不到更好的答案，便繼續往前。樓塔後有座高大石牆，頂端有些碎玻璃，潘拉蒙再度飛高查看：裡面是座小花園，園裡有些花床圍繞著噴泉；另一邊又有條窄巷，他們順著窄巷又走回廣場。樓塔的窗戶都很小，又深嵌牆內，彷彿在擠眉弄眼。

「看來我們一定要從前面進去了。」威爾說。

他走上臺階，推開大門，陽光傾瀉而入，沉重的鉸鏈嘎嘎作響。他走了一、兩步，發現裡面空無一人，就往內走去，萊拉緊跟在後。石板地面歷經幾世紀的磨損，已變得光滑，裡面的空氣也很清冷。

威爾看看下樓階梯，開始往下走，發現樓梯通往一間寬敞房間，天花板非常低矮，一側是巨大、冷卻的火爐，附近的石灰牆因煤灰而一片烏黑。裡面沒人。威爾又走回原先的入口大廳，發現萊拉抬頭張望、示意噤聲。

「我聽到他的聲音了，」萊拉低聲說：「我猜，他在自言自語。」

威爾竭力傾聽，他也聽到了：一種低聲的呢喃，時時被刺耳的笑聲或憤怒叫吼打斷，聽起來就像瘋子。

威爾鼓鼓雙頰，開始走上樓。階梯由黑橡木建造，又寬又大，階梯也已磨損，但極為結實，腳底下不會發出嘎吱聲。他們愈往上走，光線就愈微弱，唯一的光源來自深嵌在每個階梯平臺上的小窗。他們走上一層樓，停步聽聽，再上另一層樓，如今那男子的聲音開始混雜著蹣跚而規律的腳步聲。聲音自平臺對面的房間傳來，房門微微開啟。

威爾躡手躡腳走到門邊，將門推開幾吋以看清內部。

房間很大，天花板上結滿蜘蛛網。牆上靠滿一排排書架，架上書籍保存得不好，裝訂損毀剝落，要不就是因受潮而扭曲。有幾本書掉出書架，攤開在地板或佈滿灰塵的大桌上，架上的書則亂七八糟地硬塞。

房間正中央有個年輕人正在……跳舞。潘拉蒙說對了，看起來像在跳舞。他背對著門，拖著腳跳到一側，又到另一側，右手老是在身體前方揮舞，似乎在清理一些無形的障礙。他的右手握著一把匕首，看來並不特殊，只是把約八吋長的鈍刀。年輕人向前一劃，向旁砍下，又用匕首向前摸索，在空洞的空氣中上下亂砍亂刺。

他似乎要轉身了，威爾趕快退離。他把手指放在脣邊向萊拉打暗號，帶她走到階梯旁繼續上樓。

「他在做什麼？」萊拉低語。

威爾盡可能描述實況。

「聽起來好像瘋了，」萊拉說：「他是瘦巴巴、頭髮鬈鬈的男人嗎？」

「對。紅頭髮，就跟安琪一樣。他看來像發瘋了。我不知道，我覺得這比查爾斯爵士說的還要古怪。我們先往上走，等會兒再跟他說話。」

萊拉沒有質問，由他領上樓進入最頂層。上面的光線較為充足，塗上白漆的階梯平臺通往屋頂，確切說來，是通往由木頭和玻璃建造的結構，看起來像座小型溫室。即使身在階梯底，他們也感覺得到溫室吸收的熱氣。

他們站在那裡時，忽然聽到上面傳來呻吟聲。

兩人嚇了一跳。他們一直認為樓塔裡只有一個人。潘拉蒙嚇得馬上從貓變成鳥，飛到萊拉懷裡，威爾和萊拉也不覺握住彼此的手，一意識到這舉動後，又慢慢鬆開手。

「最好過去看看，」威爾低聲說：「我先去。」

「我應該先去，」萊拉輕聲回答：「一切都是我的錯。」

「既然是妳的錯，妳就該照我的話做。」

萊拉撇撇嘴，跟在他身後。

威爾往上走入陽光中。玻璃屋中的光線讓人目眩，屋子也像溫室一樣悶熱，威爾既看不清楚，也不能輕鬆呼吸。他找到門把，馬上開門走出去，將手舉高遮擋陽光。

威爾發現自己站在鉛板屋頂上，四周環繞著牆垛，玻璃屋在正中間。鉛板屋頂往四面緩緩斜降，連到牆垛排水管，牆垛上有方形排水孔可疏導雨水。

一位白髮老人躺在鉛板屋頂上，受烈日曝晒。老人臉上淨是瘀青和傷痕，一隻眼睛也閉上了。他們靠近他時，還看到他的雙手捆綁在身後。

老人聽到他們接近的聲音，又開始呻吟，並設法翻身護衛自己。

「別擔心，」威爾輕聲說：「我們不會傷害你。是那個有匕首的人把你綁在這裡嗎？」

「嗯。」老人呻吟。

「我們先解開繩子，那人沒有綁得很牢……」

繩結在匆忙中隨意打上，威爾一看清楚繩結，就輕易解開。他們幫助老人站起來，將他扶到牆垛的陰影下。

「你是誰？」威爾說：「我們不知道這裡有兩個人，我們以為只有一個人。」

「吉可莫．帕迪西，」老人從斷裂的齒間喃喃說出，「我是匕首人，沒有別人了。那年輕人從我身上偷走匕首。老是有傻瓜為了匕首冒險，這人卻不顧死活，他要殺死我。」

「不，他不會的，」萊拉說：「匕首人是什麼？什麼意思？」

「我代表公會持有奧祕匕首。他到哪裡去了？」

「在樓下，」威爾說：「我們經過他上樓，他沒看到我們。他一直對空揮舞匕首。」

「他想要切穿。他不會成功的。他……」

「小心。」萊拉說。

威爾轉身，那年輕人已爬上來走進小木屋。他還沒看見他們，但這裡無處藏身。他們一站起來，他就察覺他們的動靜，倏然轉身面向他們。

潘拉蒙立刻變成一隻熊，用後腳站了起來。只有萊拉知道潘拉蒙無法碰觸那人，年輕人眨眼，注視潘拉蒙一秒鐘，威爾知道年輕人尚未會意過來。這人發瘋了。他鬈曲的紅髮糾結，下巴沾滿唾液，瞳孔周圍的眼白特別顯眼。

他手上有把匕首，他們卻沒有武器。

威爾爬上屋頂，遠離老人，蹲下來準備跳躍、攻擊或跳開。

年輕人飛奔上前，用匕首對著他揮動，左、右、左，愈靠愈近，威爾慢慢後退，最後被困在樓塔兩邊相接的角落。

萊拉從男人身後匍匐向前，手上拿著鬆開的繩子。威爾突然衝向前去，就像上次在家衝向那個人，結果也一樣：他的敵手毫無預警向後跌倒，將萊拉整個人壓在屋頂上。整件事發生得太快，威爾連恐慌的時間也沒有。但他有時間看到匕首從年輕人手中飛出去，插入幾呎遠處，刀鋒朝下，像劃過奶油般輕鬆自在地插入鉛板，深及刀柄後戛然而止。

年輕人立刻扭扯身子伸出手來，威爾一把跳到他背上，抓住他的頭髮。他在學校學會如何打架：學校的孩子一旦知道他母親可能有什麼毛病後，練習打架的機會就多不勝數。威爾也了解，在學校打架並非為了趕時髦，而是迫使對手投降，這意味著傷害對方的程度必須大於對方傷害自己的程度。威爾知道這麼做會傷害別人，也了解事情發生時，多數人並不這麼做，但威爾知道自己可是非常樂意。

打架對他並不陌生，但他從未和一個幾近成年、手持匕首的人交手，無論如何，他必須阻止那人奪回匕首。

威爾將手指伸入年輕人又厚又溼的頭髮中，使勁全身力量扭扯。年輕人呻吟後扭開身體，威爾卻抓得更緊，他的對手因痛苦和憤怒而開始咆哮。年輕人站起來向後退，將威爾往牆垛一擠，威爾承受不了，他無法呼吸，震驚得鬆手，年輕人也自由了。

威爾在排水管上跪下，喘不過氣，可是他不能待在那裡，他用盡全力站起來。起身時，一隻腳竟穿過一個導水孔，在那驚懼的一瞬間，他以為自己身後空無一物，手指拚命想抓住溫暖的鉛板，最後發現虛驚一場，他的左腳仍卡在洞裡，身體其他部位都很安全。

他把腳拉回牆垛內，搖搖晃晃站住。年輕人又摸到匕首，他還來不及拔出匕首，萊拉已經一把跳到他背後，抓、撕、踢、打，像野貓般亂咬，但她沒抓緊他的頭髮，很快被他抖落。當他站起時，匕首已經在他手上。

萊拉跌到一邊，野貓潘拉蒙皮毛豎立，露出牙齒，站在萊拉身邊。威爾正對著年輕人，第一次清楚看到他的五官。毋庸置疑，他是安琪的哥哥，卻異常邪惡。他的心思全集中在威爾身上，手上緊握匕首。

但威爾也不是省油的燈。

他抓住鉛板上的繩子，把繩子繞在左臂上當作防衛匕首的工具。他向一旁移動，站在年輕人和太陽之間，讓年輕人不得不斜視眨眼。幸運的是，玻璃將明亮的光線反射到年輕人眼裡，威爾看得出，有時對方幾乎什麼都看不見。

威爾跳到年輕人左邊，遠離匕首，高舉左手，然後用力踢向年輕人的膝蓋。威爾小心對準目標，一擊中的，年輕人發出巨大的咕嚕聲倒下，開始笨拙地扭曲。

威爾跳到他身上，用雙手揍他，不顧一切反覆亂踢，慢慢將年輕人逼到玻璃屋去。如果他能把年輕人逼到樓梯邊……

這次年輕人跌得更嚴重，他握著匕首的右手癱在威爾腳前。威爾立刻一腳踩住，用力踩，狠狠將年輕人的手指踩在刀柄和鉛板間。威爾將繩子緊緊纏繞在手上，又開始踐踏。年輕人放聲大叫，鬆開匕首。威爾立刻將匕首踢開，他的鞋子勾住刀柄，幸運的是，匕首轉過鉛板屋頂，停在排水孔旁的導管前。威爾手上的繩子又鬆開了，奇怪的是，不知從哪裡湧出大量鮮血，噴灑在鉛板屋頂和他自己的鞋子上。那人又爬了起來……

「小心！」萊拉大喊。但威爾已經準備好。

年輕人還沒站穩，威爾就悶頭衝向他，用盡全力撞向他的小腹。那人向後跌到玻璃板上，玻璃立刻四下散落，和脆弱的木頭架構一起斷裂。他在玻璃和木頭間匍匐向前，越過樓梯井，一把抓住門邊，但那裡再也沒有東西支撐住他，門整個垮下，那人往後跌，四下散落更多玻璃。

威爾趕快跑回導管旁撿起匕首，這場戰鬥算是結束了。年輕人全身掛彩，他爬回階梯，看到威爾站在上方，手中持著匕首，就憤憤地瞪了威爾一眼，轉身脫逃。

威爾一面喘氣，一面坐下。

好像有什麼很不對勁，他卻還沒注意到。威爾拋下匕首，把左手向胸前靠近。糾纏不清的繩子上沾滿鮮血，他拉開繩子時……

「你的手指頭！」萊拉高聲說：「噢，威爾……」

他的小指和無名指隨著繩子一起脫落。

威爾開始覺得頭暈目眩，大量鮮血從斷指噴出，牛仔褲和鞋子早已染紅。他必須躺下，暫時閉上眼睛。傷口並不很痛，他對此感覺遲鈍，彷彿割傷表皮的劇痛不比猛烈重擊嚴重。

威爾從未覺得這麼虛弱過，他料想自己睡了一會兒。萊拉正在照料他的手臂，他坐起來看看傷口，忽然覺得噁心想吐。老人就在附近，但威爾看不到他在做什麼，萊拉開始對他說話。

「要是我們有些血苔就好了，熊族用的血苔，我就可以處理得更好。威爾，我可以……我要把這截繩子綁在你的手臂上，想辦法止血，我沒辦法綁在你的手指上，那裡沒有東西可以綁住……別動……」

威爾讓萊拉綁住手臂，四下找尋自己的手指。手指就在那裡，捲曲得像是鉛板上沾血的引號。威爾不覺放聲大笑。

「喂，」萊拉說：「別這樣。現在站起來。帕迪西先生有些藥，一些軟膏，我不知道是什麼。你要下樓去。那人已經走了……我們看見他跑出門外。他已經走了。你打贏了。快，威爾……趕快……」

萊拉邊嘮叨、邊勸誘地帶著威爾下樓，他們小心穿越破碎的玻璃和斷裂的木頭，離開階梯平臺，進入一間涼爽的小房間。房內牆上排滿架子，裡面放著各式瓶罐、鍋子、杵、臼和藥劑師的小秤，骯髒的窗戶下有個石製水槽，老人正用顫抖的手將某樣東西從大瓶子倒入小瓶子。

「坐下來喝這個。」老人在小玻璃杯中注滿黑色液體。

威爾坐下接過杯子，第一口就讓他喉嚨末端像著火一樣。萊拉在威爾喘氣時拿住杯子，免得杯子整個翻倒。

「全部喝掉。」老人命令他。

「這是什麼？」

「梅子白蘭地。喝下去。」

這次威爾謹慎多了，他啜著白蘭地，手在此時才開始真正發痛。

「你能治好他嗎？」萊拉問道，聲音很是絕望。

「噢，可以，我們有治療各種疾病的藥。小女孩，打開那張桌子的抽屜，拿出裡面的繃帶。」

威爾看見匕首躺在房間中央的桌上，他還沒拿起匕首，老人已經一拐一拐捧著一碗水走向他。

「再喝。」老人說。

威爾緊握住玻璃杯，閉上眼，讓老人處理他的傷口。他先感覺劇烈的刺痛，接著是毛巾在他手腕上粗糙摩擦，有個東西輕柔地擦拭傷口。先是一種清涼的感覺，接著疼痛又出現了。

「這是相當珍貴的膏藥。」老人說：「很難取得。對傷口很好。」

那是一條布滿灰塵的扁平軟膏，稀鬆平常的消毒乳膏，威爾在他世界裡任一間藥房都買得到。老人握著膏藥的模樣，彷彿裡面裝的是沒藥。威爾朝別處看去。

老人處理傷口時，萊拉感覺潘拉蒙默默喚她到窗邊觀望。茶隼潘拉蒙正棲息在窗扉大開的窗臺上，他注意到樓下有些動靜。萊拉走到他身旁，看到一個熟悉的身影：安琪正奔向哥哥突里歐，突里歐在另一條窄巷中，背對著牆壁，雙手在空中亂揮，彷彿想趕走一群飛往臉上的蝙蝠。最後他轉過身子，雙手沿著石牆摸去，仔細看著每塊石頭，數著石頭，感覺每一塊的邊緣，還將肩膀拱起來，好像想趕走身後的什麼東西，一邊搖著頭。

安琪看起來很絕望，身後的小保羅也一樣，他們靠近哥哥，伸手抓住他的肩膀，設法將他拉離一些正在煩擾他的東西。

一種噁心感湧上，萊拉瞬間恍然大悟：幽靈正在攻擊突里歐。安琪也知道，當然，她看不見那些幽靈；小保羅開始嚎啕大哭，對著空中揮拳，試圖趕走幽靈，但是沒有用，突里歐終於迷失了。他的行動變得愈來愈遲緩，最後完全靜止。安琪抓住他，不斷搖晃他的手臂，卻沒辦法搖醒他。保羅則一再哭喊哥哥的名字，以為能將他喚醒。

安琪似乎感到萊拉正在看她，抬頭看了看，兩人的目光交會了片刻，萊拉驟然感覺一陣疼痛，彷彿安琪揍了她一拳，因為她眼中的恨意竟如此深刻，小保羅看到姊姊向上看，目光隨之上移，小男孩哭喊：「我們會殺了妳！妳這樣對突里歐！我們會殺了妳！」

兩個孩子轉身就跑，留下動也不動的哥哥，萊拉又害怕又愧疚，關上窗戶後轉身。沒人聽到發生了什麼事。帕迪西在威爾傷口上多敷些藥膏，萊拉試著把剛剛看到的情景置之腦後，把全副心思放在威爾身上。

「你得在他手臂上綁個東西，」萊拉說：「用來止血，不然會血流不止。」

「好，好，我知道。」老人說著，語氣哀戚。

當他們幫威爾捆上繃帶時，他朝別處望，還一口一口喝著梅子白蘭地。儘管手痛得難以忍受，他卻有種鎮靜又遙遠的感覺。

「這是匕首，你拿去，這是你的了。」帕迪西說。

「我不要匕首，」威爾說：「我不要跟它有任何關係。」

「你別無選擇，現在你是匕首人了。」老人說。

「我以為你才是！」萊拉問。

「我的任期已滿，匕首知道什麼時候該換手，我也知道怎麼辨別。妳不相信嗎？妳看！」

他伸出自己的左手，上面的小指和無名指都不見了，就和威爾一樣。

「沒錯，我也是在打鬥後失去兩指，這是匕首人的象徵。我事前也不知道。」老人說。

萊拉目瞪口呆地坐下來。威爾用他完好無缺的手抓住灰塵遍布的桌子，努力想找話說。

「可是我……我們來這裡只是因為……有人從萊拉那裡偷走東西，他要這把匕首，他說如果我們把匕首拿給他，他就會……」

「我認識那人。他只會說謊，是個騙子。沒錯，他什麼也不會給你。他要這把匕首，一旦你給了他，他就會背叛你。他永遠不會成為匕首人。你有權擁有這把匕首。」

威爾心不甘情不願地轉身看看匕首。他把匕首拿近一看，這只是一把普通的短劍，有雙面刀鋒，金屬陰沉，大概八吋長，還有一片短短的橫檔，利用相同金屬製成，再加上紅木刀柄。但當威爾更仔細端詳，發現紅木中鑲嵌著金線，形成一個他看不懂的圖案，直到他倒轉匕首，才看出是個斂著翅膀的天使。另一面則是不同的天使，翅膀向上舉起。金線在紅木表面些微突起，讓人可以握緊刀把。威爾舉起匕首，可以感到它在手中輕盈又結實，有種美妙的平衡感，而且刀鋒一點也不鈍。事實上，金屬表面下似乎出現一種漩渦雲狀的彩色：青紫色、海藍色、土棕色、雲灰色，還有一種在綠葉成蔭的樹下才有的深綠色，彷彿夜晚降臨荒蕪墓地時，墳墓邊群聚的影子——如果真有影子色的東西，非奧祕匕首的刀鋒莫屬。

刀鋒邊緣也不盡相同。事實上，兩側刀鋒各有巧妙。其中一側是清晰明亮的鋼鐵，最後融合在奧祕的影色中，鋼鐵本身卻鋒利無比。光是看著尖銳的刀鋒，威爾也忍不住瞇起眼睛來。另一側也非常銳利，只是顏色偏銀，萊拉正從威爾肩後注視著匕首，說：「我以前看過那顏色！就跟要把我和潘拉蒙割開的刀鋒一模一樣！」

「這片刀鋒，」帕迪西說，一面還用湯匙的把手碰碰刀鋒，「能切開世界上所有材質。你們看。」

他將湯匙向刀鋒口推去。威爾手握著匕首，感覺湯匙把手的尖端微微抗拒，接著湯匙就被切開了。

「另一面刀鋒，」老人繼續說：「就更奧祕了。你可以利用這一面把這世界切出一個開口。你現在試試看，照我的話做。你是匕首人，你必須知道；除了我，沒有人能教你，我的時間不多了。你站起來聽著。」

威爾推開椅子後站起來，手中隨意握住匕首。他覺得頭暈、噁心和抗拒。

「我不要……」威爾說，帕迪西卻搖搖頭。

「安靜！你不要……你不要……你別無選擇！聽我說，時間不多了。現在把匕首伸到前面……就像這樣。不只匕首要切割，你的心也要切割。你一定要想到這點。照著做：把心思集中在匕首尖端。專心，小男孩。把你的心思集中，不要想著傷口，傷口會復原的。想著匕首尖端，那就是你的所在。現在輕輕感覺那個尖端，你現在看著一個很小的縫隙，這個縫隙小到肉眼看不到，但如果你把心思專注在匕首尖端，它就會找到那個縫隙。在空氣中一路感受，直到你感覺到世上最小的縫隙……」

威爾試著照做，但他的頭嗡嗡作響，左手痛得無法忍受，他看到他的兩根手指躺在屋頂上，接著又想到他母親，他可憐的母親……她會說些什麼？她會如何安慰他？他又該如何安撫她？他將匕首放在桌上，抱住受傷的手蹲下開始痛哭。這一切都太難以忍受。啜泣聲先在他的喉間形成，然後進入胸中，最後淚水使眼前一片模糊，他應該替他母親哭泣的，可憐、害怕、不快樂，他的摯愛，他離開了她，他離開了她……

威爾覺得孤獨極了。他忽然感到一種奇怪的東西，他用手背擦擦眼睛，發現潘拉蒙的頭正靠在他膝上。這隻獵狼犬模樣的精靈，正用溫柔、哀傷的眼神注視著他，潘拉蒙一再輕舔威爾的傷口，將頭放在威爾膝上。

威爾不知道在萊拉的世界，碰觸別人的精靈是禁忌，如果他先前沒有碰觸潘拉蒙，也是出於禮貌，而不是因為知道禁忌。事實上，萊拉正屏住呼吸，她的精靈按照自己的意志行事，現在他已經退後，變成最小的蛾飛到她肩上。老人興致盎然地看著一切，沒有多疑。他從前也看過精靈，他到過其他世界旅行。

潘拉蒙的友好態度生效了。威爾用力吞吞口水後站起來，抹乾淚水。

「好吧，我會再試一次，告訴我該怎麼辦。」威爾說。

這次他強迫自己將心思集中在帕迪西的話上，咬緊牙關，用盡全力，不斷發抖流汗。萊拉心急地想打斷整個過程，她知道這個過程。瑪隆博士和那個叫濟慈的詩人也知道，他們全都知道，如果太緊張，絕不會成功。可是萊拉一句話也不說，用雙手掩住嘴巴。

「停，」老人溫柔地說：「放輕鬆。不要緊張。這是一把小小的奧祕匕首，不是什麼沉重的大刀，你握得太緊了。把手指頭放鬆，讓心思漫遊到你的肩膀、手腕、匕首柄，最後到刀鋒上，不要急，輕輕做，不要硬逼，就讓心思漫遊。當你漫遊到刀鋒最尖端，也就是邊緣最銳利的部分，你自己就成為匕首的尖端。你現在做做看。漫遊到那裡感覺這些後再回來。」

威爾又試了一遍。萊拉看得出他有多緊張，她看到他高舉下巴，權威感油然而生，看起來既鎮靜、輕鬆又清晰。這種力量是威爾的——或是他精靈的，大概吧。他一定很希望有個精靈！這種寂寞……難怪他會哭，雖然她覺得有點古怪，可是潘拉蒙做的沒錯。萊拉對她摯愛的精靈伸手，貂潘拉蒙一下就跳到她大腿上。

他們一起看著威爾的身體停止發抖，也沒那麼緊繃了。現在他一集中心思，匕首看起來就大不同。或許是刀鋒上流雲般的色彩，或許是匕首在威爾手中看起來很自然，現在他稍微一動，刀尖便似乎有種特殊目的，而不是隨意揮舞。威爾先感覺某個方向，然後將匕首轉向，感覺另一個方向，始終以銀色刀鋒感覺，最後他似乎發現空盪盪的空氣中有個小小的阻礙。

「這是什麼？是這個嗎？」他嘶啞地說。

「對。不要強迫刀鋒，你現在回來，回到你自己身上。」

萊拉想像威爾的靈魂從刀鋒回到手中，上移至手臂，最後到達心中。他向後挪移，手臂放下，眨了眨眼。

「我在那裡感覺到某種東西，」威爾對帕迪西說：「起先匕首只是滑入空中，後來我就感覺到了……」

「很好，現在再試一次。這次，你一感覺到縫隙，就把匕首切入，切出一道開口。不要遲疑，不要驚訝，也不要把匕首掉在地上。」

威爾得先蹲下來深吸兩、三口氣，將左手放在右臂下才能繼續。但是他立意要做到，幾秒鐘後他又站起，手中的匕首已開始朝外。

這次做起來比較簡單。既然一度感覺過縫隙，他很清楚自己尋找的目標，一分鐘內，他就找到那個奇怪的小阻礙。這就像用解剖刀尖端在兩道縫合線之間悉心尋找縫隙一樣。威爾碰了碰縫隙，縮回手，再碰一次以確定無誤，最後按照老人的話，用銀色刀鋒橫向切開。

還好帕迪西事先提醒他不要過於震驚。威爾小心握著匕首，在自己反應過度前，先將匕首放回桌上。萊拉早就站起來，啞口無言，在這灰塵遍布的小房間中，出現了一個窗口，就像鵝耳櫪樹下那個窗口一樣：在半空中，一個讓他們可以看到另一個世界的縫隙。因為位於高塔上，所以他們身在牛津北方的高處。其實，他們正站在一座墓園上眺望城市。前方不遠處就是那些鵝耳櫪樹，還有房屋、樹木、道路，遠方則是城市的樓塔和尖頂。

如果他們沒看過第一個窗口，可能會認為這是種視覺把戲。但這不僅是視覺的官能感受而已，那城市的空氣正飄進房間內，他們可以聞到交通的汽油味，這種味道在喜咯則根本不存在。潘拉蒙變成燕子飛入窗口，滿心歡喜地在廣闊的空中翱翔，還叼了一隻昆蟲，最後快速穿過窗口回到萊拉肩上。

帕迪西看著他們，臉上出現奇妙、悲傷的微笑。接著他說：「你會打開了；現在要學會關上。」

萊拉向後站，讓威爾有更多空間，老人上前站在他身邊。

「你要用手指來關閉。一隻手就可以了。一開始，就像你感受匕首的刀鋒一樣。除非你將靈魂放到手指尖上，否則你感覺不到。細膩地觸摸，一次又一次去感覺，直到你感受到邊緣為止，然後將邊緣揑起來，就這樣。試試看。」

但威爾在發抖。他無法使心思回到那種細微的平衡上，愈來愈挫折。萊拉知道發生了什麼事。

她站起來，抓住威爾的右臂說：「這樣吧，威爾，你坐下，我告訴你該怎麼辦。先坐下來一分鐘，因為你的手很痛，讓你沒辦法集中精神。這是一定的，再等一會兒就好了。」

老人抬起雙手，接著改變心意，聳聳肩又坐了下來。

威爾坐下看著萊拉說：「我哪裡做錯了？」

他全身沾滿鮮血，不斷發抖，眼睛大張。威爾已瀕臨精神崩潰：他下巴微舉，用鞋子敲擊著地板，呼吸相當急促。

「是你的傷口，」萊拉說：「你沒有錯。你做得很好，但是你的手讓你沒辦法專心。我不知道有沒有簡單的方法可以做到，你能不能想辦法不要排斥它……」

「什麼意思？」

「噢，你試著同時做兩件事。試著忽略痛苦並關閉窗口。有一次，記得我在研讀探測儀時，心裡很害怕，那時我已經很習慣探測儀，但是每次我解讀時還是心生恐懼。想辦法放輕鬆，然後想想沒錯，這的確很痛，我知道。但是想辦法不要排斥它。」

威爾暫時閉上眼睛，他的呼吸速度減緩了一些。

「好吧，我就那樣試試看。」他說。

這次簡單多了。他嘗試碰觸窗口邊緣，一分鐘內就找到了，然後他照著帕迪西的話，將邊緣揑起。這真是世界上再簡單不過的事。威爾鬆了一口氣，不覺振奮起來。窗口消失，另一個世界也關閉了。

老人遞給他一只皮鞘，皮鞘背面有個硬角質物，上面有個帶扣可將匕首固定，因為即使匕首最纖細的移動都會切穿最粗厚的皮革。威爾將匕首放入皮鞘內，笨手笨腳地盡量扣緊帶扣。

「這應該是個莊嚴的場合，」帕迪西說：「如果我們有幾天、幾個禮拜的時間，我就可以告訴你奧祕匕首和天使塔公會的故事，還有這個腐敗輕率的世界的可悲歷史。幽靈出現是我們的錯。因為我們的先人、鍊金術士、哲學家、學者，詢問大自然中最深奧的祕密。他們對連接最小粒子的鍵深感好奇。你知道我說的鍵是什麼意思嗎？一種捆綁用的東西。

「嗯，這裡原本是個貿易城，充滿商人和銀行家的城市。我們自以為懂得鍵，以為鍵是種可以商議、買賣、交易和轉換的東西……但是我們大錯特錯。我們把鍵支解，最後也讓幽靈進來了。」

威爾說：「幽靈是從哪裡來的？為什麼那些樹下的窗口是開著的？那個我們穿越的窗口。這世界還有別的窗口嗎？」

「幽靈從哪裡出現仍是個謎。可能是從其他世界，從太空中黑暗的深處，誰知道？問題是，它們現在在這裡毀滅了我們。這世界還有沒有別的窗口？有，有好幾個，匕首人因為不留神或忘記、沒時間停下來關上窗口。你們穿越的那個窗口，鵝耳櫪樹下那個……是我打開的窗口，我一時愚蠢，不可原諒。你們提到的那人，我以為可以把他引誘到這城裡，讓他成為幽靈的受害者。我想他很聰明，不會中計。他想要匕首，拜託你們，千萬不要讓他得手。」

威爾和萊拉互看了一眼。

「嗯，」老人話說完了，雙手一伸，「我只能將這把匕首移交給你，教你如何使用，這點我已經做到了。接著我要告訴你，公會在衰敗前的一些守則。第一，打開窗口後，記得一定要關上。第二，絕對不要讓任何人使用這把匕首，它只屬於你。第三，絕對不要用在卑劣的目的上。第四，好好收藏，別讓任何人知道。如果還有別的規則，我大概也已經忘了，因為那些規則無關緊要。你有了這把匕首，就是匕首人。你不該是個小孩子，但是我們的世界已經崩潰了，你身上匕首人的象徵也無可置疑。我連你叫什麼名字都不知道。你現在就走。我很快就會死，我知道毒藥放在哪裡，我不打算等幽靈進來，它們一旦知道匕首離開，就會來了。你們走吧。」

「但是，帕迪西先生……」萊拉開口。

他搖搖手繼續說：「沒時間了。你到這裡來有個目的，你可能不知道那是什麼，但是把你帶來這裡的天使知道。走吧。你很勇敢，你朋友也很聰明。你手上又有匕首。走吧。」

「你不會真把自己毒死吧？」萊拉憂慮地說。

「走吧。」威爾說。

「你說的天使是什麼意思？」萊拉繼續說。

威爾拉拉她的手臂。

「走吧。我們走了。謝謝你，帕迪西先生。」威爾說。

他伸出沾滿鮮血和灰塵的右手，老人輕輕握著威爾的手。他也握了萊拉的手，對潘拉蒙點點頭，潘拉蒙點點貂頭以示回應。

威爾手中緊抓著皮鞘，領頭走下寬廣的階梯，步出樓塔。小廣場上陽光悶熱，那股寂靜更是深沉。萊拉小心翼翼向四處張望，街上一個人影也沒有，她心想最好別把她先前看見的事告訴威爾，免得他擔心，他們已經有很多事要操心了。萊拉帶他遠離那兩個孩子出現過的街道，突里歐仍靜靜站在那裡，像死亡一樣寂靜。

「我希望……」他們離開廣場後，萊拉停下腳步向後看上去。「真可怕，想到……他可憐的牙齒都已經斷了，眼睛也幾乎看不到……他又要吞什麼毒藥死掉，我希望……」

萊拉的淚水幾乎奪眶而出。

「噓，那不會傷害他的。他只是去睡覺，他說那樣會比幽靈好。」威爾說。

「噢，威爾，我們該怎麼做？你的傷口這麼嚴重，那個可憐的老人又……我恨這個地方，真的，恨不得把它燒光光。我們要怎麼辦？」萊拉說。

「嗯，很簡單。我們想把探測儀拿回來，就得用偷的。我們接下來就是要偷回探測儀。」威爾說。

第九章 偷竊

威爾不能穿著血衣四下遊蕩，他們先回咖啡館休息養足精神，並更換衣物。從商店拿東西的罪惡感已經消失，威爾拿了一整套新衣新鞋，堅持要幫忙的萊拉也小心張望每個角落，看看有沒有那些小孩的蹤影，最後幫威爾把新衣搬回咖啡館。

萊拉煮了些熱水，威爾將熱水提進浴室，脫掉衣服，從頭到腳澈底清洗一番。傷口仍隱隱作痛，絲毫未曾減輕，但至少看起來很乾淨。威爾親眼看到匕首的威力，知道不可能有別的傷口比這更乾淨，但斷指處還是大量出血。威爾注視著傷口時，總覺得作嘔，心跳也跟著加速，如此一來，也使血流狀況惡化。威爾坐在澡缸邊緣，閉上眼睛，深深吸了好幾口氣。

等他覺得較為鎮定後，才開始清洗。他盡量刷洗，用沾滿血跡的毛巾擦乾身體，然後穿上新衣，設法不讓新衣沾染上血跡。

「妳得再幫我纏住綳帶。」他對萊拉說：「不管綁多緊都行，只要能止血就好。」

萊拉撕下被單一角，把威爾的手一圈圈纏住，盡量將傷口緊緊綁住。威爾咬緊牙關，還是忍不住落淚，他一言不發抹乾眼淚，萊拉也沒說話。

大功告成後，威爾說：「謝謝。」接著他又說：「聽好了，我要把一些東西放在妳的背包裡，以免到時候回不來。只是一些信件。妳想看也可以。」

威爾拿出綠色皮製文具盒，將航空信紙交給她。

「我不會看，除非……」

「我不介意，不然我不會這麼說。」

萊拉摺起信件，威爾躺在床上，把貓推開，倒頭呼呼大睡。

當晚，威爾和萊拉蹲在一條小巷內，就在查爾斯爵士的花園旁，與園裡樹蔭遮頂的灌木林平行。在喜喀則這邊，他倆則在公園綠地裡，中間坐落著浸潤白色月光下的古典別墅。兩人花了很長時間才找到爵士的房子，他們在喜喀則內四下移動，不斷停下腳步切開窗口，看看他們在威爾世界中相對的位置。一知道身在何處，就馬上關閉窗口。

跟在他們身後不遠處是那隻黃斑貓。自從他們將牠從丟石頭的小孩手中拯救出來後，牠一直沉睡，現在終於清醒，卻再也不願離開他們，彷彿以為只要待在他們身邊就安全。威爾心中倒不太確定這點，即使沒有黃斑貓，他已心事重重，因此他不理睬牠。威爾愈來愈熟悉如何操作匕首，運用也更得心應手。傷口卻比先前更嚴重，傷口內還有一種深刻不適的搏動，萊拉在他醒後替他綁好的繃帶又已被鮮血浸透。

他在離白色別墅不遠處的空中打開一個窗口，兩人穿越進入赫丁頓安靜的小巷中，計算該如何進入爵士放置探測儀的書房。爵士的花園中有兩盞腳燈，將花園照射得異常明亮，屋前窗戶也燈火通明，書房內卻沒有燈光。月光只照亮屋子一側，書房則一片漆黑。

這條小巷沿樹木而行，在盡頭處和另一條路相接，巷內沒有街燈。一般竊賊原本可以輕易進入灌木叢，爬入花園而不被察覺，只不過眼前聳立的鐵柵欄圍住爵士的花園住宅，有威爾兩倍高，頂端還布滿尖釘。可是這對奧祕匕首絲毫不構成障礙。

「我在切斷這根柵欄時妳要握好。」威爾輕聲說：「等它掉下來時就接住。」

萊拉照著威爾的話做，威爾一口氣切斷四根欄杆，足以讓他們輕鬆穿過。萊拉將欄杆一根根放在草地上，兩人爬進柵欄內往矮樹叢移動。

他們隔著一片平坦草地，面對籠罩在五葉地錦陰影下的書房。一旦看清楚房屋側面後，威爾便小聲說道：「現在我要切開一道窗口回到喜喀則，移動到我認為書房在喜喀則的位置，然後再切個窗口回到這個世界。我會從玻璃櫃裡拿走探測儀，關上窗口再回到喜喀則。妳待在這個世界看守。一聽到我叫妳，就穿過窗口回到喜喀則，我再關上窗口，好嗎？」

「好，」她低聲說：「我和潘都會幫你把風。」

她的精靈現在是隻黃褐色貓頭鷹，在樹下斑斑點點的陰影中幾乎分辨不出，寬大的淡色眼睛注視著整個世界的活動。

威爾向後一站，伸出匕首尋找，用最細膩的方式觸摸空氣，約一分鐘後，他找到切割的關鍵點。威爾迅速打開面對月光下喜喀則公園的開口，向後一站，估計走幾步才能到達書房位置，並記住正確方向。

他一言不發，進入窗口後消失。

萊拉蹲在附近。潘拉蒙則棲息在她頭頂上的樹枝，安靜地東張西望。她聽得到身後赫丁頓的車聲，有人在巷子盡頭經過時安靜的腳步聲，甚至連昆蟲在她腳邊枝葉間毫無重量的動靜，她都聽得一清二楚。

時間一分一秒過去。威爾現在在哪裡？她竭盡全力想看穿書房的窗戶，但那裡只是漆黑的方形豎框，上方懸著五葉地錦。查爾斯爵士當天早上才坐在窗戶邊，蹺著腿整理褲子上的縐褶呢。玻璃櫃和窗戶的相關位置如何？威爾可以進入屋內而不驚動任何人嗎？萊拉能聽到自己的心跳聲。

潘拉蒙突然發出輕微的噪音，一種奇怪的聲音也從萊拉左側，即從屋子正前方傳來。她看不到屋前，但可以看見一道光源掃過樹木，還聽見沉重嘎嘎聲：車輪駛過圓石的聲音。她根本沒聽到車子引擎聲。

萊拉看了看潘拉蒙，他早已不聲不響向前滑翔，盡量往遠處飛去。他在黑暗中轉身降落，棲息在她的拳頭上。

「爵士回來了。」他低聲說：「有人和他一起回來。」

潘拉蒙又起飛了，這次萊拉跟在他身後，踮著腳尖小心走過柔軟的泥土，然後蹲在小樹叢旁，手腳並用在月桂樹葉間前進。

勞斯萊斯停在屋前，司機打開車門，查爾斯爵士站在一旁等待，臉上掛著微笑，伸出手協助一位女士下車。女士的容貌映入眼簾，萊拉忽覺心裡一陣重擊，這也是她逃離波伐格後最致命的一擊。爵士的客人正是她母親——考爾特夫人。

威爾謹慎穿越喜喀則月光下的草地，計算著步伐，心中牢記書房的位置，並對應附近的別墅，設法找到正確位置。豎立著圓柱的灰泥白別墅聳立在花園中，園內還有雕像和噴泉。在浸潤月光的公園裡，威爾心裡明白自己有多顯眼。

他認為找到正確地點時，停下腳步再舉起匕首，小心向前摸索。這種無形的微小縫隙到處都是，但不是匕首的任一道劃痕都可以打開窗口。

他先切出一個約手掌大的開口望去。那邊除了黑暗什麼也沒有，他也看不出自己身在何處。他關上窗口，九十度大轉身，再打開另一個窗口。這次他看得到眼前的織品：深綠色的天鵝絨，是書房內的窗簾。但是這些窗簾和玻璃櫃的相關位置如何呢？他關上這個窗口，轉向另一邊，再試一次。時間流逝。

第三次比較成功：他看得到整間書房，在書房的微光下，可從開啟的房門看到玄關。書桌、沙發、玻璃櫃都在！他還看見黃銅顯微鏡側面淡淡的亮光。沒人在房裡，整棟房子寂靜無聲，這真是再好不過了。

他周詳地計算距離，關上窗口後向前走四步後舉起匕首。如果他計算得沒錯，他會在正確地點穿過，切開玻璃櫃玻璃，拿出探測儀後再關上身後的窗口。

他在正確高度打開一個窗口，看見玻璃櫃門就在手掌寬距離外，他把臉貼近窗口，從上到下仔細端詳每一個架子。

探測儀不在那裡。

起先，威爾以為自己找錯玻璃櫃。房間裡一共有四個櫃子——他那天早上數過了，還分別記住它們的位置——兩座高大的黑木方櫃，前方和側面都有玻璃，兩個由天鵝絨覆蓋的架子，主要用來陳列貴重物品如瓷器、象牙或黃金。他會不會在錯的櫃子前打開窗口呢？但玻璃櫃頂層有個黃銅製圓環大儀器：他還特別記住這點。在玻璃櫃正中間，也就是爵士原先放置探測儀的地方，有個空間。是這個玻璃櫃沒錯，只是探測儀不在這裡。

威爾退後一步，深深吸了一口氣。

他必須進去好好搜尋一番，如果任意四處打開窗口，可能要花上一整夜。他關上玻璃櫃前的窗口，又打開一個可以觀望整個房間的窗口。審慎觀察後，隨手關上窗口，又在沙發後打開一個較大的窗口，好在情況緊急時輕易脫身。

他的手傷疼痛難忍，繃帶也開始鬆脫。他盡量纏好繃帶，將末端塞入，然後側身進入爵士的房間。他蹲在皮沙發後，右手持著匕首仔細聆聽。

他什麼都沒聽到，於是緩緩站起來掃視整個房間。通往玄關的門微啟，從玄關照射進來的光線足以看清整個房間。玻璃櫃、書架、牆上的畫都在，就像早晨看到時一樣，毫釐不差。

他踏上地毯，輪流檢查每個櫃子。探測儀不在櫃子裡，不在桌上整齊排列的書籍和紙張間，不在堆滿開幕式和歡迎會邀請函的壁爐架上，也不在窗邊靠墊座位或門後八角桌上。

威爾走回書桌，打算試試抽屜，但心中實在不抱什麼希望。他正要打開抽屜時，突然聽到輪胎輾過圓石。聲音如此輕微，他以為自己只是在幻想，但他動也不動竭力傾聽。車子停住了。

接著他聽到屋子的前門打開。

威爾立刻回到沙發後蹲下，在通向喜咯則的窗口旁，對面草地在月光下泛著銀輝。他才一蹲下，就聽到從另一個世界傳來腳步聲，輕巧穿越草地而來。他看過窗口，萊拉正向他飛奔而來。威爾及時對她招手，示意噤聲，萊拉緩下腳步，了解他知道爵士回來了。

「我還沒拿到，」她靠近他時，他低聲說：「探測儀不在這裡，他大概隨身帶著。我要看他會不會放回來。待在那裡。」

「不是！大事不妙了！」她驚惶失措地說：「她和他在一起……考爾特夫人……我母親。我不知道她是怎麼來這裡的，如果她看到我，我就死定了。威爾，我真的方寸大亂，我知道他是誰了！我記得以前看過他！威爾，他叫作波萊爾公爵！我逃跑那天在考爾特夫人的雞尾酒會上看過他！他一定早就知道我是誰，一直都知道……」

「噓。如果妳要這麼吵，就別待在這裡。」

萊拉克制自己，用力吞吞口水，又搖搖頭。

「對不起，我要跟你待在一塊。」她小聲說：「我要聽聽他們說些什麼。」

「好，噓……」

威爾聽到玄關內的聲音。兩人近得可以碰觸對方，威爾在自己的世界內，萊拉則在喜咯則。萊拉看到威爾的繃帶鬆脫，就拍拍他手臂做出捆綁手勢。威爾伸手讓她整理，邊蹲著側頭用力聆聽。

房間的燈亮了。他聽到爵士對僕人說話，遣開僕人，走進房間後關上房門。

「我能替妳斟一杯托考伊酒嗎？」他說。

接著是女人的聲音，低沉甜美，答道：「卡洛，你真好。我已經很多年沒喝到托考伊酒了。」

「在壁爐旁坐下吧。」

接著是倒酒的汩汩聲、酒瓶碰觸玻璃杯的鏗鏘聲、喃喃道謝聲，最後爵士在沙發上坐下，離威爾只有幾吋之遙。

「祝妳健康，瑪莉莎。」他說著，一面啜酒，「現在，妳可以告訴我妳要什麼。」

「我想知道你在哪裡拿到真理探測儀。」

「為什麼？」

「因為那是萊拉的，我想找到她。」

「我無法想像妳為什麼想找她，她是個討厭的小鬼。」

「我該提醒你，她是我女兒。」

「那她就更討人厭了，她一定是故意抗拒妳迷人的影響力。沒人能抗拒得了妳。」

「她在哪裡？」

「我保證一定會告訴妳，但妳得先告訴我一件事。」

「如果我知道答案。」她轉換成另一種語氣，威爾認為這是一種警告。她的聲音教人意亂神迷：安慰、甜蜜、音樂般的聲音，聽起來非常年輕。威爾渴望知道她長得什麼模樣，萊拉從沒描述過她，配合這個聲音的容貌一定是絕色。「你想知道什麼？」

「艾塞列在忙什麼？」

一陣沉默，彷彿女人正估計該說些什麼。威爾轉頭從窗口看看萊拉，他看到她在月光下恐懼地瞪大雙眼，緊咬雙唇以保持沉默，竭盡全力試圖偷聽，就和他一模一樣。

考爾特夫人終於說道：「好吧。我告訴你。艾塞列公爵正集合一支軍隊，希望能終結萬古前的天堂大戰。」

「多有中古風味呀。他似乎擁有一些十分現代的武力。他到底對磁極動了什麼手腳？」

「他找到一種方法，把我們和其他世界之間的障礙炸開。此舉嚴重干擾地球磁場，一定也在這世界造成共振……可是你怎麼會知道這些？卡洛，我想你也應該回答我一些問題。這是什麼世界？你是怎麼把我帶來這裡？」

「這是幾百萬個世界中的一個。這些世界之間有些開口，但不容易找到。我知道的開口大概有一打，但位置都變了，這一定是艾塞列斡的好事。現在我們似乎可以直接從這世界進入我們的世界，或許也可以進入其他世界。早先只有一個世界具備類似交叉路口的功能，世界的開口都開向那裡。妳可以想像我今天穿過去看到妳時有多意外，而能直接把妳帶來這裡又有多開心，完全不用冒險進入喜喀則。」

「喜喀則？那是什麼？」

「那個路口。我在那裡做些買賣，親愛的瑪莉莎，但那裡對我們過於危險，目前不宜造訪。」

「為什麼危險？」

「對成人很危險。孩子倒可以來去自如。」

「什麼？我一定要知道這個地方，卡洛。」女人說。威爾聽得出她激動又缺乏耐心的語氣。「這是每件事的核心，也就是成人和孩子間的差異！這包含『塵』一切的祕密！這也是我必須找到我女兒的原因。那些女巫還給她另一個名字，我差點就知道了，差點就讓女巫親口說出，但是她死得太快。我一定要找到我女兒。她會有答案，我一定要知道……」

「妳會如願以償。這儀器會把她帶來的，別擔心。一旦她把我要的東西給我，她就是妳的了。瑪莉莎，說說妳那個稀奇古怪的護衛隊。我從來沒看過那樣的士兵，他們是誰？」

「男人，就這樣。不過……他們進行過切割，沒有了精靈，不會恐懼，沒有想像力，缺乏自由意志，會戰到粉身碎骨為止。」

「沒有精靈……嗯，多有趣。我在想，如果妳能給我一個士兵，不知道我可否進行一場小小實驗？我想知道那些幽靈對他們有沒有興趣。如果不感興趣，我們或許可以進入喜咯則。」

「幽靈？幽靈是什麼？」

「親愛的，稍後我會詳加解釋，它們正是成人無法進入那個世界的原因。『塵』—孩子—幽靈—精靈—切割……沒錯。可能行得通。多喝點酒吧。」

「我要知道每一件事。」她說道，音量壓過倒酒聲。「我希望你能告訴我。現在就告訴我：你在這世界做什麼？我們以為你去了巴西或印度，你卻來這裡，對不對？」

「我很久以前就找到這地方。這是個絕不能洩漏的大好祕密，連妳也不能，瑪莉莎。妳也看得出來，我在這裡過得很舒服。身為國家議會一員，我很容易辨別出權力所在。

「事實上，我成為間諜，但我從沒把我知道的一切告訴上級。幾年來，這世界的安全組織重鎮都在蘇聯——在我們那裡叫莫斯科維。雖然這股威脅已經緩和，還是有針對他們的情報通訊站和相關訓練機器，我和訓練這些間諜的機構也有接觸。」

卡爾特夫人啜了口酒，炯炯有神地盯著他。

「我最近聽說地球磁場遭受嚴重干擾，安全組織對此相當警覺，每個國家都對基礎物理——也就是我們說的實驗神學——進行研究，催促科學家發現事情真相。因為他們知道有什麼事發生了，他們也懷疑這和其他世界有關。

「事實上，他們對這件事還是有些線索。有些關於『塵』的研究已經完成。噢，對了，這裡的人也知道『塵』。就在這城裡，有個小組在進行研究。還有一件事：有個人在十一、二年前在北地消失，安全組織認為那人有他們急於知道的訊息，特別是關於這個世界間通道的所在，就跟妳今天稍早穿越的一樣。妳可以想像我沒對他們全盤透露。這個新干擾出現後，他們就開始尋找這個人了。

「自然嘍，瑪莉莎，我自己也很好奇，我也迫切想增加一些知識呢。」

威爾坐在那裡動也不動，他心跳劇烈，不禁擔心這些大人可能會聽到他的心跳聲。爵士正提到他父親！這些人的身分和他們想要的東西都真相大白！

除了爵士和那女人的聲音之外，威爾無時不察覺到有個東西也在房裡活動。有個影子越過地板，威爾可以從沙發邊緣外、從小八角桌腳旁看到那東西的一部分。但是爵士和女人都沒移動！那影子迅速四處尋覓，讓威爾異常不舒服。房間中唯一的光線是壁爐旁一盞立燈，那影子看起來非常清晰，但它從未停留得夠久，以致威爾無法認出。

接著兩件事發生了。第一，爵士提到探測儀。

「舉例來說，」他繼續先前的話題，「我對這個儀器非常感興趣，妳能否告訴我它怎麼作用？」

他將探測儀放在沙發盡頭的八角桌上，威爾看得一清二楚，幾乎伸手可及。

第二件事是，那影子終於靜止了。某個生物，一定是影子本尊，最後棲息在考爾特夫人的椅背上，燈光照射在它身上，牆上清晰反射出它的影像。就在靜止那刻，威爾了解那是女人的精靈：一隻蹲坐的猴子，正四下張望搜尋。

威爾聽到身後的萊拉倒抽一口氣，她也看到了。威爾安靜地轉身低語：「回去另一個窗口，穿越他家的花園，找石頭向書房丟擲，這樣他們會稍微轉頭，我就可以拿取探測儀。最後再跑回另一個窗口等我。」

萊拉點點頭，轉身悄悄跑過草地。威爾轉過頭來。

女人正在說：「……約旦學院院長是個笨老頭。他為什麼要把探測儀給她，我真的不懂，我們要花好幾年辛苦研究才能看出端倪。現在該你提供一些訊息，卡洛，你是怎麼發現探測儀的？那孩子呢？」

「我在城裡博物館看到她使用探測儀。我當然認得她，很久以前在妳的雞尾酒會上看過她。我了解她一定也找到某個窗口。我知道我可以利用探測儀達到目的，所以在我第二次遇到她時偷走它。」

「你很老實。」

「沒必要怕羞，我們都是大人了。」

「她現在人在哪裡？發現探測儀搞丟了，她怎麼做？」

「她來找我，膽子不小。」

「她本來就膽大包天。你打算怎麼處理探測儀？你的目的又是什麼？」

「我告訴她，如果她替我找到某個東西——某個我自己拿不到的東西，她就可以拿回探測儀。」

「什麼東西？」

「我不知道妳是否……」

這時第一塊石頭砸破書房窗戶。

伴隨著令人滿意的玻璃破裂聲，兩人驚訝地倒抽一口氣，猴影立刻從椅背上跳開。接著傳來另一聲破裂聲，再一聲。爵士起身時，威爾感到沙發稍微移動了一下。

威爾傾身向前，伸手抓住小桌上的探測儀後塞入口袋，一頭衝過窗口。他一回到喜咯則草地，便開始在空中尋找難以捉摸的邊緣，心中盡量保持鎮定，緩緩呼吸，還時時意識到可怕的危險只有咫尺之遙。

接著傳來一聲尖叫，不是人類也不是動物，比這更糟糕，他知道是那隻討厭的猴子。威爾幾乎已關上整個窗口，但他胸前的高度仍有個小縫隙。威爾向後一跳，因為縫隙中突然出現一隻小而毛茸茸的金猴掌，上面還有黑色指甲；接著是一張臉，一張會讓人做噩夢的臉。金猴子露出牙齒，眼睛射出光芒，專注惡毒的眼神像一支矛。

下一瞬間金猴子就會穿洞過來，那一切就完了。可是威爾手中仍握著匕首，他立刻舉起匕首，對猴臉左右劃下——如果猴子沒及時退下，猴臉就會成為大花臉。這給威爾時間封閉窗口邊緣。

他自己的世界消失了。他在月光下喜咯則的公園內喘氣發抖，徹頭徹尾嚇壞了。但他必須拯救萊拉。他跑回第一個窗口，他在灌木叢旁打開的那個，向內張望。月桂樹和冬青的暗色葉片阻礙了視線，他上前撥開障礙，清楚看到房屋側面及月光下書房破碎的玻璃。

威爾四下觀望時，突然看見猴子跳過房子角落，行動迅捷得像隻貓，接著他看到爵士和女人緊隨在後。爵士手中拿著一把槍。威爾詫異地發現女人異常美麗動人，在月光下簡直令人意亂神迷，明亮深邃的雙眼充滿魅力，纖細的體格輕盈優雅，她手指一彈，猴子立刻停止前進跳入她懷裡，他發現美貌女人和邪惡猴子是一體的。

但是萊拉人呢？

大人向四處張望，女人放下猴子，牠也開始東張西望，彷彿正在嗅聞或找尋腳印。天地間一片死寂。即使萊拉藏身在灌木叢也不敢輕舉妄動，以免洩漏形跡。

爵士調整手槍上某個東西，發出輕輕的「喀啦」聲。是保險桿。爵士看著灌木叢，似乎直接注視著威爾，接著眼神又移向別處。

兩人突然向左處張望，猴子似乎聽到什麼，他朝疑似萊拉藏身處迅速跳去，幾秒鐘後就會找到她了……

此時，黃斑貓忽然從灌木中飛奔而出，跳到草地上開始嘶嘶作響。

金猴子聽到了，在半空中驚訝地轉身，但威爾比他更吃驚。猴子落在地上，面對黃斑貓，貓弓起身體，尾巴高豎，側身站著，嘶聲挑戰，還呼嚕呼嚕叫著。

金猴子向牠跳去，貓後臀高翹，貓爪左右滑動，動作快得幾乎看不清，此時萊拉已來到威爾身邊，顫抖著和潘拉蒙一起穿過窗口。黃斑貓忽然放聲尖叫，猴子也開始咆哮，貓爪一劃過猴臉，金猴子轉身跳入考爾特夫人懷裡，黃斑貓也在自己的世界裡溜入灌木叢中，瞬間銷聲匿跡。

此刻威爾和萊拉已穿過窗口，威爾立刻在空中找尋，捏上幽微邊緣；就在不斷縮小的縫隙後頭，傳來踩過小樹枝和樹幹的腳步聲……

整個縫隙只剩下威爾手掌大小，最後窗口終於完全封住，眼前的世界也安靜下來。威爾跪在沾著露珠的草地上，胡亂掏著找出探測儀。

「拿去。」他對萊拉說。

萊拉接過。威爾則用發抖的手將匕首放入皮鞘中，最後他躺在草地上，四肢還不停顫抖。他合上眼睛，讓自己沐浴在銀色月光下，感覺萊拉輕柔地將繃帶解開再重新綁好。

「噢，威爾，」他聽到她說：「謝謝你做的一切，一切……」

「我希望那隻貓沒事……」他喃喃自語，「牠就像我的莫西一樣。牠現在大概已經回家，回到自己的世界。牠現在應該平安無事了。」

「你知道我想到什麼嗎？有一瞬間，我以為牠是你的精靈。不管怎樣，牠做到最棒的精靈該做的事。我們救牠，牠也救了我們。走吧，威爾，別躺在草地上，這裡溼溼的。最好起來好好躺在床上，不然你會感冒。我們到那個大房子，裡面一定會有床鋪和食物。走吧，我會替你找一條新繃帶，我會煮咖啡、煎蛋捲，你要吃什麼都行，然後我們就睡覺……我們現在會很平安，因為我們把探測儀拿回來了，你很快就會知道。除了幫你找到父親外，我不會再管別的閒事，只幫你找到父親，我保證……」

萊拉協助威爾站起來，他們緩緩走過花園，進入月光下閃閃發白的大別墅。

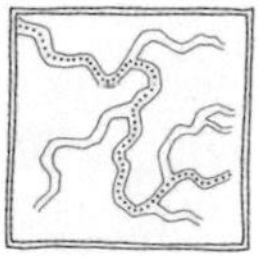

第十章 巫醫

史科比在葉尼塞河港口下船，發現當地一片混亂：漁夫試圖將不知名魚種的貧瘠魚貨賣給罐頭工廠；港口當局為處理水患提高進港費，使船主暴跳如雷；森林正迅速縮減，動物行為也變得異常，獵人和毛皮獵人再也無法狩獵，紛紛遊蕩到城裡。

史科比想進城也變得異常艱辛。這條路平常是條清爽的凍土路，如今地表成為攪拌過的泥淖，連恆冰也開始融化。

他把熱氣球和裝備儲放在倉庫內，用日益稀少的黃金租一艘汽油引擎小船，又買了幾罐汽油和一些儲備品，開始航向暴漲的河水。

起初船隻行進非常遲緩，不僅因為水流過於快速，水上也浮滿了各種殘骸碎片：樹幹、樹枝、淹死的動物，有次還出現男人腫脹的屍體。史科比小心翼翼行駛，才能使小引擎用力地轉動前進。

他的目標是古曼部落所在的村莊。眼前唯一的嚮導，就是幾年前飛過這區域時的記憶，但他的記憶奇佳，即使有些河岸已淹沒在奶棕色洪水下，他仍可在湍急的溪流中輕易找到正確水道。這裡的氣溫也干擾到昆蟲，大片蚊蚋使視界模糊不清。他在臉上和手上塗抹曼陀羅軟膏，又抽了一根根辛辣的雪茄，才使狀況不至於惡化。

海斯特則沉默地坐在船首，長耳朵平貼著細瘦的背，瞇著雙眼。史科比早已習慣海斯特的沉默，她也一樣。他們只在必要時才說話。

第三天早上，史科比將小船駛向小灣進入主流。主流自一列低矮的丘陵綿延而出，以往此時，低丘應該已深埋雪裡，如今卻呈現棕色的斑斑點點。他們旋即進入兩側長滿低矮松木和雲杉的溪流，行駛幾哩後，來到一塊與房子同高的龐大圓石前，史科比將小船停泊繫好。

「那裡有個碼頭，」他對海斯特說：「妳記得新尚巴拉的老海豹獵人說過的話嗎？那個碼頭現在一定至少矮了六呎。」

「我希望他們能有點概念，把村落蓋在高處。」她說著，一面跳上岸。

半小時不到，他在酋長木屋旁放下背包，利用在北地表示友誼的共通訊號，把來福槍放在腳邊，轉身向已聚集的一小群村民打招呼。

有個老西伯利亞韃靼人也將弓放在來福槍旁，他的眼睛幾乎已消失在眼尾紋中。他的狼獾守護精靈也向海斯特扭動鼻子，海斯特搖動一隻耳朵作為回應。酋長接著說話了。

史科比出聲回答，他們一共講了五、六種語言，才找到共通的語言。

「我向您和這個部落致敬，」史科比說：「我有些菸草，不值什麼錢，可是我希望能有榮幸把菸草獻給您。」

酋長點頭表示感激心領，他的一個妻子收下史科比從背包中拿出的包裹。

「我在尋找一個叫作古曼的人。」史科比說：「聽說他已是你們部落的一員。他或許有別的名字，但他是個歐洲人。」

「啊，」酋長說：「我們一直在等你。」

其他村民群聚在幾間房屋中央的泥濘地上，稀薄的陽光如蒸氣灑落。他們不了解兩人的對話，但看得出酋長的喜悅。喜悅與解脫，史科比感到海斯特這麼想著。

酋長一連點了好幾次頭。

「我們一直在等候你。」他又說了一遍，「你終於要帶古曼博士到另一個世界了。」

史科比眉毛一抬，但他只說：「先生，您說的正是。他人在這裡嗎？」

「跟我來。」酋長說。

村民尊敬地向兩旁站開。史科比明白海斯特討厭跳過骯髒的泥地，就將她抱在手臂上，把背包背在肩上，跟隨酋長沿著森林小路到距村落十箭遠的一棟小屋，小屋就位在落葉松木前的空地上。

酋長在覆著動物皮的木梁小屋前停住。小屋主要用野豬牙、麋鹿角和馴鹿角裝飾，可是這不僅是打獵的戰利品，裝飾品上還掛著乾燥花和小心編織的松木枝，彷彿具有某種儀式的功能。

「你和他說話時要心懷敬意，」酋長說：「他是巫醫，而且他的心生病了。」

史科比忽然覺得背脊一涼，海斯特也在他手臂間僵硬起來，他們忽然了解自己一路上都受到監視。在乾燥花和松木樹枝間，有隻明亮的黃眼睛正向外張望，是守護精靈。史科比看到她時，她轉過頭，用強有力的鳥喙細膩地銜過一根松枝，彷彿把松枝當成窗簾。

酋長用自己的語言呼叫巫醫，那是老海豹獵人提到的名字：約巴里。一會兒，門開了。

站在門口的是個身形憔悴的男人，兩眼有神，身穿毛皮。他的黑髮間有些銀絲，強壯的下巴向前挺，鴞精靈坐在拳間凝視。

酋長鞠了三次躬後退下，讓史科比和他前來尋找的巫醫學者單獨說話。

「古曼博士，我名叫李．史科比，從德州來，是熱氣球飛行員。如果您讓我坐下聊聊，我會告訴您我為何來此。我說的沒錯吧？您就是柏林學院的古曼博士。」史科比說。

「是的。史科比先生，你從德州來的？這陣風把你吹得離家鄉好遠啊。」巫醫說。

「先生，現在世界各地都吹著奇怪的風呢。」

「的確。我想太陽非常溫暖。你在小屋裡會看到一張長凳，如果你能幫我搬出來，我們就可以坐在這宜人日光下聊聊。如果你不見怪，我還有些咖啡，你可以和我一起享用。」

「您太客氣了，先生。」史科比說，一人獨自把木凳搬到外面。古曼走到爐子旁，將煮沸的飲料倒入兩只錫杯中。古曼的口音聽起來沒有德國腔，而是道地的英國口音。看來天文臺長說對了。

他們坐下後，海斯特瞇起眼，沉靜地靠在史科比身旁，巨大的鴞精靈注視著明亮的太陽，史科比開始敘述他的故事。他從一開始在特洛塞德和吉普賽王約翰．法相遇的經過說起，說明他們如何徵募武裝熊歐瑞克，前往波伐格，拯救萊拉和其他孩子。他還提到飛往斯瓦巴途中，從萊拉和女巫帕可拉口中聽到的事。

「古曼博士，從小女孩描述整件事的過程，可以知道艾塞列公爵只是在學者面前揮舞那個冰凍的斷頭，就把他們嚇得驚惶失措，無法細察，也讓我懷疑您是否還活著。先生，顯然您有這方面的專業知識。我在極地海岸沿路都聽到您的傳聞：您如何將顱骨穿孔；您的研究主題似乎非常廣泛，從挖掘海床到觀察北極光都有；還有您如何突然在十一、二年前出現，沒人知道您的來歷，這些都讓人很感興趣。但是古曼博士，有個超越單純好奇心的原因，將我帶來此地。我很關心那孩子。我覺得她非常重要，女巫也都這麼認為。如果您知道任何關於她的事，及到底發生了什麼事，希望您不吝告知。正如我所說，有種感覺使我堅信您知道這些問題的答案，所以我人才會在此。

「除此之外，除非我聽錯了，先生，我聽酋長宣稱我要來帶領您到另一個世界。到底是我聽錯了，還是他的確這麼說？另外還要請教您一個問題，先生：他到底叫您什麼名字？那是部落的名稱，還是魔法師的稱號？」

古曼微微一笑，說：「他稱呼的是我的真名，約翰．帕里。是的，你來帶領我到另一個世界，我想你會發現是這東西帶你來的。」

古曼打開手掌，掌心裡躺著一個史科比看得到卻無法理解的物品：一枚鑲著綠松石的銀戒指，是北美西部印地安納瓦荷族的設計。他清楚認出這是他母親的遺物，他知道戒指的重量和玉石的平滑質感，也知道銀匠如何細膩地將銀片鑲嵌在玉石的削角處，他還知道削切的稜角已經磨平，因為他用手指撫摸過無數次，在很久很久以前的童年時代，在故鄉的灰綠色大地上。

史科比發現自己站起來，海斯特則全身顫抖不已，身體直立，耳朵也豎直。史科比沒注意鴞已經移動到他和古曼之間，隨時準備防衛主人。可是史科比並不打算攻擊古曼，他勇氣盡失，覺得自己像個小孩子，聲音緊張發顫，說道：「您從哪裡拿到這個？」

「拿去吧。」古曼，或帕里說：「它任務已達，把你召喚來了。我現在不需要它了。」

「可是您怎麼……」史科比說，一面從古曼掌心拿起這個珍貴的東西，「我不懂您怎麼會有……您是……您是怎麼拿到它的？我已經有四十年沒看過這枚戒指了。」

「我是巫醫。我可以做出很多你不了解的事。坐下來，史科比先生。鎮定下來，我會把你該知道的事告訴你。」

史科比又坐下，手握著戒指，一次次撫摸著。

「唉，我在發抖，先生，我想我該聽聽您要告訴我什麼。」史科比說。

「很好，那我就開始了。」古曼說：「我已告訴你我的名字叫帕里，我不是在這個世界出生的。艾塞列公爵也絕不是第一個穿梭不同世界的人，但他是第一個這麼轟轟烈烈打開世界開口的人。在我的世界裡，我是個軍人，也是探險家。十二年前，我隨探險隊來到一個你們稱作柏陵蘭的地方。我那些同伴各有目的，我則在尋找一種東西，一種我從古老傳說中聽來的東西：世界的裂縫，出現在我們和另一個宇宙之間的洞口。唉，我有些同伴失蹤了，為了尋找他們，我和其他兩人穿越洞口。當時我們根本沒注意到洞口的存在，就這麼離開了自己的世界。起先我們還不知道發生什麼事，直到來到一座城鎮，才知道沒錯：我們進入另一個世界了。

「唉，不管我們怎麼嘗試，都找不到原先的洞口。我們是在暴風雪裡穿越過來的，你也是極地的識途老馬，你知道那意味著什麼。

「所以我們只好留在那個新的世界。可是我們很快發現那地方異常危險，有種奇怪的鬼怪或魂魄出沒，一種致命無情的東西，那東西稱作『幽靈』。我的兩個同伴很快就死了，兩人都成為幽靈的受害者。

「我發現那世界實在太恐怖，迫不及待地離開。回到我世界的路已經永遠封閉，但是還有進入其他世界的洞口，經過短暫搜尋後，我找到進入這個世界的路。

「於是我來到這裡。史科比先生，我來此地後非常震驚，不同世界間差異很大。我在這世界第一次看到我的精靈。沒錯，直到進入你們的世界後，我才知道塞揚的存在。這世界的人無法想像的是，在其他世界裡，精靈只是心中一股沉默的聲音，如此而已。當我明白自己部分天性是陰性、具有鳥類外形且非常美麗時，你能想像我有多訝異嗎？

「於是我跟塞揚遊歷了整個北地，從極地居民身上學到很多，例如這村落的村民朋友。他們告訴我這世界的事，填補我在自己世界中所得知識的缺陷，我也開始看到許多神祕事物的答案。

「我以古曼之名在柏林掙得一片天。我沒告訴任何人我的來歷，這是個人祕密。我呈交給學院一篇論文，在答辯中捍衛我的論點，這是他們的方法。我比學院派的學者更具相關知識，毫不費力地獲得學員資格。

「憑著新證書，我開始在這世界工作。我對這裡大致很滿意。我當然也很懷念一些事物。史科比先生，你結婚了嗎？沒有？嗯，我結婚了，我深愛妻兒——我唯一的孩子。我漫遊出自己的世界時，他還不滿一歲。我非常想念他們，但我就是再找一千年，也找不到回家的路，我們已經永遠失散了。

「我全神貫注在工作上，尋求各種形式的知識，接受穿顱骨儀式，最後成為巫醫。我還發現一些很有價值的事，舉例來說，我找到把血苔製成膏藥的方法，這種方法可以保存新鮮植物的藥效。

「史科比先生，我還知道很多關於這個世界的知識，例如『塵』。我注意到你一聽到這個名詞的表情。『塵』把你們的神學家嚇得魂飛魄散，但那些人才真令我喪膽。我知道艾塞列公爵在做什麼，我也知道其中緣由，這也是我召喚你來此的原因。我打算助他一臂之力，他正在進行人類歷史上最艱巨的任務。史科比先生，這是在三萬五千年的人類史上最重大的一項任務了。

「我自己無法做太多事。我的心臟有病，這世界沒人能治好。或許我只剩下最後一絲力量了，但我知道一件艾塞列公爵不知道的事，他必須知道這件事，如此一來，他的心血才會成功。

「我對那個吞噬人類意識的幽靈充斥的世界深感興趣。我想知道幽靈是什麼，是怎麼形成的。身為巫醫，我的靈魂可以發現一些靈異世界的事，那是身體無法進入的世界，我花了很長時間魂遊、探索那個世界。我發現在幾百年前，那裡的哲學家製造了一種導致他們今日毀滅的工具：奧祕匕首。奧祕匕首具有各種力量，比他們製造時想像的力量更巨大，也遠比他們目前知道的功用更多樣。不知道為什麼，他們利用這把匕首時，讓幽靈進入了他們的世界。

「嗯，我知道奧祕匕首的事，也知道它的功用；我還知道它在哪裡、如何辨識持有的匕首人，也知道匕首人會在艾塞列公爵的志業中擔負重任。我希望他能勝任。所以我召喚你來此，你要帶領我飛向北方，進入公爵打開的世界，我可以在那裡找到匕首人。

「那是個極端危險的世界，幽靈比你我世界中任何可怕的東西還糟糕。我們得謹慎小心，勇敢無懼。我不會再回來，如果你想再見到你的國家，就需用盡全副勇氣、技術和運氣。

「史科比先生，這就是你的任務，也是你會找到我的原因。」

巫醫接著陷入沉默。他臉色蒼白，還罩著一層薄薄的汗水。

「我這輩子從沒聽過這麼瘋狂的鬼主意。」史科比說。

他焦躁不安地站起來，開始徘徊，海斯特動也不動，從凳子上看著他。古曼眼睛半閉，精靈坐在他的膝蓋上，警覺地望著史科比。

「你要錢嗎？」過了片刻，古曼說：「我可以給你一些黃金，這不難。」

「該死，我不是來這裡找黃金的，」史科比義憤填膺地說：「我來這裡是看看您是否還活著，是不是跟我想像中一樣地活著。嗯，在某方面，至少我的好奇心多少滿足了。」

「我很高興聽到你這麼說。」

「我們還可以從另一個角度看待這件事。」史科比補充道，並把恩納拉湖的女巫會議，以及女巫達成的決議告訴古曼。「那個小女孩萊拉……呃，她也是一開始我會出發協助女巫的原因。您說您用那個納瓦荷戒指把我帶到這裡，也許是，也許不是。我知道的是：我來這裡是因為我想幫助萊拉。我從沒看過那樣的小孩。如果我自己有個女兒，我希望她有萊拉一半的堅強、勇敢和善良。我聽說您知道某個東西，我不知道那是什麼，某個會保護持有人的東西。從您剛才說的來看，我想一定是這把奧祕匕首。

「所以這將是我帶您到另一個世界的代價，古曼博士：不是黃金，而是奧祕匕首。我自己不要它，我是替萊拉要的。您要發誓您會讓萊拉受到那東西的庇護，我就帶你到任何想去的地方。」

巫醫仔細聆聽，說道：「很好，史科比先生，我發誓。你相信我的誓言嗎？」

「您要憑什麼發誓？」

「隨你說。」

史科比想想後說：「憑那個讓您拒絕女巫愛情的東西。我猜那是您最珍貴的東西。」

古曼睜大眼睛，他說：「你猜得很對，史科比先生。我很樂意憑此發誓。我答應你，我保證萊拉．貝拉克會受到奧祕匕首的保護。可是我得警告你，匕首人有他自己的任務，他的任務也可能讓她陷入更大的危險。」

史科比審慎地點頭說道：「或許吧。不管安全的機率有多小，我都希望她擁有奧祕匕首。」

「我答應你。現在我該到那個新世界了，你一定要帶我出發。」

「那風呢？我猜您應該不至於病到不能觀測天氣吧？」

「風的事交給我。」

史科比點點頭，坐在板凳上一次次用手指撫摸綠松石戒指，古曼則收拾幾項必需品放入鹿皮背包，兩人一起走上通往村莊的森林小徑。

酋長演說了很長一段時間，愈來愈多村民出來碰觸古曼的頭，喃喃說了幾個字，並接受看來像是祝福的回報動作。史科比觀測氣象，往南的天空相當晴朗，氣味清新的微風吹動細枝，搖晃著松木頂端。朝北的濃霧仍籠罩在洶湧的河流上，可是這股濃霧在過去幾天以來，第一次出現消散的跡象。

碼頭旁的岩石邊，史科比拎起古曼的背包放入船中，將小引擎裝滿燃料，馬上啟動引擎。他解開纜繩，巫醫坐在船首，船隻順流疾行，開始在樹下往前直衝，一會兒就衝入主流，速度之快開始讓史科比擔心起蹲在船舷旁的海斯特，但海斯特也是旅行老手，史科比心知肚明，自己為什麼會這麼窮緊張呢？

他們抵達葉尼塞河港口後，發現每間旅社、公寓和私人房間都被軍人強徵走。這些還不是普通的軍人，他們是莫斯科維帝國的護衛軍，是全世界訓練最嚴苛、裝備最齊全的軍隊，他們也誓言效忠教誨權威。

古曼看起來迫切需要休息，史科比原想在出發前先休息一晚，但要找到空房間，希望渺茫。

「發生什麼事？」史科比在歸還船家雇船時問。

「我們也不知道。這批軍隊昨天剛到達，強徵城裡每間宿舍、食物和每艘船。如果你沒有租走船，他們也會拿走。」

「你知道他們要去哪裡嗎？」

「北方。」船家說：「據說大戰就要開打了，最大的戰爭。」

「北方，在新世界裡嗎？」

「沒錯。這只是前鋒部隊，還有更多軍隊要來哩。不出一個禮拜，這裡就會連一條麵包、一加侖酒都沒有了。你租這條船，倒幫了我一個大忙，現在價格已經漲了兩倍……」

即使他們找到落腳處，也沒必要留下來休息。史科比非常擔憂他的熱氣球，立刻前往倉庫探望，古曼也隨行在側，雖然面有病容，但仍非常強悍，跟得上史科比的腳步。

倉庫主人正忙著將多餘的引擎零件數給徵收的護衛士官，他從寫字板上稍微抬頭。

「熱氣球……真是不巧……昨天給徵收走了。」他說：「你也看到這是什麼情況，我別無選擇。」

海斯特搖搖耳朵，史科比了解她的意思。

「你已經把熱氣球交給他們了嗎？」他問。

「他們今天下午會來拿。」

「不會，他們不會來拿的，」史科比說：「我有權力可以壓制護衛隊。」

史科比把斯克林人的戒指拿給倉庫主人看，那是他在新尚巴拉時從死去的斯克林人手指上拿下來的。史科比身旁的士官在櫃檯邊一看到戒指，立刻停下手邊的事，對教會象徵行禮致敬。雖然他受過嚴格訓練，臉上仍顯出一抹困惑。

「我們現在就要熱氣球。」史科比說：「你去找幾個人來充氣。我說馬上，還要包括食物、飲水和鎮重沙袋。」

倉庫主人看看士官，士官聳聳肩，倉庫主人匆匆跑去處理熱氣球的事。史科比和古曼走到瓦斯槽所在的碼頭邊監督充氣過程，順便低聲交談。

「你從哪裡拿到那枚戒指？」古曼問。

「一個死人的手指上，用這戒指是有點冒險，但我別無選擇。你想士官會懷疑嗎？」

「當然會，但他是嚴守紀律的人，不會質疑教會。如果他真把這件事報告上去，我們會在他們採取行動前就遠走高飛。嗯，史科比先生，我答應給你一陣風，我希望你會喜歡。」

頭頂的天空一片蔚藍，陽光也異常亮麗。北方濃霧仍像山脈般懸掛在海上，微風正將濃霧朝後推去，史科比迫不及待想立刻起飛。

熱氣球開始充氣後，逐漸在倉庫屋頂邊的後方膨脹起來，史科比檢查了吊籃，慎重擺好儀器。誰知道他們在另一個世界會面臨什麼樣的亂流呢？他仔細地將儀器固定在骨架上，連羅盤也不例外，羅盤指針正沒用地亂轉。最後他將二十個鎮重沙袋環繞著吊籃捆好。

瓦斯袋充足氣後，立刻向北方抖振的微風傾斜，整個熱氣球也開始拉扯固定在地上的繩子。史科比給了倉庫主人最後一塊黃金，幫助古曼進入吊籃，然後轉身面對拉繩子的人，下令放手。

這些人還來不及放手，就出現干擾。倉庫旁的巷子中忽然傳來軍靴的踏地聲，那是兩人並排一起前進的聲音，還傳來一聲命令：「停！」

握住繩子末端的人停住動作，有些人看看那個方向，有些人則看看史科比，史科比厲聲叫道：「放手！鬆開繩子！」

兩個男人遵從他的指示，熱氣球開始向上飄升，另外兩人的注意力則放在軍人身上，那些軍人正兩人一組，在倉庫的角落間前進。這兩個手上仍握著韁繩的人，迅速將繩子繞住繫纜樁，熱氣球立刻左搖右晃、東倒西歪。史科比抓住懸浮環，古曼也伸手抓著，他的精靈也將爪子環繞在環上。

史科比大叫：「放手，你們這些笨蛋！熱氣球在向上飄升！」

瓦斯袋的浮力太大，這些緊握繩子的人再也握不住。其中一人放手，他手上的繩子快速從繫纜樁上抽離。另一人一感覺繩子在飄浮，就直覺地捉住繩子，死不放手。史科比過去看過一次這種情況，深感懼怕。可憐的人，他的精靈是條笨重的哈士奇狗，熱氣球瞬間衝上天時，狗則在地面上恐懼痛苦地咆哮，在經過似乎永無止境的五秒鐘後，一切結束了。那人的力氣消失，半死不活地跌下，猛地撞進水裡。

軍人已舉起來福槍，一連串齊射的子彈擦過吊籃。其中一顆子彈射中懸浮環，史科比的手感到力道的刺痛，但這些子彈皆未損害熱氣球。軍人射出第二批子彈時，熱氣球已升高到射程外，快速朝藍天飄升，往海上前進。史科比的心也跟著飄浮起來。有次他對帕可拉說，他不介意不能飛行，這只是一份工作罷了，但那不是真心話。熱氣球不斷向上竄升，後面有一陣順風，前面有個新世界：此生還有什麼比這更美好的事呢？

他放開懸浮環，看見海斯特蹲在老地方，雙眼半合。遙遠的下方又傳來一陣無濟於事的子彈聲。城鎮快速後退，寬廣的河口在陽光照射下，正在他們下方閃閃發亮。

「嗯，古曼博士，我不知道您的感覺，可是我在空中感覺好多了。我還是希望那個可憐的傢伙能早點放開繩子，那麼簡單容易的事，要是不立刻放開就完蛋了。」

「謝謝你，史科比先生。你做得很好，現在我們一切安頓，順利起飛。我要是能使用這些毛皮，就更感激不盡了，空氣還挺冷呢。」巫醫說。

第十一章 瞭望臺

威爾在公園中那棟白色大別墅裡睡得並不安穩，不斷被充滿焦慮和甜蜜的夢境所擾，他掙扎著想醒來，又渴望繼續沉睡。他終於睜開眼睛，仍覺昏昏沉沉，幾乎動彈不得。最後他坐起來，發現繃帶已經鬆脫，床上一片血漬。

他掙扎著下床，穿過灰塵滿布的陽光和寂靜的大宅院，下樓到廚房去。他和萊拉前晚睡在閣樓上兩間僕人房，因為他們覺得樓下豪華房間內那些堂皇的四柱床並不歡迎他們。一路下樓，威爾搖搖晃晃走上好長一條路。

「威爾……」萊拉立刻招呼，聲音充滿關懷。她從爐前轉身，上前幫他就座。

威爾頭暈目眩。他猜想自己可能失血過多。唉，根本沒必要猜想，他身上到處都是證據，傷口也還在汩汩流血。

「我剛剛在煮咖啡，」萊拉說：「你要先喝咖啡，還是讓我重新弄個繃帶？隨你選擇，我都沒問題。陰涼的儲物櫃裡有些雞蛋，可是我找不到烘豆。」

「這種家庭不會吃烘豆。先弄繃帶吧。水龍頭有熱水嗎？我想清洗一下，我討厭身上到處蓋著這個……」

萊拉打開熱水。威爾脫得全身只剩內褲，因為過於虛弱暈眩，再也不覺得尷尬，但萊拉怕他害羞，便轉身離開。他盡可能清洗，最後用掛在爐邊架上的方巾擦乾身體。

萊拉回來時，已替他找到一些衣服：襯衫、帆布褲、皮帶。威爾穿上衣服後，萊拉把一條乾淨的方巾撕成條狀，緊緊包住傷口。萊拉十分擔心他的手傷，不僅傷口仍然大量出血，連手掌其他部位也又紅又腫。但他一句話也沒說，她也是。

她煮了咖啡，烤些過期的麵包，兩人把食物拿到別墅前的大房間中，眺望整座城市。威爾在吃喝過後，覺得好些了。

「妳最好問問探測儀，看下一步要怎麼做，妳問過它任何事嗎？」

「沒有，從現在起，我只照你的吩咐做。我昨晚本來想詢問，但還是沒問。如果你沒叫我問，我就不問。」

「嗯，那妳現在最好問問看，現在，這裡就跟我的世界一樣危險。安琪的哥哥就是一個例子。如果……」

威爾住口，因為萊拉也開口，但他一停下，她也隨即住口。她整理思緒後繼續說：「威爾，我沒告訴你昨天出了什麼事。我那時應該告訴你，可是昨天實在發生太多事了。對不起……」

她把帕迪西在處理威爾傷口時，她在天使塔窗口看到的一切告訴他：突里歐遭到幽靈攻擊、安琪看到萊拉站在窗口邊、安琪一臉恨意及保羅的威脅。

「還有，你記得她第一次跟我們說話時的情景嗎？她弟弟說他們在做些什麼，他說：『他要拿……』可是她不讓他講完，還賞他一巴掌，你記不記得？我想他是想說突里歐要拿這把匕首，所以小孩才都到這裡來。如果他們有了匕首，就可以隨心所欲，他們甚至可以長大，完全不用擔心幽靈。」萊拉繼續說完。

「突里歐遭到幽靈攻擊時，是什麼模樣？」威爾問。萊拉詫異地看著威爾向前傾坐，急切地詰問。

「他……」萊拉試圖回想確切的情況，「他開始數著牆壁上的石頭，好像在感受那些石頭……可是他再也數不下去了，好像突然失去興趣，停下來，最後動也不動。」萊拉說完後，看到威爾的表情，就問：「怎麼了？」

「因為……我想幽靈說不定是從我的世界來的。如果幽靈會讓人出現那種行為，就算幽靈是從我世界來的，我也不會大驚小怪。公會的人在打開第一道窗口時，如果剛好進入我的世界，那些幽靈就可能在那時穿過來。」

「可是你的世界裡沒有幽靈呀！你從沒聽過幽靈吧，對不對？」

「我們可能不叫幽靈，可能另有名稱。」

萊拉不確定威爾話中的意思，但她不想催他。他的雙頰猩紅，眼睛發熱。

「反正，」她繼續說，轉過身去，「重要的是，安琪看到我在窗口。現在她知道我們拿到匕首，她會告訴全部的小孩。她會認為是我們的錯，才會讓她哥哥遭到幽靈攻擊。對不起，威爾，我應該早點告訴你。可是那時那麼多事……」

「噢，我想也沒什麼差別了。當時突里歐在折磨那個老人，一旦他知道怎麼使用匕首，如果可能，他也會把我們兩人殺死，我們還是得和他搏鬥。」威爾說。

「威爾，我還是覺得很糟糕。我的意思是，他是她哥哥，如果換成我們，我們一定也想拿到匕首。」

「對，可是我們無法改變已經發生的事。我們那時一定要搶到匕首才能拿回探測儀，如果不用搏鬥就可以拿到匕首，我們也不會出手。」威爾說。

「對啊，我們不會這麼做。」萊拉說。

威爾和歐瑞克一樣，是真正的戰士。如果他說最好不要打鬥，她也打算同意他的說法，她知道這不是所謂的怯懦，而是種策略。威爾現在看起來比較平靜，臉頰又轉而蒼白，眼睛望著半空中思索。

接著他說：「現在想想看查爾斯爵士或考爾特夫人接下來會怎麼做，可能比較重要。如果她真有那種特殊護衛隊，軍人的精靈又被割掉，那爵士可能說的沒錯，他們可以不理會幽靈。妳知道我在想什麼嗎？我想幽靈吃掉的是人的精靈。」

「可是小孩也有精靈呀，它們卻不攻擊小孩。不會吧。」

「那小孩和大人的精靈一定不同，」威爾說：「的確不同，不是嗎？妳告訴過我成人的精靈不會變換形狀，這兩者一定有關。如果考爾特夫人的軍人根本沒有精靈，那麼效果可能相同……」

「對！有可能。那她就不用怕幽靈了，她什麼都不怕。她那麼聰明，老實說，她無情又殘酷，她可以指揮它們，我猜她一定可以。她可以命令幽靈，就像命令別人一樣，別人就得照她的話做，一定。波萊爾公爵強壯又聰明，可是她隨時能要他做任何她想做的事情。唉，威爾，我又開始覺得害怕了，一想到她可能會……我最好問問探測儀。反正謝天謝地，我們把它拿回來了。」

萊拉打開天鵝絨小包，親愛地撫摸沉重的黃金儀器。

「我先問問你爸爸的事，還有我們該如何找到他。你看，我把指針轉到……」

「不要，先問我媽。我想知道她好不好。」

萊拉點點頭，先轉動指針，再將探測儀放在大腿上，把頭髮塞到耳後，低頭專心凝視。威爾看到那根長針開始有目的地繞著羅盤轉動，疾進，停止，又疾進，速度之快如同燕子進食一般。他看著萊拉的眼睛，如此湛藍、激動，一切了然。

她眨眨眼後抬頭。

「她還是很安全，照顧她的朋友很慈善。沒人知道你媽在哪裡，那個朋友也不會告訴別人。」萊拉說。

威爾不了解自己有多擔心他母親。一聽到這個好消息，他忽然覺得如釋重負，這種輕微的緊張一離開身體，傷口的疼痛更形劇烈。

「謝謝，好，問問看我爸爸……」威爾說。

她還來不及開始，就聽到屋外一陣喊叫聲。

他們立刻向外張望，在公園低矮的邊緣前方，坐落著城市的第一批房屋，那裡有片狹長樹林，有些東西騷動著。潘拉蒙立刻變成山貓，向前走到開啟的門邊，專注凝視著下方。

「是那些小孩。」他說。

兩人立刻站起來。那些孩子一個接著一個從樹林裡走出，大概有四、五十人，許多人手上都拿著棍子。帶頭的是那個穿著條紋T恤的男孩，他拿的不是根棍子，而是手槍。

「安琪在那裡。」萊拉低語，還用手指。

安琪走在帶頭男孩身旁，手推他的肩膀催促他前進。他們身後，安琪的小弟保羅激動地放聲尖叫，其他孩子也如法炮製，不斷叫囂，舉起拳頭在空中揮舞，有兩個孩子還拖著沉重的來福槍。威爾曾看過這種情緒下的小孩，但他從未看過這麼多人，而且他城裡的小孩也沒攜帶槍械。

他們不斷叫罵，威爾試著在眾人叫嚷中聽出安琪尖銳的嗓音：「你們殺了我哥哥，又偷走匕首！你們是殺人犯！你們讓幽靈抓到他！你們殺了他，我們也要殺了你們！你們逃不掉了！我們要像你們殺死他一樣，殺死你們！」

「威爾，你可以切開一個窗口！」萊拉用手抓住他沒受傷的手臂，急切說道，「我們可以逃走，很容易……」

「對，但我們會身在哪裡？牛津，離查爾斯爵士的房子幾碼處，還在大白天裡，大概會在公車前面的大馬路上。我不能隨便切開一個地方就以為能平安穿越……我要先檢查看看我們人在哪裡，那會花費太多時間。這棟房子後似乎有片樹林，如果我們能爬到那邊的樹林裡，就會比較安全。」

萊拉向窗外看，心中氣憤不已。「他們昨晚已經看見我們了。我敢打賭，他們太膽小，所以不敢自己攻擊我們，才會一群人聚在一起……我應該昨天就殺了她！她跟她哥哥一樣壞，我好想……」

「不要說了，走吧。」威爾說。

他先確定匕首捆綁在皮帶上，萊拉背起小背包，裡面裝著探測儀和威爾父親的信件。兩人跑過響著回音的大廳，沿著走廊進入廚房，穿過洗物槽，進入鋪著圓石的後院。一道門向外通往廚房的花園，蔬菜和香草花床在早晨陽光下烘烤著。

樹林邊緣就在幾百碼外，可是如果爬上長滿草地的斜坡會過於顯眼。他們左方的一座小丘離樹林較近，山丘上聳立著一間小小的圓形建築，類似神殿，上方有層開闊的陽臺，可以眺望整座城市。

雖然威爾比較想躺下來閉上眼睛而不是快跑，但他還是說：「快跑。」

潘拉蒙飛在兩人頭頂上觀望，他們開始穿越草地。叢生雜草高及腳踝，威爾沒跑幾步就頭暈目眩，再也跑不下去，他緩下腳步開始步行。

萊拉回頭一望，那些孩子還沒發現他們，還在房子前面，可能會花一段時間遍尋房間……但潘拉蒙警覺地啁啾一叫。有個男孩站在二樓敞開的窗前，正指著他們。他們聽到一聲叫喊。

「威爾，快走。」萊拉說。

她拉住他沒受傷的手臂幫他，還扶起他。威爾試圖回應，全身卻虛弱無力，只能步行。

「好吧，」他說：「我們沒辦法走到樹林，距離太遠了，我們先到那個瞭望臺吧。如果我們把門關起來，或許可以把他們擋在外面，讓我有時間打開窗口……」

潘拉蒙向前疾飛，萊拉大口喘氣，上氣不接下氣地要他停住。威爾幾乎看得出來他們之間的聯繫，精靈拉扯，女孩則開始回應。他跌跌撞撞穿過濃密的草地，萊拉先跑到前面偵測，再跑回來幫他一把，又跑向前去，直到他們走到神殿外圍瞭望臺的石頭步道為止。

小門廊下的門沒鎖，他們跑進去後，發現置身於空盪盪的圓形房間中，周圍牆上的神龕有幾座女神雕像。房間正中央有螺旋形的鐵梯通往樓上。他們沒法鎖門，只好爬上階梯，進入上一層樓，一個瞭望風景的好地方，可以呼吸新鮮空氣、眺望整座城市；這裡沒有窗戶和牆壁，只有一連串開闊的拱狀結構支撐屋頂。每個拱形都有一個及腰的窗臺，寬闊得可以倚靠；下方則是鋪著波形瓦的屋頂，屋頂微微傾斜，朝下連接導水管。

他們朝外看，可以看到身後的森林，近得讓人嚮往。別墅在他們下方，別墅後方則是開闊的公園和城市內紅棕色的屋頂，那座樓塔則聳立在左方。有些吃腐肉的烏鴉正在灰色牆垛上空盤旋，威爾了解是什麼把烏鴉引到那裡後，感到一陣作嘔。

現在沒時間思考這些了，他們必須先對付孩子。孩子正朝瞭望臺狂奔而來，憤怒激動地大聲尖叫。帶頭的男孩緩下腳步，舉起手槍對著瞭望臺發射了兩、三槍，一行人又繼續前進，叫喊著：

「小偷！」

「殺人犯！」

「我們要殺了你們！」

「你們拿了我們的匕首！」

「你們不是從這裡來的！」

「你們死定了！」

威爾不理會他們說的話，拿出匕首迅速割出一個小窗口，看看他們身在哪裡──他立刻向後倒退。萊拉也看了一眼，然後失望地向後退下。他們在約五十呎的高空中，正好在一條交通繁忙的大馬路上方。

「那當然，」威爾不甘心地說。「我們爬上斜坡……唉，完了。我們一定要制住他們，只能這麼做了。」

幾秒鐘後，第一批孩子湧進門內，叫聲在神殿中回響，強化了他們狂暴的聲勢。接著傳來一聲槍響，聲音震天動地，接著又是一聲，小孩的叫聲變換成另一種聲調，第一批小孩開始爬上來，階梯也跟著左右搖晃。

萊拉全身麻木蹲在牆邊，威爾手中仍握著匕首。他踉蹌走到地板的缺口，彎身用匕首割斷鐵梯頂端，猶如切斷紙片般容易。鐵梯缺乏支撐的力量，又在孩子成群壓迫的重量下彎曲，接著向下墜落，發出巨大的撞擊聲。神殿內發出更多尖叫聲，孩子也更為混亂，槍聲再度響起，但這次似乎是意外走火。有人中槍了，傳來痛苦的尖叫。威爾往下看到一群扭曲的身體，全覆滿了灰泥、灰塵及鮮血。

他們不是一個一個的小孩，而是一大片物體，猶如潮水。他們在威爾下方推擠，個個氣得跳腳，不斷抓取、威脅、尖叫和吐口水，可就是爬不上來。

接著有人發聲呼喊，小孩朝門外張望，動得了的人就朝那個方向推擠，留下幾個被壓在鐵梯下的小孩，發呆或掙扎著想從撒滿碎石的地板上起身。

威爾很快了解他們為什麼跑出去。拱頂外的屋頂上傳來一陣摩擦聲，威爾跑到窗臺前，看到緊抓著波形瓦邊緣的第一雙手正想爬上來，有人從後面推托著，接著出現另一個頭、另一雙手，他們攀在下面小孩的肩膀和背上，如螞蟻般蜂擁上屋頂。

波形瓦的屋脊讓人寸步難行，第一批小孩手腳並用爬上來，瘋狂的眼神一刻也不離威爾。萊拉挨近威爾，潘拉蒙變成咆哮的大豹，前掌放在窗臺上，第一批小孩不覺心生猶豫。但他們仍一個個爬上來，人數也愈來愈多。

有人叫喊著：「殺！殺！殺！」其餘人也開始吶喊助陣，叫聲愈來愈嘈雜。屋頂上的小孩開始隨著叫聲踐踏屋瓦，但他們還是不敢過於靠近窗臺，因為前方有隻咆哮的精靈。有片屋瓦忽然破裂，站在上面的男孩滑一跤後跌下去，而他身邊的男孩卻撿起破碎的屋瓦，猛地丟向萊拉。

萊拉一閃，屋瓦擊中身旁圓柱，碎屑撒了她全身。威爾注意到地板開口處邊緣的欄杆，就割下兩根約莫劍的長度，一根遞給萊拉。萊拉用盡全力甩動，擊中第一個男孩的腦袋，他立刻跌下去。另一人又爬上來，這次是安琪。火紅的頭髮，蒼白的面容，發狂的雙眼，她爬上窗臺，萊拉用鐵欄杆發狂猛刺，她也向後倒下。

威爾也如法炮製。匕首在他腰間的皮鞘裡，他用鐵欄杆擊、打、甩、刺，幾個孩子紛紛跌下去，別人又取而代之，愈來愈多小孩爬上屋頂。

最後，穿著條紋T恤的男孩出現了，可是他已把槍弄丟，或許是子彈用光了。他和威爾的目光緊緊相扣，彼此都知道接下來會發生什麼事：一場殘酷致命的大戰即將展開。

「來啊，」威爾說，他怒氣沖沖地準備應戰，「過來呀……」

下一瞬間，他們就會開打了。

此刻某種奇怪的東西突然出現：龐大的白色雪鵝俯衝而下，翅膀大張，不斷尖叫，叫聲響徹雲霄，連屋頂上被殘暴情緒沖昏頭的孩子也紛紛回頭張望。

「凱薩！」萊拉高興地大叫，那是帕可拉的精靈。

雪鵝再次放聲喊叫，尖銳的叫聲響徹天空，他轉身飛向穿條紋T恤的男孩，在離他一吋遠處掠過。男孩害怕地向後退，最後從窗臺邊滑下，接著空中似乎出現些什麼，其他小孩也開始驚慌哭叫。萊拉看到幾個小小的黑影從藍天俯衝而下，開心地歡呼大叫。

「帕可拉！這裡！來幫我們！我們在這裡！在神殿裡……」

接著傳來嘶嘶作響和十幾支箭劃過空中的聲音，又是十幾支箭，另外又有十幾支箭迅速放射，在空中俯衝，最後全部射在神殿屋頂廊上，落地時還發出類似鎚頭落下的巨響。屋頂上的孩子驚訝又困惑，敵意似乎瞬間消失，恐懼取而代之：這些在空中衝向他們的黑衣女人到底是什麼？這是怎麼發生的？她們是鬼嗎？她們是另一種幽靈嗎？

孩子哭叫著跳離屋頂，有些人笨拙地跌到地上，一拐一拐地逃離現場，有些孩子滾到斜坡下，匆匆忙忙跑到安全的地方，他們再也不是暴徒，只是群受驚、羞愧的小孩。一分鐘後，雪鵝出現了，最後一個孩子也離開神殿，只剩下女巫盤旋在上方，還傳來樹枝劃過空氣的聲音。

威爾驚奇地朝天上張望，訝異得說不出話來，萊拉卻開心地跳腳叫著：

「帕可拉！妳怎麼找到我們的？謝謝，謝謝妳！他們本來要殺死我們！飛下來。」

帕可拉和其他女巫搖搖頭，再度攀升在空中來回盤旋。雪鵝精靈朝屋頂飛去，向內揮動巨大的翅膀以減緩速度，最後「嘩啦」一聲降落在窗臺下的波形瓦上。

「妳好，萊拉，」他說：「帕可拉不能到地面上，別的女巫也不行。這地方充滿了幽靈——有一百個以上的幽靈正圍繞著建築物，還有更多幽靈在草地上飄蕩。妳看不到嗎？」

「看不到！我們根本看不到！」

「我們已經失去一位女巫，所以不能再冒險了。你們能不能從這棟建築物下來？」

「我們只要跟他們一樣從屋頂上跳下去就可以了。你們是怎麼找到我們的？哪裡……」

「等一下再說，很快就會出現更多更大的麻煩，你們快下來，到樹林裡去。」

他們爬過窗臺，側向移動，往下穿越破瓦來到導水管旁。屋頂並不高，下面是草地，建築下方則是微微傾斜的坡地。萊拉先跳下去，威爾也跟著跳，他在草地上滾了幾圈，小心保護著他的手，這時傷口又開始大量出血，還異常疼痛。他的吊腕帶早已鬆開拖在身後，他試圖重新綁好，雪鵝降落在威爾身邊的草地上。

「萊拉，這是誰？」凱薩問道。

「這是威爾。他和我們一起走……」

「為什麼幽靈會躲避你？」鵝精靈直接對威爾問話。

此時的威爾再也不會對任何事大驚小怪，他說：「我不知道。我們看不到它們。不對，等等！」他站起來，忽然靈光一現，「它們現在在哪裡？最近的幽靈在哪裡？」

「十步遠處，就在斜坡下。」精靈說：「很明顯，它們不想再靠近了。」

威爾拿出匕首，對準那方向，他聽到精靈吃驚得嘶嘶叫。

可是威爾無法做出他打算做的事，此時有個女巫騎乘著樹枝，降落在他身旁的草地。威爾不僅對她能夠飛行感到詫異，更為她動人的優雅、熱烈的雙眼、冷冷的目光和蒼白赤裸的四肢大感震驚。她看起來如此年輕，卻又不怎麼年輕。

「你的名字是威爾？」她問。

「對，可是……」

「為什麼幽靈怕你？」

「因為匕首。最靠近的幽靈在哪裡？告訴我！我要殺了它！」

女巫還來不及回答，萊拉便飛奔而來。

「帕可拉！」她叫道，雙臂緊緊抱住女巫，引得女巫開心地放聲大笑，還吻吻她的頭頂。「噢，帕可拉，妳們是從哪裡來的？我們……那些小孩……他們是小孩子，他們竟然要殺我們……哇，我好高興妳來了！我以為再也看不到妳了！」

帕可拉望過萊拉的頭頂，清楚看到幽靈群聚在稍遠處，她又看了看威爾。

「現在聽好了，」她說：「不遠的樹林裡有個洞穴。只要朝著斜坡往上走，然後沿著山脊往左走。我們可以載萊拉一小段路，但你個子太大了，你們必須徒步前進。幽靈不會跟蹤你們，我們在空中時，它們也看不到我們，而且它們很怕你。我們會在那裡和你們會合——只是半小時的路程。」

她又跳回空中，威爾舉手遮光，看著她和其他幾個優雅的身影在空中改變方向，衝往樹林。

「啊，威爾，我們現在安全了！帕可拉在這裡就沒事了！」萊拉說：「我沒想到我還會再看到她——她出現得正是時候，對不對？就像上次在波伐格一樣……」

萊拉開心地閒聊著，彷彿早已忘記那場惡戰，並領頭朝斜坡上的樹林前進。威爾沉默地跟著，他的手劇烈地搏動，每搏動一次，就多流失一些鮮血。他把手舉起來橫過胸前，試著不要老想著傷口。

威爾不時停下來休息好幾次，這段路程也不只花了半小時，而是一小時四十五分鐘。他們來到洞穴時，看到裡面有火苗和一隻烤兔子，帕可拉正在小鐵鍋中攪動著什麼。

「讓我看看你的傷口。」她對威爾說，威爾沉默地伸出手。

潘拉蒙變成貓，好奇地觀看，倒是威爾望向別處，他不喜歡看見自己的斷指。

女巫輕聲交談，最後帕可拉說：「是什麼武器造成這個傷口？」

威爾拿出匕首，一言不發地交給她。女巫的友伴詫異又懷疑地望著匕首，她們生平從未見過這種匕首，竟然會有這樣的刀鋒。

「這需要多一點草藥才能治療，還需要一個咒語。」帕可拉說：「好，我們會準備一個咒語。月亮升起時，咒語就會就緒。現在你該睡了。」

帕可拉給威爾一個角杯，裡面盛滿滾燙的草藥，還添加蜂蜜以沖淡苦味，他喝完後就躺下來呼呼大睡。帕可拉用樹葉覆蓋住他，然後轉向萊拉，她正忙著咬食兔肉呢。

「現在，萊拉，」她說：「告訴我這男孩是誰，妳對這世界知道些什麼，以及關於匕首的故事。」

萊拉深深吸了一口氣，從頭說起。

第十二章
螢幕語言

「妳再說一次，」奥利佛．佩恩博士在可眺望公園的小實驗室中說道，「不是我沒聽清楚妳說的話，就是妳在胡說八道。從其他世界來的小孩？」

「她是這麼說。好吧，奥利佛，就算是胡說八道，你聽聽看總可以吧？」瑪麗．瑪隆博士說：「她知道『影子』的事。她把那些……那個……她叫它『塵』，可是這是同一件事，就是我們的影子粒子。而且我告訴你，她戴上聯繫『洞穴』的電極時，螢幕上出現了無法想像的畫面：有圖案、符號……她還有一個類似羅盤的儀器，用黃金打造，邊緣有不同的圖案符號。她說她可以用相同的方法解讀，也知道那樣的心境狀況，她原本就知道了。」

早上已過了一半，萊拉的學者瑪隆博士因睡眠不足而雙眼紅腫，她同事剛從日內瓦回來，但他聽得很不耐煩，還滿腹狐疑，另有所思。

「奥利佛，重點是，她能和『影子』溝通，『影子』真的有意識，也會回應。你還記得你的顱骨嗎？喔，她告訴我有關畢河博物館裡一些顱骨的事……她用她的羅盤發現那些顱骨比博物館記錄的年代還早，還有『影子』……」

「等等，這整件事缺乏一些結構。妳在說什麼？妳說她確認了我們已知道的東西，還是她的確告訴我們一些新東西？」

「都有，我不知道。假設三、四萬年前某件事發生了。很明顯，影子粒子更早就存在，『大爆炸』後就出現了，可是一直沒有具體方法顯示影子粒子對我們，也就是人類層面的影響。接著某件事發生了，我也想像不出到底是什麼，但和演化有關。記得你的顱骨嗎？在那時期之前『影子』不存在，之後卻多不勝數？那小孩在博物館看到顱骨後，也用她的羅盤測試過，結論相同。我的意思是，大約在那段期間，人類大腦變成擴展過程中最理想的媒介。忽然，我們就產生意識了。」

佩恩博士傾斜一下塑膠馬克杯，喝下最後一口咖啡。

「為什麼會是在那時期出現？」他說：「為什麼忽然在三萬五千年前？」

「唉，誰說得準呢？我們又不是考古學家。我不知道，奧利佛，我只是非常懷疑。你不覺得至少會有這個可能嗎？」

「還有那個警察，告訴我他的事。」

瑪隆博士揉揉眼睛。「他叫作霍特斯，他說他是從『特殊分局』來的。我猜大概跟政治有關。」

「恐怖分子、顛覆活動、情報工作……那類。繼續說，他要什麼？他為什麼會來這裡？」

「因為那女孩。他說他在找一個和她年紀相仿的男孩，他沒告訴我實際原因，有人看到這男孩跟來這裡的女孩在一起。可是他心中另有打算，奧利佛，他知道我們的研究，他甚至還問……」

電話響了，瑪隆博士住嘴後聳聳肩，佩恩博士接電話，簡短說了幾句後，放下話筒，說道：「我們有訪客。」

「誰？」

「沒聽過的人，什麼爵士的。聽著，瑪麗，我不幹了，妳也了解，對不對？」

「他們雇用你了？」

「對，我非接受不可。妳一定要了解。」

「哼，那整個研究就畫上句點了。」

佩恩博士雙手一攤，一副無可奈何的神情，說：「老實說……我不懂妳剛才說的那些東西有什麼意義。其他世界來的兩個小孩、化石『影子』……聽起來太荒唐了。我絕不能和這種事扯上關係，我有我的事業，瑪麗。」

「那你測試的顱骨呢？環繞著象牙微雕的『影子』呢？」

他搖搖頭背對著她。他還來不及回答就傳來敲門聲，他如釋重負地開門。

查爾斯爵士說：「你們好。佩恩博士？瑪隆博士嗎？我叫查爾斯．拉充。謝謝你們願意見我，抱歉我沒事先通知。」

「請進。」瑪隆博士疲倦又困惑地說：「奧利佛剛剛是說查爾斯『爵士』嗎？我們能為您效勞嗎？」

「或許該說我能為你們效勞吧？我了解你們正在等待補助金的申請結果。」

「您怎麼知道？」佩恩博士說。

「我曾擔任公職。事實上，我一直非常關心科學政策的方向。我在這領域也還有幾個聯絡人，我聽說……我能坐下嗎？」

「噢，請坐。」瑪隆博士說，拉出一把椅子。他坐下來，彷彿是會議的主席。

「謝謝。我從朋友口中得知，我最好別透露他的名字，官方機密法案中包含各類愚蠢的內容，我聽說你們的申請曾獲考慮，我一聽到相關內容，不由得興趣大增，因此要求看了部分研究成果。我知道這不關我的事，可是我仍擔任非官方顧問，便利用此作為藉口。老實說，我看到的東西的確相當吸引人。」

「您認為我們會成功嗎？」瑪隆博士說，身體向前傾，一心一意想相信他。

「很不幸，不會。我一定要直說。他們不打算繼續補助你們。」

瑪隆博士雙肩一垮，佩恩博士則謹慎又好奇地望著說話的老人。

「那您為什麼來此？」他問。

「喔，他們還沒正式做出決定。這個案子的機會非常渺茫，老實說，他們認為贊助這類研究對未來沒什麼益處。可是如果有人願意替你們爭辯這案子，他們可能會以不同的角度看待它。」

「像是代理人？您是說您自己嗎？我不知道還有這種方法，」瑪隆博士說，坐直了身體，「我以為他們只聽取同儕的意見等等。」

「當然，原則如此，」爵士說：「但如果知道這些委員會實際如何運作，及誰能影響他們，將會助益良多。現在我人已經在這裡，我對你們的工作很感興趣，也認為非常有價值，應該繼續進行。你們願意讓我成為你們非正式的代表嗎？」

瑪隆博士覺得自己彷彿溺水的船員接到別人拋來的救生圈。「啊……噢，好！開玩笑，當然好！謝謝……我的意思是，您真的覺得這樣有用嗎？我的意思不是說……我也不知道我的意思是什麼。好啊，當然好！」

「那我們該做些什麼？」佩恩博士說。

瑪隆博士詫異地看著他。奧利佛不是才說要去日內瓦嗎？可是他似乎比她更了解爵士，兩人之間傳遞著一抹共犯意味，奧利佛也坐下來了。

「我很高興你們了解我的意思，」老人說：「沒錯，我對你們進行的某個方向深感興趣，如果雙方同意，我甚至還可以從別的來源替你們找到額外資金。」

「等等，等等，」瑪隆博士說：「等一下。設定研究方向是我們的事，我很樂意討論結果，但不是方向。您當然了解……」

爵士兩手一攤，彷彿無可奈何，旋即站起來。奧利佛．佩恩也焦躁地站起來。

「別這樣，拜託，查爾斯爵士。我相信瑪隆博士會聽您說完。瑪麗，聽聽看又不會怎樣，老天，這可能使整件事改觀。」

「我以為你要去日內瓦呢！」她說。

「日內瓦？」爵士說：「很棒的地方。研究領域廣泛，資金又充裕，別讓我絆住你了。」

「不，不，還沒談好。」佩恩博士立刻說：「還有很多需要討論，變數還很多。查爾斯爵士，請坐下。我替您倒杯咖啡好嗎？」

「你真是太客氣了。」爵士說著又坐下來，彷彿是隻心滿意足的貓。

瑪隆博士首次充分打量爵士：一個年近七十的男人，富裕、自信、打扮時髦、習慣享用各式一流物品，也習慣在有權有勢的人群間周旋，對重要人士耳語。奧利佛說的沒錯：爵士的確想要什麼，除非能滿足他，否則就得不到他的支持。

瑪隆博士交叉起雙臂。

佩恩博士遞給爵士一個馬克杯，說道：「對不起，有點簡陋……」

「哪裡。我能繼續剛才的話嗎？」

「當然，請繼續。」佩恩博士說。

「嗯，我了解你們在意識的領域中有驚人成就。沒錯，我知道，雖然你們尚未發表任何著作，而至少從你們研究主題的表面上來看，這似乎也是條漫漫長路。可是消息還是會四下傳播，我對這個主題特別感興趣。舉例來說，如果你們將研究專注在操縱意識上，我就會非常高興。第二點，關於多重世界假設，也就是艾佛瑞在一九五七年左右的假說，我相信你們研究的方向很正確，也可以將那理論向前推進一步。這類研究可能會吸引國防資金，你們可能也知道，即使在今天，這類資金還是相當優渥，當然也不受限於擾人的補助申請程序。

「別期望我會透露消息來源，」他繼續說，還在瑪隆博士向前傾坐，試圖發言時抬起手，「我剛剛提到官方機密法案，這是一條惱人的法律，但我們絕不能等閒視之。我非常確信你們在多重世界研究上會有長足進展。第三點，有個特殊事件和一個人有關。一個孩子。」

他停下來啜飲咖啡。瑪隆博士一句話也說不出來，也沒察覺自己的臉色轉白，不過她知道自己快暈倒了。

「由於各種原因，」爵士繼續說：「我和情報單位有聯繫。他們對一個孩子非常感興趣，一個女孩，她有種不尋常的儀器，一種古老的科學儀器，當然是她偷來的。這儀器在別人手中，當然比在她手中安全。另外還有個年齡和她相仿的男孩，大約十二歲吧，和一樁謀殺案有關。這年齡的孩子是否有能力謀殺令人存疑，可是他的確殺了人。有人看到他和那女孩在一起。

「瑪隆博士，妳可能碰到過其中一個孩子。妳可能也願意向警方報告妳知道的事，但如果妳能私下告訴我，就再好不過了。我一定會讓有關當局迅速確實地處理這件事，也不會有愚蠢的小報涉足。我知道霍特斯巡官昨天來找過妳，我也知道那女孩兒出現了，妳看，我的確知道自己在說什麼。舉例來說，如果妳再看到她，我也會知道；即使妳不告訴我實情，我還是會知道。如果妳夠明智，就該仔細回想她在這裡時說了些什麼、做了什麼。這是國家安全問題。妳了解我的意思。

「好了，我的話就到此為止。這是我的名片，你們可以和我聯絡，希望不會拖太久。你們也知道，補助金委員會明天開會，可以隨時打電話給我。」

他把名片遞給佩恩博士，看見瑪隆博士仍抱著雙臂，就將另一張名片放在凳子上。佩恩博士替爵士開門，爵士戴上巴拿馬帽，輕輕一拍，對兩人微笑後離開。

佩恩博士關上門後說：「瑪麗，妳瘋了啊？妳幹嘛表現得那樣？」

「很抱歉！你該不會把那個怪老頭的話當真吧？」

「妳不會拒絕那種提案吧！妳不是希望這計畫繼續嗎？」

「那才不是提案，」她憤憤不平地說：「那是最後通牒。照他的話做，否則就關門大吉。奧利佛，我的天啊，這一切正大光明的威脅，還有國家安全的暗示等等，難道你還看不出結果會怎麼樣嗎？」

「呃，我想我看得比妳更清楚。即使妳拒絕了，他們也不會關掉這地方，他們會接手。如果他們真像他說的那樣感興趣，他們會希望繼續做，只是以他們的方式進行。」

「他們的方式會是……我是說，老天，為了國防！他們想找到殺人的新方法。你也聽到他提到意識時怎麼說，他要操縱意識。奧利佛，我才不蹚這攤渾水，想也別想！」

「不管怎樣，他們都會進行下去，那妳就要丟掉工作了。妳要是留下來，或許可以引導他們到較好的方向去，妳也可以繼續這項研究！妳還是可以介入這項工作！」

「你到底怎麼回事？我以為日內瓦那個工作已經確定了？」

他把雙手放在頭髮裡亂搓說：「唉，還不確定，也沒簽什麼約。現在情況不同了，而且我們也做出一點成果，如果現在離開，我也會覺得很遺憾。」

「你是什麼意思？」

「我不是在說……」

「你在暗示。你到底在想什麼？」

「嗯……」他在實驗室中徘徊，攤開雙手，聳聳肩，搖搖頭，「嗯，如果妳不跟他聯絡，我來聯絡。」他最後終於說道。

瑪隆博士沉默了，接著她說：「噢，我知道了。」

「瑪麗，我一定要考慮……」

「你當然已經考慮過了。」

「不是那樣……」

「好了，好了。」

「妳不了解……」

「我很了解。這很簡單。你答應照他說的進行，就會得到補助。我離開後你就會成為所長。這不難了解。你的預算會增加，還會得到很多一流的新儀器，六、七個博士在你手下工作。好主意。你去做啊，奧利佛，做呀。可是我看不下去了，我不幹，我要離開，這裡聞起來臭氣沖天。」

「妳還沒……」

可是她的表情使他住嘴。瑪隆博士脫下白色外套掛在門上，將幾份文件放入袋中，一言不發離開。她一走，佩恩博士立刻拿起查爾斯爵士的名片，開始撥號。

幾小時後，事實上，就在午夜十二點前，瑪隆博士將車停在科學大樓的停車場內，從側門進入。她轉身準備上樓時，有個男人從另一條走廊出現，她嚇得幾乎甩下手上的公事包。那個人身穿制服。

「妳要去哪裡？」他問。

他擋在面前，身材健碩，在棒球帽低矮的帽緣遮蓋下，幾乎看不見雙眼。

「我要去實驗室。我在這裡上班。你是誰？」她說，半是生氣半是害怕。

「保全人員。妳有識別證嗎？」

「什麼保全人員？我在今天下午三點鐘離開大樓時，只有門房跟往常一樣在值班。我倒該問問你有沒有識別證。是誰指派你的？什麼目的？」

「這是我的識別證。」男人說，給她看了張卡片，動作快得讓她看不清楚。「妳的呢？」

她注意到他繫在臀部的皮套中有手機，或是手槍？不會吧，她一定是在幻想。他沒回答問題，如果她堅持，他可能會起疑。她心想，現在最重要的事就是進入實驗室，要像對待狗一樣地安撫他。博士在手提箱中翻了半天，最後終於找到皮夾。

「這可以嗎？」她說，讓他瞧瞧用來操縱停車場柵欄的卡片。

他稍微看了卡片。

「妳在晚上這時候來這裡做什麼？」他問。

「我有個實驗正在進行，得定期檢查電腦。」

他似乎想找理由阻止她，或許他只是在表現權威。最後他終於點頭站到一旁，博士經過時還對他微笑，他卻毫無表情。

博士進入實驗室時還不停發抖。這棟大樓所謂的保全，只不過是門上的鎖和一個老門房罷了，她知道為什麼會有這樣的改變。這意味著她的時間不多，必須立刻搞定，否則一旦他們了解她在做什麼，她就再也不能回來了。

她鎖上身後的門，拉下窗簾，啟動探查器，從口袋裡拿出磁片，放入控制「洞穴」的電腦裡。一分鐘後，她開始操縱螢幕上的數字，半憑邏輯，半憑猜測，最後則靠她整晚在家裡寫的程式。這個任務的複雜處，是要將三個部分融合為一。

她撥開眼上的頭髮，將電極放在頭上，手指頭一彎，開始打字。她專注在自我意識上。

哈囉，我不知道我在做什麼。

這可能太瘋狂了。

這些字在螢幕左方自動排列出來，這是第一個意外。她沒使用什麼文書處理程式，事實上，她跳過大部分的操作系統，因此不管是什麼格式輸入文字，都不是她的。她覺得頸後一涼，也感覺圍繞大樓的一切：黑暗的走廊、閒置的機器、各項自動進行的實驗、電腦監控測試記錄結果、空調取樣並調整溼度及溫度、擔任大樓動脈與神經的所有輸送管、導管和電纜，都清醒而警覺……事實上，幾乎都出現意識了。

她又試了一次。

我現在試試看用文字，我以前試過用思想，但是

她的句子還沒完成，游標忽然滑到螢幕右邊，顯示出來：

問問題。

這個句子幾乎瞬間出現。

博士覺得自己彷彿踏入一個不存在的空間。她驚嚇過度，開始搖晃，好一會兒才鎮定下來繼續嘗試。她一輸入文字，答案立刻出現在螢幕右方，而她幾乎還沒問完呢。

你們是「影子」嗎？　　是的。

你們和萊拉的「塵」是同一種東西嗎？　　是的。

是黑暗物質嗎？

是的。

黑暗物質有意識嗎？

顯而易見。

我今天早上對奧利佛提到關於人類演化的觀點，是 正確。妳要多問一些問題。

她停下來深呼吸，將椅子往後推，動動手指頭，感覺心跳加快。現在發生的每件事都是不可能的，她接受的一切教育、所有的思考習慣，以及身為科學家而感受的自我，都對著她沉默尖叫：這不對！這沒有發生！妳在做夢！可是她自己的問題，還有另一個心思的對答，都在螢幕上。

她整理頭緒後又開始打字，答案再度瞬間出現，幾乎毫無間斷。

回答這些問題的心思不是人類，對不對？

對，但人類一向知道我們。

我們？你們不只一個人？

數不盡的億萬個。

那你們是什麼？

天使。

瑪麗·瑪隆的腦袋開始嗡嗡作響。她在天主教家庭中長大，而且，正如萊拉先前發現的，她還當過修女。如今信仰早已離她而去，但她知道天使的事。聖奧古斯汀曾說：「天使是位置之稱，而非本質。如果你尋求本質的名稱，就是性靈；如果你尋求位置的名稱，就是天使，他們的本質是性靈，他們的行為是天使。」

瑪麗覺得頭昏眼花，不停打顫，又繼續打字。

天使是「影子物質」、是「塵」的產物嗎？

結構。綜合體。是的。

「影子事物」是我們所說的性靈嗎？

我們的本質是性靈；我們的行為是事物。事物與性靈為一體。

瑪麗開始發抖，他們聽到了她的思想。

你們干涉人類的演化嗎？

是的。

為什麼？

復仇。

為什麼復仇……噢！叛變的天使！天堂戰爭後、撒旦和伊甸園……但這不是事實，對不對？你們就是要……

找到那男孩和女孩。別再浪費時間。

為什麼？

妳必須扮演蛇的角色。

瑪麗雙手從鍵盤上移開，揉揉眼睛。她再看一遍時，螢幕上的字還在那裡。

在哪裡

到桑德蘭大道上，找個帳篷。欺騙守衛後進入。為漫長的旅程準備食物。妳會受保護。幽靈不會接觸妳。

但是我

離開前，摧毀這個儀器。

我不懂。為什麼是我？這個旅程是什麼？還有

妳的一生都在為這件事做準備。妳在這裡的工作已經結束。妳在這世界必須做的最後一件事，就是預防敵人掌控。將儀器毀滅，立刻進行，然後馬上離開。

瑪麗將椅子後推站起來，全身不停發抖。她用手指揉揉太陽穴，發現電極仍貼在皮膚上，心不在焉地扯下。她先前可能會懷疑自己做的事和螢幕上的一切，但這半小時已超越信仰和懷

疑的境界。有事發生了，這使她不覺精神一振。

她關上探查器和放大器，輸入安全密碼，將電腦硬碟格式化，清除得一乾二淨；接著取下探查器和放大器的介面，這是經過特殊編寫的卡片，因為手邊沒有重物，她就將卡片放在凳子上，用鞋跟踩爛。最後她切斷介於電磁場和探查器之間的連線，在檔案櫃抽屜中找出電路圖，點火燒毀。還有別的事要做嗎？她對於奧利佛在設計方面的知識無能為力，至少她已有效摧毀硬碟了。

瑪麗將一些文件塞入公事包，最後取下易經八卦海報，摺疊放入口袋，關燈離開。保全人員站在樓梯口講電話。她下樓時，他放下話筒，靜靜護送她到側門，從玻璃門中看著她把車開走。

一個半小時後，瑪麗開車到桑德蘭大道附近。她對這一區不熟，還得先查牛津地圖。直到這一刻，她都被一種壓抑的興奮催促，可是當她在墨黑的凌晨時分下車，發現圍繞著她的是深夜的冰冷、沉默和靜寂，突然焦慮地踉蹌起來。如果她只是在做夢？如果這只是個巧心營造的笑話呢？

唉，現在擔心這些已經太遲，她已經許下承諾了。她把自己到蘇格蘭和阿爾卑斯山露營時常帶的背包從車裡拉出，心想至少自己還知道如何在野外求生。如果最糟的事真的發生，總可以溜之大吉，逃到山裡……

太荒謬了。

瑪麗把背包甩到背上，留下車子，步行轉進班柏利路，走了兩、三百公尺後，來到圓環左方的桑德蘭大道。她覺得自己這輩子從沒這麼愚蠢過。

她繞過街角，看到那些威爾覺得很孩子氣的怪樹，她知道整件事在這部分至少是真的。在道路另一端樹群下的草地上，有個小小、紅白相間的方形尼龍帳篷，就是電工施工時搭起來擋雨的那種帳篷。帳篷附近停著一輛沒有標誌的白色貨車，車窗玻璃一片漆黑。

最好不要遲疑。瑪麗直接朝帳篷走去，快接近時，貨車後門突然打開，一名警員由內走出。他沒戴警盔，看起來相當年輕，街燈透過上方濃密的綠葉，照亮他整個臉孔。

「夫人，請問妳要去哪裡？」他問。

「帳篷裡。」

「夫人，恐怕不行。我接到命令，不准任何人接近。」

「很好，我很高興他們保護這裡。我是物理科學部門的人，查爾斯爵士要求我們對此進行初步勘測，並在他們仔細觀察前寫成報告。最好趁沒什麼人圍觀時完成，我相信你也了解原因。」

「嗯，是的。妳身上有任何證明文件嗎？」他說。

「噢，當然。」她將背包從身後甩到前方，拿出錢包。她在實驗室抽屜中拿的東西，包括一張奧利佛過期的借書證。她在廚房餐桌上花了十五分鐘，將自己護照上的照片割下來貼上，就是希望能以假亂真矇混過關。警察拿起蓋了鋼印的卡片細細端詳。

「奧利佛．佩恩博士，」他說：「妳認識一位瑪麗．瑪隆博士嗎？」

「噢，認識，她是我同事。」

「妳知道她現在人在哪裡嗎？」

「如果她心智正常，應該上床睡覺了。怎麼了？」

「嗯，我想她在貴機構的職位已遭革除，她也不准進入這裡。事實上，我們接到命令，如果她企圖闖入，就要羈留她。既然看到一個女性，我自然以為妳可能會是她，希望妳懂我的意思。失禮了，佩恩博士。」

「啊，我懂了。」瑪麗說。

警察又看了一次借書證。

「嗯，應該沒問題。」他說，將借書證還給瑪麗。這個警察很緊張，又想要搭訕，他繼續說：「妳知道帳篷下面是什麼嗎？」

「哎，我沒有第一手消息，這也是我會在這裡的原因。」

「我想也是，好吧，佩恩博士。」

他向後站開，讓瑪麗掀開帳篷的門簾，她希望他沒看見她顫抖的雙手。瑪麗將背包緊抓在胸前，進入帳篷。欺騙守衛，嗯，她已經成功了，但她不知道自己在帳篷內會發現什麼。她期待看到某種考古學上的發掘、一具死屍或一顆隕石。但她一生連做夢也沒預期到，看見的是空中約一碼見方的四方形，以及她穿越開口後，那座在海邊靜靜沉睡的城市。

第十三章
上帝毀滅者

月亮升起時，女巫開始施法治療威爾的傷口。

她們喚醒他，叫他把匕首放在地上，匕首反映出一道星光。萊拉坐在附近的火堆前，攪拌小鍋內沸水中的藥草。女巫隨著韻律叫喊、拍手和跺腳，帕可拉蹲在匕首上方，以一種尖銳的音調唱著：

小匕首！他們將你的鐵片
從大地母體內拉出，
生起大火、燃燒礦石，
使之哭泣、血液肆流，
加以錘打、佐以鍛鍊，
浸入冰水，
在鐵工廠內加熱
直到刀鋒血紅熾熱！

他們使你重創水流
一次又一次，
直到蒸氣成為沸騰的霧
水流也哀嚎尋求悲憫。
你將一片陰影
切為三千個影子，
他們知道大功告成，
稱你為奧祕匕首。
但是小匕首，你做了什麼？
開啟血門，門戶大開！
小匕首，你母親在召喚，
從大地體內，
從最深沉的礦藏和洞穴中，
從她最祕密的鐵子宮內。
聽著！

帕可拉和其餘女巫又開始跺腳、拍手，扯著嗓子發出狂野叫聲，如利爪般撕裂空氣。威爾坐在她們中間，覺得脊椎發涼。

帕可拉轉身面對威爾，雙手握住他受傷的手。她這一次啼唱時，高亢清亮的歌聲如此尖銳，雙眼如此閃亮，使他幾乎畏縮，可是他坐著一動也不動，讓咒語繼續念下去。

血呀！聽令！轉身，
成為湖泊而非溪流。
在你接觸空氣時，
停下來！建立一座凝牆，
牢牢堵住血液。
血呀，你的天是顱骨，
你的日是張開的眼，
你的風是肺的氣息，
血呀，你的世界局限住了。留在那裡！

威爾覺得體內所有原子都在回應帕可拉的命令，他也加入這個行動，督促自己的血液聽從指示。

帕可拉放下威爾的手，轉向火堆上的小鐵鍋。一種苦味的蒸氣從裡面飄散出來，威爾聽見汁液劇烈地劈啪作響。

帕可拉又唱道：

橡樹幹、蜘蛛絲，

磨碎的苔蘚和鹽草，
緊緊抓住，好好糾纏，
用力綁住，全力逼近，
擋住大門，封住門口，
凝結血牆，
吹乾血塊。

女巫拿起自己的匕首，割開一根赤楊小樹苗，切開的白色部分在月光下瑩瑩發亮。她將一些冒氣的汁液塗在樹苗上，合起開口，從上到下小心封上，樹苗又變得完好如初。

威爾突然聽到萊拉的喘氣聲，轉頭看到另一個女巫用粗糙的雙手緊抓著一隻扭動掙扎的野兔。小動物正在喘氣，牠眼神狂亂，四足激烈踢動，女巫卻毫不留情。她一隻手拉住野兔前腿，另一隻手抓住後腿，將激動的野兔身體拉直，使喘氣的腹部朝上。

帕可拉的匕首劃過野兔腹部。威爾開始頭暈目眩，萊拉也試圖壓制潘拉蒙，他因惻隱心大發而變成野兔，在萊拉懷中衝撞跳動。那隻真正的野兔安靜下來了，雙眼凸出，胸部高舉，內臟則閃爍發光。

帕可拉在切開的傷口中倒進煎煮的藥草，用手指合上傷口，撫平潮溼的兔毛，直到傷口完全消失為止。

那個握住野兔的女巫也鬆手，將野兔輕輕放在地上。野兔搖晃了一下，轉頭舔舔身體腹側，搖搖耳朵，還齧咬了一根草葉，如入無人之境。突然，牠似乎察覺周圍有一堆人環繞牠，就像箭般逃之夭夭。牠又成為一隻完好的野兔，迅速跳入黑暗中。

萊拉安慰著潘拉蒙，又看了看威爾，知道他了解這是什麼意思：藥草已經就緒。他伸出手，帕可拉將仍冒蒸氣的混合汁液塗抹在血流不止的斷指上，威爾別過頭去，深深吸了幾口氣，卻不退縮。

等他張開的血肉完全浸溼後，女巫將沸騰的藥草塗抹在傷口上，並用一條絲布沿著傷口綁緊。

就這樣，咒語完成了。

之後的夜裡，威爾都在熟睡。天氣很冷，女巫在他身上堆起樹葉，萊拉也睡在他背後，緊緊抱住他。早晨來臨時，帕可拉重新處理威爾的傷口，他試圖從她的表情判斷傷口是否癒合，可是她的表情平靜無波。

他們用餐後，帕可拉告訴兩個孩子，女巫同意，既然她們來這世界是要找到萊拉，成為她的守護人，那她們也會幫助萊拉完成她目前的任務：引導威爾找到父親。

他們出發上路，大部分旅途都很平靜。萊拉謹慎詢問探測儀，知道他們應往可以眺望大海灣的遠山前進。他們從未來到城市上方這麼高的地方，也發現海岸線變得多麼蜿蜒，山脈也已經在地平線之下。樹木逐漸稀薄，斜坡在身後，他們放眼向前望，看到空曠蔚藍的海洋及高聳的藍色山脈。山脈後方就是他們的終點，看來似乎是條漫漫長路。

他們一語不發。萊拉忙著觀望森林裡的生物：啄木鳥、松鼠、背上鑲著鑽形的綠苔小蛇；威爾則將全部精力放在步行上。萊拉和潘拉蒙沒完沒了地討論威爾。

他們閒散地走在小徑上，觀看吃嫩草的小鹿，看看要靠得多近，牠才會注意到。潘拉蒙說：「我們可以看看探測儀。我們沒答應過他不看探測儀，我們可以幫他發現各種事，幫他看，不是替自己看。」

「別傻了，」萊拉說：「這是為了我們自己，因為他根本沒開口問。潘，你只是貪心和愛管閒事。」

「這倒是令人耳目一新呀。通常妳才是貪心和愛管閒事的那個，我總是警告妳不要插手。就像約旦學院的院長休息室，我根本不想進去。」

「潘，如果我們沒進去，你想這些事還會發生嗎？」

「不會，院長會毒死艾塞列公爵，整件事就結束了。」

「對啊，我想也是……那你看威爾的爸爸是誰？他為什麼很重要？」

「這正是我的意思！一問就可以知道了！」

萊拉看來有點心動。「我可能犯錯過一次，可是我已經改變了，潘，我是這麼想的唷。」她說。

「妳才沒改呢。」

「你可能還沒……唉，潘，等我改變，你就不能變形了，那你會是什麼樣子？」

「跳蚤吧，我希望。」

「才不會呢，難道你都沒感覺自己可能會變成什麼嗎？」

「沒有，我也不想知道。」

「你想看探測儀，我不依你，你就鬧情緒。」

潘拉蒙變成一隻豬，開始呼嚕呼嚕尖叫、噴鼻息，逗得萊拉捧腹大笑，接著又變成松鼠，在她身邊的樹枝間亂竄。

「妳猜他父親是誰？」潘拉蒙問：「會不會是我們見過的人？」

「有可能。他一定是很重要的人，可能跟艾塞列公爵一樣重要。一定是。畢竟，我們知道現在做的事很重要。」

「我們不知道。」潘拉蒙指出，「我們以為很重要，可是也還不確定。我們會決定出發尋找『塵』，是因為羅傑死了。」

「我們知道這很重要！」萊拉激動地說，甚至還跺跺腳。「那些女巫也知道，她們大老遠趕來找我們，就是要當我的守護人並幫忙我！我們一定要幫威爾找到他父親。那也很重要。你也心知肚明，不然你不會在他受傷時舔他。對了，你為什麼要那麼做？你沒事先詢問我，你那麼做時真讓我不敢相信。」

「我會舔他是因為他沒有精靈，那時他又很需要。如果妳真以為自己能洞悉事物，妳就應該知道原因。」

「我真的不知道。」她說。

他們停下腳步，他們已經趕上威爾了。他坐在小徑的一塊岩石上。潘拉蒙變成一種鶲科的食蟲鳥，在樹枝間穿梭。萊拉說：「威爾，你猜那些小孩現在在幹嘛？」

「他們不會跟蹤我們，他們很怕女巫。可能又回去遊蕩了吧。」

「對啊，大概吧……可是他們或許想要使用匕首，那就會來追我們。」

「隨便他們。他們現在不能擁有匕首，至少不是現在。一開始我就不想要匕首，但是如果能殺死幽靈……」

「我從來不信任安琪，一開始就不信任。」萊拉自以為是地說。

「不，妳信任她。」他說。

「好吧。我的確很信任她……後來我恨死那個城市了。」

「我一找到那裡時，還以為那是天堂，我想不出來會有什麼更好的地方。可是那裡老早充滿了幽靈，我們卻一無所知……」

「哼，我再也不相信小孩子了，」萊拉說：「每次回想起波伐格的事，不管那些大人做了什麼，不管有多可惡，小孩絕不會像那樣。他們不會做殘忍的事，可是現在我也不確定。我從來沒見過那樣的小孩，這是事實。」

「我見過。」威爾說。

「什麼時候？在你的世界裡嗎？」

「對啊，」他尷尬地說。萊拉坐著動也不動，靜靜等他接下去。「那是在我媽媽狀況不佳時。我們兩人一起住，妳知道，我爸爸不在家。她一覺得事情變得不對勁，就會做些沒道理的事，反正對我來說完全沒道理。我的意思是，她一定要做那些沒道理的事，不然就會不安、害怕，所以我得幫她。像是碰觸公園裡面所有欄杆，或是數小樹叢上的樹葉那類事情，之後她就會覺得好一點。可是我很怕別人發現她那樣，我想他們可能會抓走她，所以我必須照顧她，還要隱藏真相。我從沒告訴別人這件事。

「有一次，她又開始害怕時，我人不在，沒辦法幫她，我那時在學校。她沒穿什麼衣服就出門，自己卻一點都不知道。有些男生看到她，就開始……」

威爾的臉發燙，他再也控制不住，就起身來回走著，避免和萊拉的眼神接觸，他的聲音顫抖著，淚水盈眶。他繼續說：「他們折磨她的模樣，就跟那些小孩在樓塔底折磨那隻貓一樣……他們認為她已經瘋了，就想傷害她，甚至想殺她，我一點也不意外。她只是跟別人不同，他們就因此恨她。反正，我找到她後帶她回家。第二天上學時，我跟那個帶頭的男孩打架，我痛揍他一頓，打斷他的手臂，可能還打斷他幾顆牙齒吧，我不知道。我本來打算教訓其他人，但這是自找麻煩，我想最好在老師和當局發現真相前住手。他們會去找我媽，向她抱怨我的行為，然後就會發現她的情況，最後把她帶走。所以我就裝成很抱歉的模樣，跟老師說不會再犯，他們因為我打架而處罰我，我一句話也沒說。但是我保障了媽媽的安全。除了那些男孩，沒人知道到底發生什麼事，他們也知道如果洩密，我會做出什麼事來，不只是讓他們受傷而已，他們知道我會找機會殺死他們。過一陣子後，她又好多了。從未有人發現這件事，從來沒有。

「從此以後，我再也不信任小孩子，就像我不信任大人一樣。小孩也喜歡做壞事。喜咯則的小孩那麼做，我也不會大驚小怪。

「可是我很高興女巫來了。」

威爾背對著萊拉坐下，他還是不願看她，並用一隻手抹抹眼睛。萊拉假裝什麼也沒看見。

「威爾，你提到你媽的事……還有突里歐，幽靈抓到他時……昨天你說你認為幽靈是從你的世界來的……」

「對。那些發生在我媽身上的事，根本就沒道理。她沒發瘋，那些小孩可能以為她瘋了才會嘲笑她，試著傷害她，可是他們搞錯了，她根本沒發瘋。她只是害怕一些我看不到的東西，她一定要做些看起來很荒唐的事，看不出其中道理，可是顯然她心裡清楚。就像她在數樹葉或昨天突里歐摸牆壁上的石頭，或許那是試著避開幽靈的方法。如果他們背對一些恐怖的東西，試著專心注視石頭，看那些石頭是怎麼排列，或是小樹叢上的樹葉，彷彿那些事真的很重要，他們就會安全。我不知道，看起來很像那樣。我媽真正害怕的東西，是那些來我家搶劫的人，但是除此之外還有別的。或許我的世界裡也有幽靈，只是我們看不到它，也沒有相關名稱，可是幽靈就在那裡，還不斷想攻擊我媽。昨天探測儀提到她沒事時，我真的非常高興。」

威爾呼吸開始加速，右手緊抓著皮鞘中的刀柄。萊拉一言不發，潘拉蒙動也不動。

「你是什麼時候知道一定要去找爸爸？」萊拉過了一會兒問道。

「很久以前，」他告訴她：「我以前老幻想他是囚犯，我會幫他逃獄，自己玩這個遊戲可以玩很久，那時都能持續玩好幾天；不然就是他在荒島上，我會航行到那裡帶他回家。他知道一切該做的事，特別是關於媽媽的事，她的情況會好轉，爸爸會照顧我和媽媽，那我就只要上學、交朋友就好，我會有媽媽和爸爸。所以我總是對自己說，等長大後，我要去找爸爸……媽媽老是告訴我，說我會繼承爸爸的衣缽，她總會說那些話讓我覺得好過些。我那時不了解她的話，可是聽起來很重要。」

「你沒有朋友嗎？」

「我怎麼可能會有朋友呢？」他說，彷彿覺得很困惑，「朋友……會到家裡玩，認識我父母，還要……有時會有男生邀請我到他家玩，有時我會去，有時不會，可是我永遠不能回請他們。所以我從來沒有朋友，真的。我很想要有……我有隻貓。」他繼續說：「希望牠現在沒事，希望有人在照顧牠。」

「你殺死的那個人呢？」萊拉問，心跳開始加速，「他是誰？」

「我不知道。就算殺死他，我也不在乎，他活該。他們一共有兩人，一直來打擾我媽，直到她又開始害怕，而且狀況比以前更糟。他們想知道有關我爸的所有事，不讓她安靜過日子。我不確定他們是不是警察，起先我還以為他們是黑幫分子之類，他們可能以為我爸搶銀行，把錢藏在某處。可是他們不要錢，只要一些文件，他們要我爸寄回家的信件。有天他們還闖進我家，所以我想如果媽媽待在別處，可能會更安全。我不能找警察幫忙，他們會帶走我媽。我不知道該怎麼辦。

「最後我請以前教我彈鋼琴的老太太幫忙，我只能想到她。我問她，媽媽可否跟她住幾天，然後我把媽媽帶過去，我想她會好好照顧我媽。我知道媽媽把信放在哪裡，便回家找信。找到信後，那兩人又來闖空門。那時是半夜或清晨吧，我躲在樓頂，我的貓莫西從房間裡出來，我和那人都沒看到牠，我撞倒那人時，莫西絆倒了他，他就一路從樓上摔到樓下……

「然後我逃跑了。這就是整個經過。我不是故意殺死他的，可是我也不在意做了這件事。我逃走，來到牛津，發現那個窗口。我會發現窗口，是因為看到那隻貓，就停下來看牠做些什麼，是牠先發現那個窗口。如果我沒看到牠……或是莫西沒從房間裡出來，那……」

「對啊，」萊拉說：「真的非常幸運。我和潘拉蒙剛剛才在想，如果我們在約旦學院時，沒進去院長休息室的衣櫥，看到院長在酒裡下毒，這一切都不會發生了。」

兩人默默坐在覆滿青苔的岩石上。傾斜的夕陽從老松樹間照射進來，他們想著，要有多少微小機緣才能促使他們來到此處，每個微小機緣都可能導致不同的結果。或許在另一個世界中，另一個威爾沒看見桑德蘭大道上的窗口，就在英格蘭中部疲倦地四下晃蕩、迷路，直到被警察抓住為止；在另一個世界，另一個潘拉蒙說服另一個萊拉不要待在院長休息室，另一個艾塞列公爵中毒身亡，另一個羅傑也沒死掉，就會和那個萊拉在另一個永遠不變的牛津，在屋頂上和大街小巷間繼續玩耍。

這時，威爾覺得有體力繼續趕路了，他們一起沿著小徑前進，周圍淨是廣漠安靜的森林。

他們一整天都在趕路、休息、前進、再休息。樹林愈來愈稀疏，岩石也愈來愈多。萊拉又問了一次探測儀，探測儀說：繼續前進，這是正確的方向。中午時分，他們來到一個未受幽靈侵擾的村落，小山邊有放牧的山羊，檸檬樹群的陰影投射在布滿小石子的地面，溪流間還有孩子嬉戲。他們一看到衣著襤褸的女孩和臉色蒼白、眼神凶惡、襯衫上沾有血漬的男孩跟身邊優雅的灰狗，就開始大呼小叫，邊跑邊找媽媽。

村裡的成人雖然有點疑神疑鬼，還是很樂意接受萊拉給的一枚金幣，賣他們一些麵包、乳酪與水果。雖然女巫不在眼前，但他們知道，如果遭遇任何危險，女巫會立刻出面。萊拉和一位老婦人講價半天，換取兩個羊皮酒瓶和一件細亞麻襯衫。威爾如釋重負地丟棄骯髒的T恤，在冰冷的溪流中洗澡，然後躺在熱呼呼的太陽底下晒乾。

他們恢復精神後，重新出發。景致變得更為荒涼，沒有寬廣的樹蔭，他們只能在岩石陰影下休息，鞋底傳來土地的熾熱。陽光直射入兩人眼中，攀爬速度愈來愈慢，太陽接觸山緣時，他們看到底下有個小村落，決定不再前進。

兩人跌跌撞撞走下斜坡，好幾次差點失足跌落。他們必須穿越茂密的矮石南花叢，樹叢上有光滑的深色樹葉及蜜蜂聚集的猩紅花簇，最後他們終於走出傍晚的陰影，來到一處與溪流比鄰的荒涼草地。野草高及膝蓋，布滿矢車菊、龍膽根和委陵菜。

威爾在小溪中深深喝了好幾口水，然後躺下。他無法保持清醒，也無法入睡，他的頭開始發暈，奇怪的暈眩感籠罩每件事物，手又痠又痛。

更糟糕的是，傷口又開始流血了。

帕可拉看了看他的手，在傷口上多敷抹一些藥草，也把絲條綁得更緊，這次她露出懊惱的神情。威爾不想詢問她，問了又能怎麼樣？他很清楚咒語沒效，他看得出來她也知道。

黑暗降臨，威爾聽到萊拉過來躺在身旁，還聽到輕微的呼嚕聲，野貓潘拉蒙正在一、兩呎外交掌打盹。威爾輕聲叫道：「潘拉蒙？」

潘拉蒙張開眼睛，萊拉一動也不動。潘拉蒙小聲地說：「怎麼樣？」

「潘，我會死嗎？」

「女巫不會讓你死，萊拉也不會。」

「可是咒語沒有用，我不停流血，身上大概沒剩多少血了。現在又開始流血，就是停不住。我好害怕……」

「萊拉覺得你不怕。」

「真的？」

「她覺得你是她見過最勇敢的戰士，就像歐瑞克一樣勇敢。」

「那我最好假裝不怕。」威爾說。他安靜了約一分鐘，又說：「我想萊拉比我還勇敢，我覺得她是我最好的朋友。」

「她也認為你是她最好的朋友。」精靈低聲說。

威爾合上眼睛。

萊拉動也不動，眼睛卻在黑暗中張得老大，心跳也開始加快。

威爾感覺到周遭動靜時，眼前已一片漆黑，手傷也比先前更疼痛。他小心翼翼坐起來，看見不遠處有堆火焰燃燒，萊拉試著用一根叉狀樹枝烤麵包，烤肉叉上還有幾隻烤小鳥。威爾在火堆旁坐下，帕可拉從空中飛下來。

「威爾，」她說：「吃東西前先吃下這些葉片。」

她給了威爾一把類似鼠尾草的柔軟苦葉片，威爾靜靜嚼著葉片，並強迫自己吞下。這些葉片是種收斂劑，威爾吃後覺得更清醒暖和，感覺好多了。

他們吃著烤小鳥，以檸檬汁當佐料，另一個女巫拿來一些在山下發現的藍莓。女巫群聚在火堆旁低聲聊天，有些女巫飛到空中偵察，看見海上有個熱氣球。萊拉立刻坐了起來。

「是史科比先生的熱氣球嗎？」她問。

「裡面有兩人，距離太遠，看不清楚。他們後方有風暴成形。」

萊拉拍手說：「威爾，如果是史科比先生，那我們就可以飛行了！噢，我希望是他！我從沒機會向他道別，他對我又那麼好……我希望能再看到他，真的好希望……」

女巫卡曼寧傾身聆聽，紅色胸膛的知更鳥精靈站在她肩上，眼神明亮；一提到史科比，使卡曼寧想起他當初出發的原因。她正是深愛古曼的女巫，古曼卻拒絕了她。帕可拉將她帶領到這世界，就是要預防她刺殺古曼。

帕可拉可能也注意到這點，可是另一件事發生了，帕可拉和其餘女巫同時抬頭眺望。威爾和萊拉隱約聽到北方傳來某種夜鳥的叫聲，可是那不是夜鳥，女巫立刻了解那是守護精靈。帕可拉站起來，專心注視天空。

「我想那是絲卡荻。」她說。

她們動也不動，在無垠寂靜中傾著頭竭力聆聽。

另一聲叫聲傳來，聲音已相當接近，接著是第三聲，一聽到這叫聲，女巫抓住松枝躍入空中，只有兩名女巫留在地面上，搭起弓箭，保護威爾和萊拉。

黑暗上空某處，一場大戰展開了。似乎才過了幾秒鐘，他們就聽到飛行的咻咻聲、弓箭颼颼聲，還有因痛苦、憤怒或命令時發出的嘀咕及尖叫。

接著是突如其來的重擊聲，他們還來不及跳開，有個生物就從空中掉落到腳邊，是種有皮革外皮和糾結毛皮的野獸，萊拉認出那是峭壁鬼族或類似的東西。

牠墜落到地上摔得稀爛，身側還突出一支箭，卻仍掙扎著踉蹌爬起，滿懷惡意地衝向萊拉。萊拉身旁的女巫無法拉弓射箭，怕會誤傷她；不過威爾一頭衝上前去，反手劃下匕首，那生物的腦袋應聲落地，還在地上滾了一、兩次。空氣離開牠的肺部，發出咯咯的歎息聲後，魂歸九天。

他們抬頭朝空中看去，空中大戰已轉至低空，火光開始向上攀升，輝映出迅速迴旋的漩渦，包括黑色絲布、蒼白的四肢、綠色松針和灰棕色疥癬皮革。女巫如何能這麼快速轉彎、停止，在前進間保持平衡並瞄準、射箭，讓威爾覺得不可思議。

另兩隻厲鬼也分別掉到溪流或附近岩石邊，很快見閻王去了。剩下的鬼族開始吱吱亂叫，朝北方的黑暗飛走。

過一會兒，帕可拉和女巫夥伴一起降落，還有個新加入的女巫：她豔麗動人、眼神狂烈、髮色烏黑，雙頰因憤怒與激動而發紅。

新女巫看到無頭厲鬼就開始吐口水。

「不是從我們的世界來的，」她說：「也不是來自這世界，骯髒的怪胎。他們有成千上萬隻，像蒼蠅一樣繁衍……這是誰？這就是萊拉嗎？這男孩又是誰？」

萊拉不動聲色，心中卻一陣悸動，絲卡荻活得這麼亮麗大膽，奔放的血流震撼每個人的心神。

絲卡荻轉向威爾，威爾感受到相同的撼動，卻也像萊拉一樣鎮定。他手中還握著匕首，絲卡荻知道他用匕首做了什麼，不禁微笑。威爾將匕首插到土裡，擦掉穢物的血漬，又到溪流中清洗。

絲卡荻說：「帕可拉，我學到好多東西，老舊事物都在改變、滅亡，變得空洞了。我好餓噢……」

她像隻野獸般大吃，撕下烤小鳥剩下的碎肉，嘴裡塞入一口又一口麵包，並在溪裡大口喝水，將食物沖進胃裡。絲卡荻就食時，有些女巫抬走死去的厲鬼，重新生火，並設立崗哨。

其餘女巫則坐在絲卡荻身旁，等著聽故事。她敘述自己飛去和天使會合時發生了什麼事，也提到前往艾塞列公爵堡壘的旅程。

「姊妹們，那是妳們想像中最偉大的堡壘：玄武岩城牆，後方直達天際，寬廣的道路通往四面八方，路上都是裝載火藥、食物和盔甲的貨車，他到底怎麼辦到的？我猜他一定醞釀了很長一段時間，久久遠遠。姊妹們，他在我們出生前就在準備，即使他如此年輕……但怎麼可能？我不知道，也無法了解。我想他是對時間下達命令，根據自己的意志，命令時間加速或延遲。

「各式各樣的戰士，從不同世界來到那座堡壘。男男女女，是的，還有戰鬥靈魂，以及我從未見過的武裝生物：蜥蜴、猩猩、有毒針的巨鳥，我也只能猜測這些怪模怪樣生物的名稱。各位知道嗎？其他世界也有女巫。我和一些女巫說過話，她們的世界和我們的很像，可是又極端不同，那些女巫的壽命就和我們世界的人類一樣短暫，其中也有男性，像我們一樣能飛行的男巫……」

絲卡荻的故事讓女巫聽得又敬又畏，難以置信，可是帕可拉相信她，督促她繼續說。

「絲卡荻，妳見到艾塞列公爵了嗎？妳有沒有找到接近他的方式？」

「有，這很不容易，他住在好多活動圈的正中心，對各類活動下達命令。我隱形後潛入最核心的房間，那時他正準備就寢。」

每個女巫都知道接下來發生什麼事，威爾和萊拉卻連做夢也想不到。絲卡荻略而不提，繼續說：「後來我問他，他為什麼要匯聚所有力量，我們聽說他打算向無上權威挑戰，是不是真的？他卻大笑。

「『所以西伯利亞也在流傳這件事嗎？』他說。我說沒錯，還有在斯瓦巴、北地的每個角落。我還告訴他我們之間的協定，還有我怎麼離開我們的世界，出發尋找他。

「各位，他邀請我們加入他，加入他對抗無上權威的軍隊。我全心全意希望當下我們就能全員宣示加入；我也會興高采烈地帶領我的部族作戰，他讓我知道叛軍既公平又正義，特別是當妳們想到無上權威代理人所做的一切……我想到波伐格的孩子，還有我在南方土地上看過的可怕截肢事件。他又告訴我，在無上權威名義下，發生許多駭人聽聞的殘酷事件：在某些世界中，女巫被逮捕、活活燒死。各位，對，就像我們一樣的女巫……

「他打開了我的眼界，讓我見識到從未看過的事，那些憑著無上權威之名所做的殘忍行徑，都是設計來毀滅生命中的歡欣和真實感。

「噢，各位，我渴望將自己和我的部族投身這項目標！可是我知道得先諮詢妳們，然後再飛回我的土地，和卡絲庫、米提及其他女王商量。

「我隱形走出艾塞列公爵的房間，找到雲松枝後離開。才飛沒多遠，有股巨風從下吹上來，把我捲到高山中，我只好躲到峭壁間。我知道哪類生物住在峭壁上，所以再度隱形。在黑暗中聽到一些聲音。

「我似乎無意中跌到最年長的峭壁鬼族的巢穴裡。那個老厲鬼已經瞎了，他們正要拿些食物給他，一些從遙遠下方找到的腐屍。他們還向他徵求指引。

「『爺爺，』他們說：『你的記憶可以回溯到多早？』

「『很早，很早以前。比人類出現以前還早多了。』他的聲音輕微、嘶啞又虛弱。

「『爺爺，那個歷史上最偉大的戰爭是不是很快就要來了？』

「『是啊，孩子，甚至比上次那場還要龐大，我們全都可以準備大飽口福了，對每個世界的鬼族來說，這將會是個充滿喜悅和豐收的日子。』

「『爺爺，那誰會贏呢？艾塞列公爵會擊敗無上權威嗎？』

「『公爵有百萬大軍，』老厲鬼告訴他們：『從每個世界召集來的戰士，比起先前和無上權威對抗的軍力更為強大，領導也更加卓越。可是無上權威的軍力嘛，幾乎是公爵的一百倍。無上權威已經很年老了，甚至比我還老，孩子，他的軍隊相當恐慌，不是心驚膽戰，就是洋洋自得。這將會是場旗鼓相當的大戰，可是公爵最後會獲得勝利，因為他熱情、大膽，相信自己為了正義而戰。只是還有一件事，孩子，他還沒拿到伊瑟艾特。如果沒有伊瑟艾特，他和他的軍隊就會潰不成軍，這樣我們就會有好幾年的美味大餐了！』

「老厲鬼開始放聲大笑，並啃食他們帶來惡臭沖天的老骨頭，其他厲鬼也開懷地縱聲狂笑。

「妳們可以想像我有多努力聆聽，希望能多聽到一些關於伊瑟艾特的事，但是在狂嚎的風聲中，我只聽到一個年輕的厲鬼問：『如果公爵需要伊瑟艾特，那為什麼不召喚他呢？』

「老厲鬼說：『孩子，公爵跟你一樣，對伊瑟艾特所知不多！這真是個笑話！好好放聲大笑吧……』

「我試著接近那些骯髒東西多聽一點消息時，力量消失了，我再也無法維持隱形。年輕厲鬼看到我後開始大呼小叫，我不得不逃開，試著從空中的隱形通道回到這世界。一群鬼族跟在我後面追趕，那幾隻就是最後的一群，已經死在那裡了。

「顯而易見，艾塞列公爵需要我們。不管伊瑟艾特是誰，公爵都需要我們！我希望自己能回到公爵身旁，告訴他：『不要擔憂，我們來了，北地的女巫會幫你打贏這場戰爭……』帕可拉，我們現在就協議召開全女巫和每個部落的大型會議，發動戰爭！」

帕可拉看看威爾，他覺得她似乎在等他同意，可是他無法給予任何指示，於是帕可拉轉頭看絲卡荻。

「我們不行，我們現在的任務是幫助萊拉，萊拉的任務是協助威爾找到他父親。妳應該飛回去，獲取部落的同意，可是我們必須和萊拉待在一起。」

絲卡荻不耐煩地搖頭。「好吧，如果妳堅持。」她說。

威爾躺下來，傷口又開始發痛，比剛形成時還痛，整隻手都腫起來。萊拉也躺下來，潘拉蒙蜷曲在她頸間，她從半合的眼皮間看著火焰，睡意惺忪地聆聽女巫低語。

絲卡荻稍微往上游處走去，帕可拉跟在她身後。

「啊，帕可拉，妳應該看看艾塞列公爵，」她悄聲說道：「他是有史以來最偉大的指揮官。軍力每個細節都在他腦中清晰可見，妳可以想像向造物者開戰這件事有多大膽！可是妳看這伊瑟艾特會是誰？為什麼我們還沒聽過他？我們要怎麼樣才能說服他加入公爵？」

「或許不是他，姊姊。我們就跟年輕的峭壁鬼族一樣所知不多，或許那老爺爺正在取笑他們的無知呢。這字聽起來好像是上帝毀滅者，妳知道嗎？」

「那搞不好是指我們，帕可拉！果真如此，當我們加入他，他的軍力會變得多強大呀。啊，我渴望用弓箭殺死那些波伐格的惡徒，還有每個世界中的波伐格！妹妹，他們為什麼這麼做？每個世界裡，無上權威代理人都把孩子獻祭給殘酷的神！為什麼？為什麼？」

「他們很懼怕『塵』，」帕可拉說：「但是『塵』到底是什麼，我毫無頭緒。」

「還有妳們找到的這男孩。他是誰？他是從哪個世界來的？」

帕可拉將威爾的事全盤告訴她。「我不知道他為什麼很重要，」她下結論，「但是我們服事萊拉，她的儀器說這是她的任務。姊姊，我們試著治療他的傷口，卻失敗了。我們試著利用咒語也沒成功。或許這世界的藥草不像我們的那麼有效。這裡太炎熱了，血苔長不出來……」

「他很奇怪，」絲卡荻說：「他跟艾塞列公爵是同一類的人。妳曾注視他的眼神嗎？」

「老實說，」帕可拉說：「我不敢。」

兩位女王靜靜坐在溪邊。時光流逝，星子升起又落下，沉睡者發出小小的叫聲，但那只是萊拉在做夢。女巫聽到風暴的隆隆聲，接著看到遠方海上及山麓上閃電大作。

稍後絲卡荻說：「這女孩萊拉，她應該扮演什麼角色？就只是帶領男孩找到他父親，所以她才很重要嗎？應該更甚於此吧，不是嗎？」

「那是她目前的任務。至於以後，沒錯，比這重要多了。我們認為這孩子可以終結命運本身。嗯，我們知道那名稱對考爾特夫人的意義，也知道那女人還不知道那名稱。她在斯瓦巴附近船上拷打的女巫差點脫口而出，還好亞比—阿卡及時趕到。

「但是我現在在想，萊拉可能就是一般人所說的伊瑟艾特。既不是女巫，也不是天使，而是那個熟睡中的孩子，她正是對抗無上權威的最後武器。否則考爾特夫人為什麼會這麼急於找到她？」

「考爾特夫人是艾塞列公爵的戀人，」絲卡荻說：「當然，萊拉是他們的孩子……帕可拉，如果是我生下這小孩，她會變成什麼樣的女巫啊！女王中的女王！」

「噓，姊姊，」帕可拉說：「妳聽……還有，那是什麼光？」

她們站起來，察覺有什麼東西潛入通過崗哨，還看到紮營處有道隱隱的光線。但那不是火焰，遠遠看來也完全不像火光。

她們悄悄奔回營地，箭已在弦上，卻突然停住腳步。

女巫都睡在草地上，威爾和萊拉也是。但圍繞在兩個孩子身邊的是十幾個天使，垂著目光凝望著他們。

帕可拉突然了解到女巫語言中缺乏的一個字彙，一種朝聖的想法。她了解這些生命為什麼可以等待好幾千年，再加上漫漫長途旅行，只為了接近一個重要的東西。在經過這短暫的會面後，他們會覺得自己的生命變得多麼不同。這些生物看來正是如此，美麗的朝聖者發出稀薄的光芒，圍著這個面容骯髒、身穿格子呢裙的女孩，以及手受傷、睡覺時還頻頻皺眉的男孩。萊拉脖子上有陣騷動。雪白色的貂潘拉蒙睡意惺忪地張開烏黑的眼睛，毫無畏懼地環視四方。稍後，萊拉會以為這是一場夢。潘拉蒙似乎代表萊拉，理所當然地接受所有注目，隨即蜷曲起來，閉上眼睛。

其中一個生物展開雙翅，其他天使盡可能靠近後也張開翅膀，他們的羽翼相互交疊毫無阻礙，層層羽翼交疊，如穿透光線之光，直到在草地上的沉睡者周圍形成一道耀眼的光環為止。

這些觀察員開始振翅高飛，一個接著一個，猶如火焰般衝向天空，還不斷擴大，最後變得巨大無比。他們此刻已身在遠方，如彗星般朝北方前進。

帕可拉和絲卡荻跳上雲松枝，尾隨他們上升，卻被遠遠拋在身後。

「絲卡荻，他們就是妳看到的生物嗎？」她們在空中停住時，帕可拉問道，還看著他們明亮的火焰消失在地平線上。

「我想還更大一點，可是他們是同種。他們沒有血肉，妳注意到了嗎？他們只是一種光。他們的感官一定和我們的很不同……帕可拉，我現在要離開，去召喚北地所有女巫。我們再見面時，就是開戰的時機。好好去吧，親愛的……」

她們在空中擁抱，絲卡荻轉身直飛南方。

帕可拉看著她離開，轉身看看發光的天使在遠方消失前的最後一道微光。她對這些巨大的觀察員充滿了同情心。他們錯過了多少東西呀，永遠也感覺不到腳下的泥土、髮中的微風、星子在肌膚上的顫動！帕可拉折斷一小截飛行用的雲松枝，懷著貪婪的喜悅嗅聞濃郁的松脂味，最後才緩緩降落加入草地上的沉睡者。

第十四章 阿拉莫峽谷

史科比朝左望去，下方是沉靜的海洋，右方則是綠色海岸，他用手遮光，開始找尋人類蹤跡。他們離開葉尼塞已經一天一夜了。

「這就是新世界嗎？」他問。

「對不是在這世界出生的人來說，是個新世界。」古曼說：「這世界就跟你我的世界一樣古老。史科比先生，艾塞列公爵所做的，就是撼動一切，而且比過去的改變更加澈底。我提過的通道也都在意想不到的地方打開了。這使導航更加困難，不過這陣風倒還不錯。」

「不管新舊，底下都是個陌生的世界。」史科比說。

「沒錯。」古曼說：「這是陌生的世界，可是一定也有人覺得這裡是家鄉。」

「看起來空空洞洞。」史科比說。

「不盡然。飛過那座海岬後，你會發現一個曾經很強大富裕的城市。那裡仍住著當初建城商人和貴族的後代，可惜這三百年來，已經每下愈況……」

熱氣球向前飄浮，幾分鐘後，史科比看到第一座燈塔，接著是彎曲的石造防波堤、塔樓、圓頂和紅棕色屋頂。下面是一座環繞港口的麗都，內有蒼翠繁茂的花園，園裡有歌劇院般華麗的建築，再過去是寬廣大道與優雅旅館，小巷中樹木枝葉繁盛，伸展到陽臺上。

古曼說的沒錯，那裡的確有人。他們飄得更近些，史科比詫異地發現那是群小孩，附近沒有任何成人。孩子在海灘上遊玩，在咖啡館內跑進跑出，不停地吃吃喝喝，或從房子、商店中拿出一袋袋用品；另外有群男孩正在打架，紅髮女孩則在一旁慫恿，還有個小男孩丟石頭砸碎附近一棟建築的所有窗戶。這就像是城市大小的遊樂場，卻沒有老師的身影。這裡是個孩子國。

小孩子不是這裡唯一的生物。史科比一看到它們時，還得先揉揉眼睛，毫無疑問，那是一股濃霧，或是比霧更稀薄的東西，一種較為濃厚的空氣……不管那是什麼，城裡到處都是，它們沿著大道飄行，登堂入室，聚集在廣場和庭院內。孩子穿梭其間，無視其存在。

可是它們並非真正隱形。熱氣球愈飄近城市，史科比就愈能觀察這些東西的行為。顯而易見，有些孩子深深吸引它們，它們跟隨一些特定的孩子，年紀較大的。這些孩子（史科比從望遠鏡中看見）已接近青春期。有個高瘦的男孩，頭頂著亂蓬蓬的黑髮，周遭已被那些透明的東西團團環住，空氣中只勾勒出孩子微光般的輪廓。那些東西就像圍繞著肉塊的蒼蠅，男孩卻毫不知情，只是偶爾揉揉眼睛或搖搖頭，彷彿想看清楚眼前的東西。

「那些到底是什麼鬼東西？」史科比問。

「這裡的人稱為幽靈。」

「幽靈到底是幹什麼的？」

「你聽過吸血鬼嗎？」

「聽過啊，小說裡就有。」

「幽靈就像吸血鬼吸血一樣，可是幽靈吸食的是注意力。一種涉世之後的意識和學習的興趣。不成熟的小孩對它們比較缺乏吸引力。」

「那它們和波伐格的惡魔是相對的？」

「剛好相反，奉獻委員會和無動於衷的幽靈都被真相蠱惑了，認為天真和世故截然不同。奉獻委員會害怕又痛恨『塵』，幽靈卻吸食『塵』，兩者都對『塵』著迷。」

「它們正圍繞著下面那孩子……」

「他快長大了。它們很快就會攻擊他，生命會變得空白、冷漠和悲慘。他已經沒救了。」

「我的天啊！難道我們不能救他嗎？」

「不行。幽靈會馬上抓到我們。它們沒辦法上來碰觸我們，我們只能觀察，而後繼續飛行。」

「大人都到哪裡去了？您不會告訴我，這整個世界只剩下小孩了吧？」

「這些孩子都是幽靈孤兒，這世界有很多這樣的群體。他們在成人逃離後四處遊蕩，靠找到的東西維生。你也看得出來，他們在這裡不虞匱乏，不會挨餓。看來大量幽靈已經入侵這個城市，成人也都逃到安全的地方。你注意到海港邊只剩下幾艘船了嗎？孩子不會受到傷害。」

「只有年長的孩子例外。就像下面那個可憐的孩子……」

「史科比先生，那是這世界運轉的模式。如果你想中止這類殘酷和不公正，就把我帶到更遠的地方，我還有工作要做。」

「對我來說……」史科比說，一面尋找適當的字眼，「對我來說，發現殘酷的行為，就起身對抗殘酷；看到需要，就伸手提供協助。難道我說錯了嗎，古曼博士？我只是個無知的熱氣球飛行員。譬如，我天真地相信巫師有飛行的天分，可是眼前卻有個不懂飛行的巫師。」

「噢，我有天分呀。」

「您要如何自圓其說？」

熱氣球飛得低些，地表也開始在眼前升起。一座方形石塔正好擋在航道上，史科比似乎視而不見。

「我需要飛行，」古曼說：「所以我召喚你，現在我不是在飛行了嗎？」

古曼對他們即將面臨的危險十分警覺，卻忍住不提醒史科比。就在千鈞一髮的一刻，史科比傾身歪向吊籃一側，拉扯其中一條底艙沙袋的粗繩。沙子一流失，熱氣球便輕輕往上飄，離塔頂約六呎遠。十幾隻受驚擾的烏鴉起身繞著他們嘎嘎亂叫。

「我想您是在飛沒錯，」史科比說：「古曼博士，您是個非常古怪的人。您曾和女巫相處過嗎？」

「是的，」古曼說：「也曾和學院派、神靈相處。我發現到處都有蠢事，但每件事也都有細微的智慧。當然，我還是無法辨識出許多智慧。生命相當艱苦，史科比先生，可是我們仍然緊握生命。」

「那這趟旅程呢？是愚蠢還是有智慧？」

「據我所知，這是最有智慧的一件事了。」

「您再把目的告訴我一次：您打算找到擁有奧祕匕首的人，那接下來呢？」

「把他的任務告訴他。」

「那項任務還包括保護萊拉。」飛行員提醒他。

「那項任務會保護所有人。」

他們繼續向前飛，不久，城市就在身後消失了。

史科比開始檢查儀器。羅盤仍鬆散地旋轉著，據他判斷，至少高度計運作很正常，顯示他們在海岸上方約一千呎高度飄蕩，與海岸平行。一排高大蒼鬱的山丘在前方朦朧升起，史科比暗自慶幸自己準備了許多底艙沙袋。

當他照慣例眺望地平線時，似乎看到了什麼。海斯特也感覺到了，她搖搖耳朵轉頭，金褐色的雙眼望著他。史科比抱起她來，塞在外套內的胸前，再度打開望遠鏡。

沒錯，他沒看錯。在南方遠處（如果真是南方，是他們飛來的方向），另一個熱氣球也在霧氣中飄浮。遠方的熱氣微光使他無法看清細部，但那個熱氣球比較大，飛得也較高。

古曼也看到了。

「史科比先生，是敵人嗎？」他說，向桃色光線凝望。

「錯不了。我不確定是要丟掉沙袋飛高一點，隨著更快的風飄浮，還是留在低空看起來比較不顯眼。謝天謝地，還好那不是飛船，他們再過幾小時就會趕上了。不行，該死，古曼博士，我打算升高，如果我在那個熱氣球裡，早就看到這個熱氣球了，我猜他們的眼力也不錯。」

史科比放下海斯特，傾身到吊籃外拋下三個底艙沙袋，熱氣球立刻攀升，他又舉起望遠鏡。

一分鐘後，他確定已被發覺。朦朧中有些騷動，繼而轉為一連串上升的煙霧，往遠離熱氣球的角度飄去，上升到一定距離後，爆炸形成一團火光，先轉成深紅色，顏色慢慢消失，最後形成灰色煙霧，可是那個信號就像夜裡的警鐘一樣清晰。

「古曼博士，您可以召喚穩定的微風嗎？我希望在傍晚時到達那些山丘。」史科比說。

他們目前正準備離開海岸，航線將他們帶離寬廣的海灣三、四十哩外。一連串小丘在遠側聳起。他們又升高一些後，史科比才了解那些山丘其實可以稱為山脈。

他轉向古曼，發現他深陷恍惚的境界。巫醫閉起眼，身體前後輕輕搖晃，額頭上汗珠點點。他的喉嚨發出一種有節奏的呻吟，精靈也緊抓著吊籃邊緣，同樣陷入恍惚。

不知是因為熱氣球提升高度，還是巫醫的咒語，有陣輕風開始拂過史科比的臉龐。他抬頭檢查瓦斯袋，發現氣球已傾斜了一、兩度，正開始朝山丘飄去。

這陣使他們移動更快的微風，也對另一個熱氣球產生相同效應。那個熱氣球沒因此趨近，也沒被拋遠。史科比又拿起望遠鏡觀看，卻看到熱氣球後面，就在微亮的遠方，有些更暗、更小的形狀正有目的地集結成群，每過一分鐘就變得更清楚具體。

「飛船。」他說：「唉，這裡無處可躲了。」

他試圖估計與飛船之間的距離，同時計算到達山丘的時間。現在他們的速度加快，微風像下方翻騰的白色浪花。

古曼坐在吊籃角落休息，他的精靈開始梳理羽毛。古曼雖然合上雙眼，可是史科比知道他醒著。

「古曼博士，在這種情況下，我不想在飛行時被飛船逮到。這裡沒有防衛武器，他們會在一分鐘內擊落我們，不管是不是心甘情願，我都不想降落在海上。我們可以漂浮一陣子，不過他們也可以像釣魚一樣，用手榴彈輕易炸翻我們。

「所以我要抵達那些山丘後再降落，我現在看得到部分森林了，我們可以躲在樹林裡一陣子，或許更久。

「太陽漸漸下山，據我估計，離日落大概還有三小時。很難說，我想飛船到時候會追上一半的距離，那時我們應該已到達海灣另一邊。

「現在您了解我在說什麼吧？我要飛越那些山丘後降落，否則就是死路一條。他們現在已經明白我給他們看的戒指與死在新尚巴拉的斯克林人之間的關係。他們會這麼死命追趕，絕不是因為我們把皮夾忘在櫃檯上。

「古曼博士，今天某個時刻，這趟飛行旅程就會結束。您有在熱氣球中著陸的經驗嗎？」

「沒有，」巫醫說：「可是我信任你的技術。」

「我會試著盡量升高到那個範圍。這是一種平衡問題，我們飛得愈久，他們就愈接近；如果我在他們距離太近時降落，他們會知道我們前往哪個方向；如果我太早降落，就無法利用樹林避難。不管怎樣，馬上都會有一場射擊戰。」

古曼無動於衷地坐著，雙手不斷交換著一根魔法羽毛和念珠，對史科比來說，巫醫雙手的移動模式意義深遠。古曼精靈的雙眼從未離開追趕中的飛船。

一小時過去，另一小時也過去了。史科比嚼著沒點燃的雪茄，啜飲錫製熱水瓶裡的冷咖啡。夕陽在他們身後低垂的天空落下，夜長長的陰影沿著海岸匍匐而行，最後爬升到山丘兩側，此時熱氣球和山頂都沐浴在金色光芒下。

在他們身後，幾乎消失在夕陽餘暉中，飛船的小點逐漸變大、清晰。它們已超越另一個熱氣球，現在已可以用肉眼看到：共有四艘飛船並肩前進。在廣袤沉靜的海灣中，另一端傳來飛船引擎聲，微弱但清晰，有如一種不間斷的蚊鳴。

再過幾分鐘，他們來到山腳下的海岸，史科比察覺飛船後的天空有些新動靜。一大片雲堆正在醞釀，巨大的雷暴雲頂在仍然明亮的幾千呎高空後出現。他怎麼會沒注意到？如果風暴快來了，那他們愈早降落愈好。

深綠色雨簾從雲端落下，風暴彷彿追趕著飛船，就像飛船追趕史科比的熱氣球一樣。大雨從海中向他們掃射而去，夕陽消失時，雲間突然出現一道強而有力的閃光，幾秒鐘後，雷聲轟然響起，震動了史科比熱氣球整個結構，還從山間傳來一聲長長的回響。

接著閃電大作，這次雷暴雲頂甩下一根有缺口的銀叉，直接朝飛船射去。不一會兒，瓦斯袋起火，亮眼的火花和青黑色烏雲成為對比，飛船緩緩向下飄落，如烽火般閃耀，降落水面後仍持續燃燒。

史科比把憋住的氣吐了出來。古曼站在他身邊，一手抓住懸浮環，臉上浮現疲憊的神態。

「是您召喚那風暴嗎？」史科比問。

古曼點點頭。

此時天空彷彿成為色彩斑斕的老虎：金黃色的彩帶、深邃的棕黑色塊和條紋交錯著，每分鐘過去，型態也跟著轉變，金黃色正迅速消失，因為棕黑色正不斷吞噬它。後方大海是一大片黑水和發著磷光的泡沫，燃燒中的飛船開始下沉，火焰消失無形。

然而，剩餘三艘飛船仍繼續往前飛，雖然搖晃得非常厲害，卻盡力維持航道。飛船附近的閃電出現得更頻繁，風暴更近時，史科比開始擔心自己熱氣球的瓦斯袋。只要一擊，熱氣球就會墜落地面起火燃燒，他不認為巫醫可以精準控制風暴，避免悲劇發生。

「好了，古曼博士，我現在打算不理會這些飛船，只專心讓我們安全降落在山裡。我要您做的事，就是坐好抓緊，等我告訴您往下跳時跳下去。我會事先通知您，並試著讓整個過程和緩一點，但是在這種情況下降落，運氣就和技術一樣重要。」

「我相信你，史科比先生。」巫醫說。

他坐在吊籃一角，精靈則蹲踞在懸浮環上，爪子深深嵌入皮製捆繩。

風朝他們猛烈吹來，龐大的瓦斯袋在陣風中搖晃翻騰。繩子開始吱吱作響、用力拉扯，但史科比並不擔心放開繩子。他拋下更多沙袋，仔細觀察高度計。在風暴中，氣壓開始下降時，必須折銷高度計的讀數，這通常只能憑經驗粗略推算。史科比看過所有數字，再檢查一次後才放掉最後一個沙袋。現在他唯一的控制儀器就是瓦斯閥。他無法再度升高，只能下降。

他心無旁騖地注視著大風暴，希望能在黑暗的天空中辨識出那一大片黑暗山丘。下方突然傳來一陣咆哮，猛撞的聲音聽起來彷彿是在石岸上衝浪，可是他知道那只是風從樹上撕扯下樹葉的聲音。他們已經下降到這個地步了！移動得比他想像中還快。

他不該在空中停留太久才降落。史科比的天性過於冷靜，不會對命運發怒，只是揚起一邊眉毛，爽快地迎接，可是現在也忍不住覺得一陣絕望，現在他該做的事就是衝入暴風中任狂風盡情亂吹，可是這會保證他們被追兵擊落呀。

史科比撈起海斯特，把她塞在胸前，扣上帆布外套全部的鈕扣，確保她安全。古曼平穩安靜地坐著，他的精靈被風吹歪到一邊，爪子則緊嵌在吊籃邊，羽毛也被吹得豎立起來。

「古曼博士，我要降落了。」史科比在風中大叫：「您應該站起來，隨時準備跳下去。等我叫您時，您就抓緊懸浮環，用力盪出熱氣球。」

古曼照他的指示做。史科比向下方、前方、下方、又向前方張望，確認每個模糊的視野，他眨著眼睛將雨水擠出。一陣突來的勁風帶來豪雨，猶如碎石般打在他們身上。大雨彷彿擊鼓打在瓦斯袋上，再加上風嚎與下方樹葉的撞擊聲，史科比幾乎聽不到雷聲。

「好，」他叫道：「您製造了一場不錯的風暴，巫醫先生。」

史科比拉住瓦斯閥的繩子，纏繞在楔形栓上，使瓦斯閥持續開著。瓦斯從上方開始流瀉，就在看不見的上方，瓦斯袋底部的弧形開始縮小，一分鐘前，那還是個膨脹的球體呢。

吊籃開始劇烈搖晃、傾斜，讓人無法分辨他們是否往下降。這陣疾風出現得如此意外強勁，可能輕易把他們往上吹了很長的距離，他們卻毫不知情。約莫一分鐘後，史科比感覺一陣急煞，他知道是抓鉤鉤住了樹枝。但這種情況維持不久，所以樹枝可能斷裂了，這也顯示他們離樹木有多近。

史科比叫道：「樹上五十呎……」

巫醫點點頭。

接著是另一陣急煞，這次搖晃得更猛烈，兩人都被狠狠拋到吊籃邊。史科比對這種事司空見慣，立刻找回自己的平衡感，但古曼震驚於這股力量。然而，他沒有鬆手放開懸浮環，史科比看得出他還安全地保持平衡，隨時準備跳離吊籃。

隔了一會兒，抓鉤突然又鉤住樹枝，產生前所未見的顛簸和衝擊，吊籃立刻傾斜，一秒鐘後，吊籃撞到樹頂上，扯裂潮溼的樹葉、折斷枝枒、擠壓著粗枝，最後終於搖搖晃晃停住。

「古曼博士，您還在嗎？」史科比叫道，他什麼也看不見。

「還在，史科比先生。」

「最好先別亂動，等看清楚情況再說。」史科比說，他們在風中劇烈搖晃，他感覺到吊籃突然一扭，壓迫著下方不明的支撐物。

瓦斯袋仍向側邊拉扯，像風帆一樣隨風飄蕩，裡面的瓦斯幾乎已經流光。史科比想切斷瓦斯袋，又想到如果瓦斯袋沒飄走反而掛在樹頂，就會像旗幟般透露他們的位置。如果可以，他們最好還是帶著瓦斯袋走。

接著出現一道閃電，一秒鐘後，雷聲大作，風暴幾乎來到頭頂上了。閃電讓史科比得以看到眼前的橡樹幹，白色的斷痕顯示樹枝斷裂的部分，這個斷痕只有一部分，因吊籃仍掛在上方，樹枝也仍和樹幹連接。

「我要把繩子丟出去再爬下去。」他叫道：「等落地後再另謀打算。」

「我會跟在你後面，史科比先生，」古曼說：「我的精靈告訴我，地面大約在四十呎之下。」

史科比注意到老鷹精靈降落在吊籃邊緣時，強而有力的鼓翅聲。

「她可以離你那麼遠啊？」史科比詫異地問，卻沒把這件事放在心上。他先確保住繩子，綁牢懸浮環，接著綁住樹枝，如此一來，即使吊籃真的滑落，也不會掉得太遠。

史科比確保海斯特待在胸前後，便將剩下的繩子拋過吊籃，自己也跟著翻身，試著在腳下找到結實的落足點。樹幹周圍的樹枝較為粗大，是棵巨樹，一棵龐大的橡樹。史科比拉拉繩子，暗示古曼可以爬下來，自己還喃喃對大樹道謝。

那又是什麼喧囂聲？史科比仔細聆聽。沒錯，是飛船的引擎聲，可能不只一艘，就在上方某處。他無法推斷距離到底有多高，或從哪個方向接近，但是那聲音只出現約一分鐘就消失了。

巫醫也落地了。

「您聽到了嗎？」史科比問。

「聽到了，我想飛船往上飛開，飛進山裡去了。恭喜你，史科比先生，我們平安降落。」

「事情還沒結束呢。我要在天亮以前把掛在天幕的瓦斯袋拿下來，不然大老遠就知道我們的位置了。古曼博士，您願意幹些粗活嗎？」

「只管吩咐吧。」

「好。我要爬上那條繩子，把一些東西沿著繩子送下來，其中一樣是帳篷。我在上面看看該怎麼藏熱氣球的時候，您可以搭起帳篷。」

他們工作了一段很長的時間，有時還面臨險境。當支撐吊籃的樹枝終於斷裂，史科比也跟著一頭栽下。他沒跌得多遠，因為瓦斯袋末端仍懸掛樹頂，拉扯住吊籃。

事實上，這一跌把瓦斯袋底部從天幕拉扯下來，反而使隱藏行動更為容易。藉著閃電的亮光，史科比又拉又扯，將熱氣球扯到較低的樹枝間以避人耳目。

強風仍將樹頂吹得前後搖晃，更糟糕的是，雨也開始落下。史科比決定到此為止，他從樹上爬下，發現巫醫不僅搭好帳篷，還生了火，正在煮咖啡呢。

「這都是魔法變的嗎？」史科比問道，全身又溼又僵硬，彎身進入帳篷內，從古曼手中接過馬克杯。

「不，你該感謝童軍協會。」古曼說：「你的世界裡有沒有童軍？『隨時做好準備』。生火的方式很多，最好的一種是用乾火柴，我旅行時一定隨身攜帶。史科比先生，我們在營地做的可能還沒這麼好呢。」

「您有沒有聽到飛船的聲音？」

古曼舉起手。史科比仔細聆聽，錯不了，還是那個引擎聲，雨勢減弱，聲音就更容易辨認。

「他們已經來過兩次，」古曼說：「他們還不知道我們的位置，可是知道我們就在這附近。」

一分鐘後，飛船出現的方向伴隨著閃爍的光芒，光線看起來比閃電微弱，卻持續不滅，史科比知道那是火焰。

「最好把火堆熄滅，古曼博士。雖然我會很惋惜。我想那個天幕很厚，可是無法確定。我現在要睡覺了，身體溼不溼也不管了。」史科比說。

「明天早上就會乾了。」巫醫說。

他抓起一把潮溼的泥土壓在火焰上。史科比掙扎著在小帳篷內躺下，閉上了眼睛。

史科比做了些奇怪又驚人的夢。某刻，他確信自己醒來看到巫醫盤腿而坐，四周環繞一片火海，火焰很快吞噬了他，只剩下白色顱骨仍坐在發光的餘燼上。史科比警覺地四下找尋海斯特，卻發現她還在沉睡，這事從沒發生過。如果他醒著，她應該也醒著；這個說話扼要、伶牙俐齒的精靈，熟睡中看來竟如此溫柔無助，他不覺被這種奇異感打動。他不自在地躺在她身邊，其實正在熟睡，卻在自己的夢中醒著，他夢見自己清醒地躺著好長一段時間。

另一個夢也是以古曼為主。史科比似乎看到巫醫搖晃著有羽毛鑲邊的波浪鼓，正在命令什麼東西服從他。史科比一看清那東西就開始反胃，那是個類似他在熱氣球上看到的幽靈。那幽靈的個子很高，幾乎看不清楚身形，史科比的胃開始劇烈痙攣，幾乎在恐懼中驚醒。但是古曼無畏地對它下達命令，也沒受到傷害，那東西仔細聆聽他說話，接著就像肥皂泡沫般往上飄浮，直到消失在天幕中。

此時，令史科比筋疲力盡的夜又出現新發展。他人在飛船駕駛艙中，注視著駕駛員，事實上，他就坐在副駕駛座上。這是一片樹葉和枝幹形成的樹海，他們環繞著森林巡邏，向下張望劇烈搖晃的樹頂。接著那個幽靈也出現在駕駛艙內。

史科比被自己的夢所縛，動彈不得、也叫不出聲，駕駛一了解發生什麼事，史科比也感受到駕駛的恐懼。

幽靈向前彎身，將臉壓向駕駛的臉。駕駛的金翅雀精靈開始拍著翅膀尖叫，試圖飛開，卻落在儀表板上呈半昏迷狀態。駕駛將臉轉向史科比，伸出一隻手來，史科比卻無力動彈。駕駛眼中充滿悲憤，有些真實鮮活的東西從他身上流失，他的精靈虛弱地拍動翅膀，狂亂尖聲呼叫，但她瀕臨死亡。

她終於消失，駕駛卻還活著，眼神變得矇矓單調，原先伸出的手也砰的一聲落到油門桿上。他還活著，卻缺乏生命，對一切無動於衷。

史科比坐在那裡，無助地看著飛船直往聳立眼前的山脈衝去。駕駛看著山脈在窗前升高，卻一點也不感興趣。史科比嚇得向後緊靠駕駛座，無法阻止，就在飛船撞地的一刻，他叫道：

「海斯特！」

他醒了。

他安全地待在帳篷內，全身大汗淋漓，海斯特正咬著他的下巴。巫醫盤腿坐著，史科比看到鴞精靈不在他身邊，背脊忍不住涼了起來。很明顯，這座森林不是什麼好地方，充滿妖魔鬼怪。

他忽然注意到巫醫身後有火光，可是火堆早已熄滅，黑暗的森林看起來無邊無盡。遠方閃爍的火花勾勒出樹幹和滴著水珠的葉片下緣，史科比立刻了解：他的夢是真的，飛船駕駛已經撞山了。

「該死，李，你發抖得跟白楊葉一樣。你到底怎麼了？」海斯特發著牢騷，翻翻她的長耳朵。

「海斯特，難道妳沒夢到嗎？」他喃喃說。

「你不是在做夢，你是在觀看。如果我早知你是個先知，我老早就把你治好了。現在別再囉唆，聽到沒？」

他用大拇指揉揉她的腦袋，她搖了搖頭。

毫無預警地，史科比飄浮在空中和巫醫的鴞精靈塞揚並肩齊飛。他和別人的精靈在一起，又遠離自己的精靈，使他產生強烈的愧疚感和奇異的喜悅。他們正在滑翔，彷彿他自己也成為一隻鳥，正在森林上方狂暴的上升氣流中。史科比在黑暗的空中四處張望，四下籠罩滿月自雲縫間篩落的蒼白光輝，樹頂鑲上一圈銀光。

鴞精靈突然放聲嘶叫，下方立刻傳來上千隻鳥的各式回聲：貓頭鷹的鳴哮、小燕子警覺的尖叫聲、夜鶯流暢的樂音。塞揚正在召喚牠們，牠們全現身回應。森林中成千上萬隻的鳥不管之前在安靜獵食或棲息安眠，全部開始在混亂的空氣中振翅高飛。

史科比感覺自己和這些鳥分享著相同的本性，欣喜地接受鷹后的命令，不管自己的人類本性到底還剩下多少，他很享受這種怪異的喜悅感，對更強大的力量熱切地俯首稱臣。當他和龐大的鳥群一起轉彎時，各類鳥群也同時轉彎，彷彿都被老鷹磁力般的意志吸引。接著他看到銀色浮雲旁的飛船，看起來端莊、陰暗，又令人厭惡。

牠們全都清楚該怎麼做，鳥群朝著飛船前進，速度最快的先行到達，可是沒有一隻比塞揚還快。小鶺鴒和金翅雀、疾衝的燕子和安靜滑翔的貓頭鷹，一分鐘內，飛船上就擠滿牠們的身影，爪子緊抓著防水絲布，或乾脆刺穿布面以找到立足點。

牠們避免接觸引擎，儘管如此，還是有些鳥被吸入，被銳利的螺旋槳撕成碎片。大部分鳥只是蹲踞在飛船上，後來的鳥群則堆疊在牠們身上，鳥群不僅包圍住整艘飛船（氫氣正從上千個鳥爪般的小孔中流瀉），還包括駕駛艙的窗戶、支桿和電纜。飛船上每寸空間都有三隻以上的鳥緊緊抓在上面。

駕駛對此完全無能為力。在鳥群的重量下，飛船開始向下墜落。這時，忽然傳來可怕的撕裂聲，飛船開始慢慢傾斜，當然，飛船內的人對此一無所知，他們只是瘋狂地用槍任意掃射。在最後一刻，塞揚放聲尖叫，鳥群如雷的振翅聲甚至蓋過引擎的咆哮，每隻鳥都起飛離開。駕駛艙內的人只有驚駭的四、五秒可以了解整個狀況，接著飛船墜地形成一團大火。

火光、熱度、火焰……史科比醒來了，他的身體灼熱發燙，彷彿一直躺在豔陽下。

帳篷外，樹葉上的水珠仍不斷滴落在帆布上，風暴已經結束。灰白色的天光滲透進來，史科比坐起身，發現海斯特正在他身旁眨眼。巫醫裹著毛毯沉睡，如果塞揚沒蹲踞在帳篷外傾斜的樹枝上，他會以為巫醫已經死了。

除了雨水滴落聲，天地間唯一的聲音，就是森林中正常的鳥鳴聲。沒有天空中的引擎聲，也沒有敵人的聲音。史科比心想生火應該沒什麼關係，經過一番掙扎後，他終於生起火煮咖啡。

「海斯特，現在該怎麼做？」他問。

「視情況而定。本來有四艘飛船，他已經摧毀三艘了。」

「我的意思是，我們的任務結束了沒？」

她翻翻耳朵說：「不記得有簽約。」

「這不是簽不簽約的問題，而是有關道義。」

「李，我們在擔心道義之前，得先想到還有一艘飛船。有三、四十個帶槍的帝國護衛軍正在找我們。更重要的是，生存第一，道義再說。」

當然，海斯特說的沒錯。史科比喝著熱騰騰的咖啡，抽著雪茄。天光逐漸變亮，他暗忖如果他是飛船的指揮官，該會採取些什麼行動。他可能會先撤退，等待天亮，毫無疑問；然後再高飛到足以俯視大規模森林邊緣的高度，如此一來，他們就會找到史科比和古曼的藏身處了。

鶚精靈塞揚醒來了，她在史科比上方伸展巨翅。海斯特抬頭東張西望，金色雙眼看著龐大的精靈，過一會兒，巫醫也從帳篷內出來。

「昨晚很忙呀。」史科比說。

「今天會更忙，我們必須立刻離開森林，史科比先生。他們打算來場森林大火。」

史科比懷疑地看看四周溼潤的植物，說道：「怎麼可能？」

「他們有種機器，可以灑出混合鉀鹼的石腦油，這種液體一接觸水就會點燃。這是帝國海軍在與尼本作戰時發展出來的。如果森林潮溼飽和，就會蔓延得更快。」

「你看得到這些，對不對？」

「就像你在夜裡看到飛船發生什麼事一樣。收拾你想帶的東西，立刻出發。」

史科比揉揉下巴，他最珍貴、最容易攜帶的東西，是熱氣球裡的一些儀器。他從吊籃中拿出儀器，小心放進背包，並確定來福槍已經上膛，保持乾燥。他們將吊籃、裝備和瓦斯袋留在原處，任其在樹枝間交纏扭曲。從現在起，史科比再也不是熱氣球飛行員了，除非奇蹟出現，他大難不死，攢夠錢再買一個熱氣球。目前他只能像昆蟲一樣，沿著地表移動。

他們先聞到煙味才看到火光，海上飄來的微風將煙味送過來。他們走到森林邊緣時，聽到大火深沉、貪婪的咆哮聲。

「他們為什麼不在昨晚放火呢？」史科比說：「他們大可以在我們睡覺時把我們活活烤熟。」

「我猜是想活捉我們，」古曼回答，還拔掉一根樹枝上的樹葉，當作走路用的枴杖，「他們會等我們離開森林。」

當然，飛船的嗡嗡聲很快就出現，甚至蓋過大火和兩人沉重的喘氣聲。兩人加緊趕路，攀爬過樹根、岩石和掉落的樹幹，只有在喘息時才停下。塞揚高飛在空中，不時飛下來告訴他們前進的程度、離後方大火有多遠。不久後，他們看見身後的樹頂開始冒煙，接著出現一連串冒煙的火焰。

森林中的小動物、松鼠、鳥、野豬也和他們一起逃竄，還伴隨著合音式的呼嚕聲、尖叫聲和各種警示聲。兩個旅人匆忙奔向森林的邊緣，看來就在不遠處。他們一抵達，一波波竄入空中五十呎高的熱浪也席捲而來。樹木猶如火把一樣燃燒，樹枝在內裡樹液沸騰後斷裂落下。針葉樹林的樹脂就像石腦油著火似的，剎那間，所有的小樹枝彷彿都綻放出鮮豔的橘花。

史科比和古曼喘著氣，強迫自己爬上布滿岩石和碎石的斜坡。半個天空已覆滿濃煙和熱氣，高高在上的則是那艘飄浮的飛船，距離太遠了，史科比滿心期待地想著，即使用望遠鏡也看不清兩人的身影。

正前方聳立著險峻又難以穿越的山脈，只有一條路可以脫離險境，那就是前方一條窄小的峽谷，位在小谷峭壁間，是已經乾涸的河床。

史科比向前指了指，古曼說：「跟我想的一樣，史科比先生。」

古曼的精靈在空中盤旋，她的羽翼傾斜，在翻騰的氣流中加速飛到峽谷。兩人並未止步，盡可能加速攀爬，史科比問道：「恕我無理，可是除了女巫的精靈之外，我從沒見過一個人的精靈那麼做。您不是女巫，那是您後來學會的，還是天生的？」

「對人類來說，沒什麼事是天生的，」古曼說：「我們得學習所有事。塞揚告訴我那峽谷通往一條小徑，如果可以在他們看到我們之前抵達那裡，就有機會逃走。」

老鷹又飛下來，兩人加速前進。海斯特寧願自己找路走，史科比跟在她身後，避過鬆動的石頭，迅速攀爬過大塊岩石，就像不斷穿越小峽谷一樣。

史科比很擔心古曼，他看起來臉色蒼白、神情憔悴、呼吸困難。前晚的戰役已使他精力大減。史科比不想去思考他們到底能走多遠。就在快到峽谷入口時（事實上，兩人已來到峽谷乾河床的邊緣），他聽到飛船的聲音轉變了。

「他們看到我們了。」他說。

這就像被判了死刑。海斯特踉蹌了一下，即使步伐穩定、心志堅定的海斯特也蹣跚起來。古曼拄著枴杖向後遠眺，史科比也轉頭觀望。

飛船正迅速降低高度，最後在他們下方的斜坡降落。很明顯，追逐者希望能活捉他們，否則一連串槍擊早就將兩人送上西天。相反，駕駛員技術高超，懸浮飛船並維持安全的飄浮高度，船艙內跳出一個個穿著藍色制服的男人，他們的狼精靈也跟在身邊，全體開始向上攀爬。

史科比和古曼身在距離軍隊僅六百碼外的上方，離峽谷入口不遠。一旦進入峽谷，只要彈藥足夠便可以盡可能壓制士兵，問題是，他們只有一把來福槍。

「史科比先生，他們是在追捕我，不是你。如果你把來福槍給我，出面投降，他們會饒你一命。他們是紀律嚴明的軍隊，你會成為戰犯。」

史科比不理會他，「繼續走。到峽谷裡去，我會牽制住他們，讓您有時間離開峽谷。我已經帶您走這麼遠了，才不會放手讓他們現在抓住您。」

下方的士兵移動得非常迅速，他們身材矯健，而且經過充分休息。古曼點點頭。

「我那時沒力氣擊毀第四艘飛船。」他只說了這些，就快速往峽谷移動。

「您走前得先告訴我，」史科比說：「我知道後才會心安。我不知道我是替哪一邊作戰，我也不是真的很在乎。您只要告訴我，我現在做的事，是會幫助萊拉，還是會傷害她？」

「幫助她。」古曼說。

「還有您的誓言，您不會忘記您對我發的誓吧？」

「我不會忘記。」

「古曼博士，或約翰．帕里，不管您將來會在哪個世界用哪個名字，您都要記得這一點。

我就像愛親生女兒一樣愛那個小女孩。我自己就算真的有女兒，也會這樣愛她。如果您違背誓言，不管我還剩下什麼，都會走遍天涯海角追蹤到您，到時您會巴不得自己從未存在過。這誓言就有這麼重要。」

「我了解。我會遵守誓言。」

「我只要知道這點就夠了。好好走吧。」

巫醫伸出手，史科比和他握了握。古曼轉身往峽谷出發，史科比四下張望，尋找最佳的落腳處。

「李，不要到那塊大圓石後面，」海斯特說：「你從那裡看不到右邊，他們可能會衝過來，找塊小一點的岩石好了。」

史科比忽然聽到咆哮聲，這聲音和下面的森林大火無關，也不是飛船試圖再度升起的嗡嗡聲。這和他的童年有關，也和阿拉莫有關。他和童年玩伴曾在老碉堡廢墟中玩過無數次英雄戰爭遊戲，輪流當丹麥人和法國人！他的童年忽然如場詛咒般出現。他拿出母親的綠石戒指，放在身邊岩石旁。在古老的阿拉莫遊戲中，海斯特通常扮演豹或狼，有一、兩次是響尾蛇，但多半是仿聲鳥，而現在……

「別再做白日夢了，好好看看吧。」海斯特忽然說：「李，這可不是遊戲。」

爬上斜坡的士兵已四下散開，他們現在移動得較為緩慢。正如史科比，他們也發現問題所在。他們知道一定得攻奪峽谷，也了解只需一把來福槍就可以壓制他們很久。在他們身後，飛船仍努力想要起飛，或許是浮力不夠，或許是油料不足，不管如何，到目前為止都無法順利起飛。史科比靈機一動。

史科比調整距離後，順著他溫徹斯特的老來福槍看過去，直到對準飛船左側引擎的鉛錘，開火。士兵正朝他攀爬，槍聲在士兵頭頂上爆炸，一秒鐘後，飛船引擎突然咆哮起來，先是靜止不動，最後終於熄火。飛船開始傾向一邊，史科比聽得到另一個引擎不斷咆哮，但飛船再也飛不動了。

士兵馬上中止行動，盡可能找尋掩護。史科比數了數：一共二十五個人頭。他有三十發子彈。

海斯特躡手躡腳爬到他左肩上。

「我會注意這方向。」她說。

她蹲在灰色圓石上，雙耳平貼背上，看起來就像一塊灰棕色小岩石，除了她的雙眼之外，一點也不顯眼。海斯特並不美麗，就像一般野兔樸實瘦削，可是雙眼色彩繽紛，金褐色的斑紋會隨著光線轉為深邃的棕黑和森林綠。如今這雙眼睛注視著生平最後的景致：貧瘠的斜坡上布滿粗糙、滾落的岩石，眼前沒有綠油油的草地，甚至連一抹綠意也沒有。

她稍微翻了翻耳朵。

「他們在說話，」她說：「我聽得到，可是聽不懂。」

「是俄語，」他說：「他們打算一起衝上來。那對我們來說最難，所以他們打算這麼做。」

「立刻瞄準。」她說。

「我會瞄準。老天，我不喜歡殺生，海斯特。」

「不是我們死，就是他們死。」

「不對，不只是這樣。不是他們死就是萊拉死。我也不知道為什麼，但我們就是和那孩子有關，我很高興。」

「左邊有個人要開槍了。」海斯特說。她開口瞬間，那人開火打中離海斯特蹲踞處一呎的石頭，碎片從岩石上散落，槍聲在峽谷中回響，她卻泰然自若。

「嗯，這樣要我發射，我就覺得好多了。」史科比說道，開始小心瞄準。

他開槍了。雖然只有一小塊藍色可以瞄準，他卻一擊中的。男人驚聲大叫，向後仰倒死去。

大戰開始了。一分鐘內，來福槍聲、子彈飛跳的聲音和擊碎岩石的撞擊聲在一大片山脈和身後空盪的峽谷間回響。無煙火藥的味道、石頭被子彈擊中崩成碎屑的味道與森林燃燒的味道不同，整個世界彷彿著火了。

史科比藏身的圓石很快變得裂痕斑斑，那些人擊中圓石時，他還感覺到重擊力。有次，他看到子彈飛過海斯特背上導致的震動，但她沒有退縮。史科比也沒有因此停止射擊。

戰鬥的第一分鐘異常慘烈，接著又寂靜無聲，史科比發現自己受傷了：臉頰下面的岩石上有血漬，右手和來福槍的槍栓也染紅了。

海斯特過來瞧瞧。

「沒什麼大不了，」她說：「子彈擦破了頭皮。」

「海斯特，妳知道有多少人倒下？」

「不知道，我自己也忙著躲子彈。趁你還可以的時候重新上膛吧，大男孩。」

他滾到岩石後，將槍栓前後抽扯。來福槍變得相當熾熱，頭皮流下的大量鮮血也在槍栓上變得乾硬，使得機械不靈活。海斯特小心地在上面吐了口水，使槍又能活動自如。

史科比又撲回老位置，他還來不及瞄準，就先吃了一顆子彈。

他感覺左肩就像爆炸一樣。有幾秒鐘時間，他覺得頭昏眼花，最後終於回過神來，察覺左臂已經麻木報廢。致命的疼痛正伺機以待，但它還沒勇氣開始呢，這個想法不覺使史科比精神一振，竭盡全力專心射擊。

他把來福槍撐在一分鐘前還生龍活虎、現在已報廢無用的手臂上，史科比專心一意地瞄準：一槍、兩槍、三槍，每顆子彈都找到了目標。

「我們的成績如何？」他喃喃自語。

「很不錯，」她小聲說，緊靠他的臉頰，「別停下來，在黑色大岩石後面……」

他觀看、瞄準、射擊。那人應聲倒地。

「該死，這些人跟我一樣都是人呀。」他說。

「於事無補，」她說：「只管開火就是了。」

「妳相信古曼嗎？」

「當然。正前方，李。」

爆裂聲。另一人倒地，他的精靈像蠟燭一樣熄滅。

接著是漫長的沉默。史科比在口袋裡亂翻一通，找到一些子彈。當他重新上膛時，突然感到一件罕見的事，讓他心跳差一點停止。他感覺海斯特將臉頰貼在他臉上，上面布滿了淚水。

「李，這全是我的錯。」她說。

「為什麼？」

「那個斯克林人。我叫你拿走他的戒指，如果我們沒這麼做，也不會惹來這麼多麻煩。」

「你以為我只是照妳的話做嗎？我會拿走，是因為女巫……」

他還來不及說完，另一顆子彈又擊中他。這次射進他的左腿，還來不及眨眼，第三顆子彈又射中頭部，就像又紅又熱的火鉗刺進顱骨一樣。

「時間不多了，海斯特。」他低聲說，試圖穩住身體。

「女巫，李！你提到女巫！記得嗎？」

可憐的海斯特，她也躺下來了，不再是她長成後一向採取的警覺或觀望的蹲踞姿態，美麗的金棕眼睛也漸漸失去光澤。

「還是很美麗。」他說：「噢，海斯特，是啊，那女巫，她給我……」

「沒錯，她給了你那朵花……」

「在我胸前口袋裡。海斯特，拿出花來，我不能動了。」

這是場艱困的掙扎，但海斯特還是用強壯的牙齒拉出紅色小花，放在他右手中。史科比用盡全力，握住拳頭說：「帕可拉！幫助我，我祈求……」

下方有些動靜。史科比放開花朵，歎了口氣，開槍射擊。那動作停了。

海斯特正在消失。

「海斯特，不准妳先我而去。」史科比輕聲說。

「李，我連一秒鐘也離不開你呢。」她低聲回答。

「妳覺得女巫會來嗎？」

「當然會來。我們應該早點召喚她。」

「我們應該早點做很多事。」

「可能吧……」

另一個爆裂聲，這次子彈深深進入身體內部，想要尋找生命的核心。史科比心想：子彈在體內找不到它的，海斯特才是生命。他發現下方有個閃爍的藍點，便掙扎著將槍身舉起。

「就是他。」海斯特喘氣說。

史科比發現很難扣動扳機，每件事都變得異常困難。他試了三次才成功。藍色制服從斜坡上跌下。

一片沉寂。身上的痛苦使他忘卻恐懼。這就像一群豺狼環繞、嗅聞著他，一步步接近，他知道現在牠們不將他生吞活剝，絕不會善罷干休。

「只剩下一個人，」海斯特低聲說：「他要……呃……跑到飛船那裡。」

史科比矇矇朧朧地看著他，帝國護衛軍的士兵因為同伴的失敗而夾著尾巴溜走。

「我不能從別人背後射擊。」史科比說。

「很遺憾死時還留下一顆子彈。」

他用最後一顆子彈瞄準飛船，它還在用一個引擎掙扎著想起飛。那顆子彈一定又紅又燙，不然就是下方森林裡燃燒的大火隨著上升氣流飄浮上來了，瓦斯袋突然翻騰成橘色火海，外殼和金屬架構稍微向空中飄起，最後緩慢、輕柔地跌落，只留下火焰殘燼。

那個溜回去的人及其他六、七個護衛軍殘存的隊員，那些不敢上來接近峽谷的人，最後都被捧落在身上的大火吞噬。

史科比看見火球，也聽到咆哮聲，海斯特又開口了，「李，全部就這些人了。」

他又說了些什麼，或只是用想的，「這些可憐的人不必面對這些的，我們也是。」

她說：「我們牽制住他們，我們撐下來了。我們……呃……在幫萊拉。」

海斯特將驕傲破碎的小軀體貼近史科比的臉頰，用盡全力靠緊他，最後他們一起離世。

第十五章 血苔

繼續，真理探測儀說，再往前，再往上。

於是他們繼續攀爬。女巫飛到空中探查最佳路線，小山丘已轉為險峻的斜坡和布滿岩石的地表。正午時分，這些旅者發現自己置身山谷，雜亂的大地淨是乾枯的溝渠、峭壁和四散的小圓石，連一片綠葉也長不出來，唯一的聲音是唧唧蟲鳴。

他們繼續往前，只在啜飲羊皮袋中的水時才停步，兩人也不多話。潘拉蒙飛到萊拉頭頂片刻，厭倦了，就變成一隻步伐平穩的小山羊，頂著虛有其表的羊角跳躍在岩石間，萊拉卻在一旁辛苦地蹣跚而行。威爾堅定地持續前進，瞇起眼睛躲避刺眼陽光，忽視愈來愈痛的手傷，最後終於進入一種境界：移動才是件好事，停滯則成壞事，因此他在休息時，反而比前進時更痛苦。女巫的咒語無法止血，他覺得她們對此也心懷恐懼，彷彿他身上的詛咒比她們的力量更強大。

不知何時，他們來到一座小湖旁，不到三十碼寬的湛藍湖水坐落在紅色岩石間。他們停下來喝水，灌滿水袋，把發痛的雙腳泡在冰凍的湖水中。休息幾分鐘後，繼續出發。不一會兒太陽到達天頂，這是一天中最酷熱的時分，帕可拉衝下來和他們說話，看來非常焦躁。

「我必須離開你們一會兒。李・史科比需要我，我不知道原因。如果他不需要我的幫忙，不會召喚我。你們繼續走，我會找到你們。」

「史科比先生？」萊拉說，又興奮又擔心，「他在哪……」

萊拉話還沒問完，帕可拉已消失在天際外。萊拉想問探測儀史科比到底怎麼了，卻沒動手，她答應除了引導威爾之外，什麼事都別管。

萊拉望向威爾，他就坐在附近，左手軟綿綿地放在膝蓋上，傷口仍緩緩滴血，臉被太陽烤得焦炙，但在烈日下看起來又一臉慘白。

「威爾，你知道為什麼一定要找到你父親嗎？」

「我只知道要找到他。媽媽說我要繼承父親的衣缽，我只知道這個。」

「繼承他的衣缽？那是什麼意思？什麼是衣缽？」

「一種任務吧，我猜。不管他在做什麼，我都要繼續下去，聽起來很有道理。」

威爾用右手抹去眼中汗水。他說不出口的是，自己就像迷路的小孩渴望回家一樣，渴望見到父親。他當然不會如此比喻，因為家是他確保母親安全的地方，而不是別人確保他安全的地方。每週六早上，他們在超市玩著躲避敵人的遊戲，五年後卻成為可怕的現實。在他的生命中，這是一段相當長的時間。他心裡多盼望能聽到這些話：「孩子，表現得很好，表現得很好。世界上沒有人能表現得比你更好了，我很以你為榮。現在休息吧……」

威爾一心期盼這種場景，自己卻毫無所悉，只覺得是每件事情中感覺的一部分。雖然萊拉可以從他眼中看出這些，他卻沒辦法向萊拉表達。對萊拉來說，能夠理解威爾也是新鮮事。萊拉也對威爾關心的事逐漸發展出一種新的感知力，似乎他就是比自己認識的其他人都更清晰易懂，關於威爾的每件事都變得清楚、親近又直接。

萊拉正想對威爾說這些時，有個女巫飛下來。

「我看到有人跟在我們後頭，」她說：「距離我們還很遠，但他們前進的速度很快。要不要我靠近觀察？」

「好，就這麼辦。」萊拉說：「可是飛低一點藏好，別讓他們看到妳。」

威爾和萊拉又痛苦地站起來，繼續攀爬。

「我經歷過無數次寒冷的氣候，」萊拉說，想將心思從追兵上轉移開，「可是從沒這麼熱過，從來沒有。你的世界也這麼熱嗎？」

「我以前住的地方不會，通常不會。可是氣候開始轉變，夏天比以前更熱。聽說人類在大氣層裡釋放太多化學物質，結果干擾到大氣層，氣候就失去控制了。」

「對呀，都是因為釋放太多化學物質才會變得這樣。我們正好卡在中間。」萊拉說。

威爾覺得又熱又渴，沒出聲回答。他們在熱騰騰的空氣中大口喘氣努力攀爬。潘拉蒙變成一隻蟋蟀坐在萊拉肩上，他已經累得無法再蹦跳或飛行了。女巫不時會在高處看見噴泉，可是位置過高，兩個孩子根本爬不上去，女巫就飛上去灌滿水袋。如果缺乏水分，他們老早一命嗚呼。他們所處的位置根本就缺水，從地底噴出來的泉水，很快就被岩石吞噬回去。

他們繼續前行。傍晚也降臨了。

轉身飛回去探查的女巫叫琳娜．霏爾德。她在危岩間低飛，太陽下山了，岩石轉為鮮紅色時，她來到一座藍色小湖，發現那裡有隊紮營的軍隊。

她一看到那些士兵，就知道自己看到了最不想看的事——他們沒有守護精靈。他們不是從威爾的世界或喜喀則來的，那兩處的人，精靈都在體內，所以看起來仍生龍活虎，這些人來自她自己的世界，因此看到他們沒有精靈，讓她覺得噁心又恐懼。

湖邊一座帳篷提供了解釋。霏爾德看見一個穿著卡其獵裝的優雅女人，像她的金猴子一樣充滿生命力，金猴子則在湖邊跳上跳下。

霏爾德躲在上方的岩石間，看著考爾特夫人跟執行命令的隊長說話，他的屬下開始搭帳篷、生火、煮水。

霏爾德曾隨著帕可拉前往波伐格拯救孩子。她渴望當下就將夫人一箭穿心，幸運之神卻護衛夫人。從她的藏身處，弓箭的射程無法射及夫人，霏爾德得先隱形才有辦法接近夫人。她開始念咒語，花了十分鐘才能全神貫注。

霏爾德終於有足夠信心後，從布滿岩石的斜坡飛下湖邊，穿過營區時，一、兩個眼神空洞的士兵抬頭張望了一會兒，發現看到的東西實在太難記住，就又朝別處看去。女巫在考爾特夫人進入的帳篷外停住，將箭搭在弦上。

霏爾德聆聽帆布帳篷內的動靜，謹慎移向俯瞰湖景的帳篷入口。

帳篷內，夫人正和一個霏爾德從未見過的男人說話：是個老人，滿頭銀髮，魁梧有力，手腕間纏繞著蛇精靈。男人坐在夫人身邊的帆布椅上，夫人傾身向他輕聲細語。

「當然嘍，卡洛。你想知道的事我都會告訴你，你想知道什麼？」

「妳是怎麼命令幽靈的？」男人問：「我認為這不可能，妳卻有辦法讓它們像狗一樣跟隨妳……幽靈怕妳的守衛嗎？這到底是怎麼回事？」

「很簡單，它們知道只要不吞噬我，讓我活著，就有更多養料，我能找到受害者，滿足它們的欲望。你向我描述這些生物時，我就知道能主宰它們，果然不出我所料。整個世界卻因這些慘白生物的力量而顫抖！但是卡洛，」她輕聲說：「你知道，我也可以討你歡心。你要不要我進一步取悅你呢？」

「瑪莉莎，」他喃喃說道，「能接近妳就已經讓人欣喜不已了……」

「那不夠，卡洛。你知道那還不夠，你知道我還可以更加取悅你。」

她的精靈正用又小又黑的角質猴掌撫摸蛇精靈。漸漸地，蛇身開始放鬆，從男人的手臂朝猴子爬去。夫人和男人手中都握著盛裝金色液體的酒杯，她喝了杯中的酒，傾身更靠近他。

「啊。」男人說，他的精靈緩緩從手臂滑下，進入金猴子的雙掌中。猴子舉起蛇，慢慢將蛇靠在自己臉旁，讓蛇翡翠般的外皮在臉上溫柔摩挲。蛇的黑舌頭四下吞吐，男人低吟一聲。

「卡洛，你為什麼要追蹤那男孩？」夫人低語，聲音就像猴子的撫觸一樣輕柔，「你為什麼要找到他？」

「他有我要的東西。噢，瑪莉莎……」

「那是什麼，卡洛？他有什麼東西？」

男人搖搖頭，發現自己很難抗拒夫人。他的精靈纏繞著猴子的胸部，蛇頭在猴子光亮的長毛間穿梭，猴子的手也隨著蛇遊動的身軀滑動。

隱身的霏爾德站在兩步外的距離觀看。她的弓已拉緊，箭尾也迅速搭在弦上，她可以在一秒鐘內一拉一放，考爾特夫人可能還沒呼吸完就中箭身亡。可是女巫很好奇，她張大眼睛，默默站定。

她注視夫人時，沒注意身後那座藍色小湖。湖泊遠處，黑暗中似乎有群鬼魂般的樹木自行在那裡生長，那叢樹群不斷搖動，彷彿是群有想法的意圖。當然，那不是樹木。就在霏爾德與精靈將全副精力放在夫人身上時，一個蒼白的形狀從同夥中脫離，不起一絲漣漪地飄過冰凍湖面，最後停在離霏爾德精靈蹲踞的岩石一呎外。

「你可以很輕鬆地告訴我，卡洛。」夫人喃喃說道：「你可以輕聲說，假裝在說夢話，誰會因為你說夢話而責怪你呢？告訴我那男孩有什麼東西，你為什麼想要那東西。我可以幫你拿到……難道你不要我幫你嗎？你只要告訴我，卡洛。我不想要那東西，我要的是女孩。那是什麼？你只要告訴我，就可以擁有它。」

男人微微一顫。他的雙眼閉合，最後說道：「那是一把匕首，喜喀則的奧祕匕首，妳難道沒聽過嗎？有人稱之為『最後的匕首』，或者叫它伊瑟艾特……」

「那匕首能做什麼，卡洛？它為什麼這麼特殊？」

「啊……那是可以切割萬物的匕首……連製造匕首的人都不知道它的能耐……不管是什麼，人、物、神靈、天使、空氣，對奧祕匕首而言，天底下沒有摧毀不了的東西。瑪莉莎，奧祕匕首是我的，妳懂嗎？」

「我當然懂，卡洛。我答應你。我先把酒倒進杯子……」

金猴子的手掌一次又一次慢慢撫過翡翠蛇身，稍微擠壓、舉起又撫摸，查爾斯爵士愉悅地低吟。霏爾德卻注意到夫人趁男人閉上雙眼時，偷偷拿起一個小水瓶，在玻璃杯中倒入幾滴汁液，然後才倒酒。

「親愛的，」她低聲說：「我們來喝酒，敬彼此……」

他已經意亂神迷，接過酒杯貪婪地啜飲，一口接著一口。

在毫無預警之下，夫人忽然站起來，轉身面對霏爾德。

「哼，妳這個女巫，妳以為我不知道妳怎麼隱形的嗎？」

霏爾德驚訝得動彈不得。

在夫人身後，男人正掙扎著喘不過氣來。他胸口高挺，臉色發紅，精靈也在猴子手中，看起來鬆鬆垮垮，搖搖欲墜。猴子輕蔑地將她抖落。

霏爾德試圖拉弓，但一陣致命的麻痺碰觸右肩，無力射箭。這種事前所未有，她輕叫一聲。

「哼，已經太遲了，」考爾特夫人說：「看看湖邊吧，女巫。」

霏爾德轉頭，看見她的雪鵐精靈正拍翅尖叫，如同置身空氣逐漸抽離的玻璃房，他不斷鼓動翅膀、摔落、猛然下跌，最後變得虛弱不堪，鳥喙大張，在驚慌中喘氣。幽靈開始包圍他。

「不！」她大叫，試圖向前移動，卻因為噁心痙攣而退後。即使在令人作嘔的壓力中，霏爾德仍可看出夫人駕馭靈魂的力量，是她前所未見；她也不訝異幽靈會聽從夫人指揮，沒有人能抗拒那種權威。霏爾德痛苦地轉頭看著夫人。

「讓他走！請妳讓他走！」霏爾德叫道。

「再說吧。那孩子和你們在一起嗎？那女孩萊拉？」

「對！」

「還有那男的？有匕首的男孩？」

「對……求求妳……」

「妳們有幾個女巫？」

「二十個！放他走，放他走！」

「全都在空中嗎？還是有些在地上陪著孩子？」

「大部分在空中，維持三、四人在地上……好痛苦呀……妳放他走，不然現在就讓我死！」

「他們在山上多高的地方？是在前進，還是在休息？」

霏爾德和盤托出。她可以抗拒所有嚴刑拷打，酷刑卻施在她精靈身上。夫人詢問女巫的位置、她們如何守護萊拉和威爾，知道一切後，說道：「妳現在告訴我，女巫知道萊拉什麼事情，我差點就從妳一個姊妹口中得知，可惜她在我拷打完之前就死了。哼，現在沒人可以救妳。把我女兒的真相告訴我。」

霏爾德喘著氣說：「她會成為母親……她會成為生命……母親……她會違背……她會……」

「她的名稱！妳什麼都說了，就是沒說出最重要的事！她的名稱！」夫人叫道。

「夏娃！萬物之母！夏娃！母親夏娃！」霏爾德結結巴巴說著，然後開始啜泣。

「啊。」夫人說。

她深深歎了一口氣，彷彿自己生命的意義終於揭曉。

女巫朦朧中了解自己做了什麼事，她在恐懼侵襲下試著叫道：「妳要怎麼對付她？妳要怎麼做？」

「怎麼？我當然應該摧毀她，防止另一次『墮落』……我之前怎麼沒想到？格局大得讓我看不清……」

她輕拍雙手，像孩子般睜大了眼。霏爾德一面嗚咽，一面聽到她繼續說：「當然。艾塞列公爵會對無上權威發動戰爭，然後……當然，當然……跟過去一樣會再度發生。萊拉是夏娃。這次她不會再『墮落』，我會特別留意。這次再也不會出現『墮落』……」

夫人站起來，對正在吸吮女巫精靈的幽靈彈指。那隻小小的雪鵐躺在岩石上抽搐，幽靈則開始朝女巫前進，霏爾德先前經歷的噁心感轉而放大兩倍、三倍、一百倍，自己的靈魂正在反胃，一種可怕和噁心的絕望感、一種深刻抑鬱的虛弱感讓她幾乎身亡。她最後一點意識是對生命的厭惡，五官欺騙了自己，這世界不是由精力和快樂組成，而是充滿汙穢、背叛和倦意；活著令人厭惡，死亡也沒有多好，從宇宙的此端到彼端，這是最初也是最終的唯一真相。

霏爾德站著，手上還搭著弓，卻變得無動於衷，成了活死人。

她沒看到考爾特夫人接下來做些什麼，也不再關心。夫人不理會銀髮男人，他毫無意識地跌落在帆布椅上，失去光澤的精靈盤繞在灰塵中。夫人召喚士兵隊長，命令他們準備連夜行軍上山。

她回到湖邊，開始召喚幽靈。

幽靈聽到命令，彷彿柱狀霧氣般飄過湖面。她舉起手來，使那些幽靈忘記自己只能在地面上活動，一個接著一個，如有害的薊花冠毛，起身在空中任意飄浮。幽靈飄入夜中，隨著氣流往威爾、萊拉和女巫的方向飄去，霏爾德卻視而不見。

天黑後，山上氣溫驟降，威爾和萊拉吃掉最後一片乾麵包，躺在突出的岩石下取暖，試著入睡。至少萊拉不用努力嘗試，她不到一分鐘就失去意識，潘拉蒙緊緊圍繞住她。可是威爾不管躺了多久就是睡不著，一來因為手傷，現在抽痛已經蔓延到手肘，手肘也開始腫脹，非常不舒服；二來則因為地面堅硬、氣候寒冷又筋疲力盡，而且他很想念媽媽。

威爾非常擔心媽媽，當然，他知道如果自己在她身邊照顧，她會更安全些；可是他希望媽媽也能照顧他，就像小時候一樣。他要媽媽幫自己綁繃帶、蓋好棉被、唱歌給自己聽、趕走所有煩惱，能被迫切渴望的溫暖、輕柔和母親的慈祥環繞，可是這一切再也不可能。部分的他還只是小男孩，他開始啜泣，卻躺著一動也不動。他不想吵醒萊拉。

他還是睡不著，反而比以往更清醒，最後他伸展僵硬的四肢，安靜地爬起來，還不斷顫抖，帶著腰間的匕首，開始往山上爬，以鎮定不安的情緒。

在他身後，守衛女巫的知更鳥精靈歪著頭，女巫從守護位置轉身，看著威爾爬上岩石。她拿起松枝靜靜飛上天，不想打擾威爾，只想確保他的安全。

威爾沒注意到女巫。他只覺得自己必須活動，繼續前進，再也察覺不到手上的傷痛；覺得自己應該走整夜整日的路，永遠走下去，因為沒有東西可以鎮定發燙的胸口。夜風彷彿同情他的遭遇，也開始吹拂起來。這片荒涼野地沒有颼颼作響的樹葉，風吹擊他的身體，將頭髮從臉上吹開，全身上下感受到一種荒涼。

威爾愈爬愈高，連待會兒要怎麼下去找萊拉都沒想過。最後他終於來到一方高地，那裡似乎是世界頂端，四下每條地平線都找不到更高的山脈了。在皎潔的月光照射下，天地間的顏色只有漆黑和慘白，邊緣都向上突出，地表荒蕪。

野風一定是吹偏了頭頂上的雲，突然遮住月亮，這是片非常濃厚的雲層，沒有一絲月光可以穿透。一分鐘內，威爾發現自己幾乎完全置身黑暗中。

就在這一刻，他感覺有人抓住了右臂。

他嚇得放聲尖叫，立刻想要扭扯開來，對方卻緊抓不放。威爾凶性大發，他覺得自己已經末路窮途，如果這是生命的終點，他打算一戰至死。

他扭扯、亂踢又扭扯，可是對方那隻手不願鬆開。威爾的右臂被抓住，無法拔出匕首，他試圖用左手抓取，卻被對方用力拉開，他的手又痛又腫，無法拿到匕首，只能用一隻受傷的手和一個成年男子對抗。

威爾用牙齒狠狠咬住握著他前臂的手，但那人只是在他後腦勺痛痛一擊，使他頓時頭暈目眩。威爾不斷亂踢，有時踢中對方，有時則徒勞無功。他不斷拉、扯、扭、轉、推，但那人還是緊緊抓住。

他模模糊糊聽到自己的喘氣聲、男人的呻吟聲和劇烈的呼吸聲，威爾不經意地將腳伸到男人身後，用盡全力猛撞他胸部，男人跌倒了，威爾也重重摔在他身上，對方的手還是沒放鬆。威爾在岩石地面上劇烈滾動，心中不覺恐懼起來，這男人永遠不會放他走，即使威爾殺了他，他的屍體也還是會緊抓著。

威爾覺得愈來愈虛弱，忍不住哭了起來。他憤怒地大哭，對著男人的頭腳又踢、又拉、又打，他知道自己很快就會筋疲力盡。接著他注意到男人也不動了，卻仍牢牢握著他的手。男人只是躺在那裡，任憑威爾用膝蓋和腦袋痛擊，威爾一了解這點，身上最後一點力量消失了，無助地躺在男人旁邊，身上每根神經都在嗡嗡作響、暈眩、跳動。

威爾痛苦地坐起來，望穿深沉的夜色，還看到男人身旁模糊的一抹白。那是隻巨鳥的白色胸膛和頭，男人的鴞精靈躺在地上動也不動。威爾試圖拖離身子，虛弱地拉扯，卻吵醒身邊的男人，他仍不鬆手。

男人開始移動。他小心翼翼用另一隻手感覺威爾的右手，威爾不禁覺得毛骨悚然。

男人說話了，「給我另一隻手。」

「小心點。」威爾說。

男人的另一隻手向下撫摸著威爾的左臂，他的手指輕輕移動到手腕及腫脹的手掌，最後細細撫觸威爾的兩根斷指處。

他另一手立刻放開，坐了起來。

「你有匕首，」他說：「你是匕首人。」

他的聲音宏亮嚴厲，但又喘不過氣，似乎身受重傷。難道威爾重創了黑暗中的對手嗎？

威爾仍筋疲力盡地躺在石頭上。他看得到男人的身形從上方俯視他，卻看不到對方的臉。男人向身旁摸索，一會兒，一種極端鎮定的清涼感從威爾的斷指處蔓延到整個手掌，原來男人正把膏藥塗在他的皮膚上按摩。

「你在做什麼？」威爾問。

「治療你的傷口，不要動。」

「你是誰？」

「我是唯一知道匕首功用的人。手舉好不要亂動。不要動。」

風開始瘋狂亂吹，一、兩滴雨掉落在威爾臉上。他開始激烈地發抖，但還是用右手支撐住左手，讓男人在斷指處上多塗抹一些膏藥，最後男人用一條亞麻布緊緊纏繞威爾的左手。

繃帶固定好後，男人也側身躺下。威爾仍對手上舒適、清涼的麻痺感大惑不解，試著坐起來看看對方。夜卻更暗了。他伸出右手向前撫摸男人的胸部，傳來的心跳就像亂飛的籠中鳥。

「是啊，」男人啞聲說：「試試看把那治好，試試看呀。」

「你生病了嗎？」

「我很快就會比較好了。你身上帶著匕首，對不對？」

「對。」

「你知道要怎麼使用嗎？」

「知道。你是從這個世界來的嗎？你怎麼知道這件事？」

「聽著，」男人說，掙扎地想坐起來，「不要打斷我講話。如果你是匕首人，你就有個超乎想像的任務。竟然是個孩子……這怎麼可能？唉，只好這樣了……戰爭就要來了，孩子。前所未有的巨大戰爭。過去曾發生類似的戰爭，這次正義的一方一定要贏……在人類幾千年歷史中，除了謊言、宣傳、殘酷和欺騙之外，一無所有。這次我們要重新來過，但是要好好來過……」

男人停下來，劇烈地喘幾口氣。

「那把匕首，」一分鐘後，他繼續說：「那些老哲學家從來不知道自己在製造什麼。他們發明一種工具，可以切開非常渺小的粒子，卻用它偷取糖果。他們不了解自己製造的武器可以在所有宇宙中對抗暴君，無上權威，上帝。叛逆的天使沉淪了，因為他們沒有匕首這類東西，可是現在……」

「我不要匕首！我現在不要了！」威爾叫道：「你要，你可以拿走！我討厭它，我也討厭它做的事……」

「太遲了。你別無選擇。你是匕首人，匕首選擇了你。更重要的是，他們知道你擁有它，如果你不用它來對抗，他們就會從你手中奪走匕首，用來對付其他人，生生世世。」

「我為什麼要和他們作戰？我已經作戰很久了，我不能再繼續下去了，我要……」

「你贏得戰爭了嗎？」

威爾沉默了，接著他說：「對啊，我想。」

「你是為匕首而戰嗎？」

「對，可是……」

「那你就是戰士。你是戰士。你跟什麼爭辯都可以，就是不能跟自己的本性爭辯。」

威爾知道那人說的是實話。這不是讓人欣然接受的真相，而是沉重又痛苦的負擔。男人似乎也了解，他讓威爾低下頭，繼續訴說。

「天下有兩種巨大的力量，」男人說：「這兩種力量從時間之初就開始作戰，人類生活中的每分進展，擁有的每點知識、智慧和禮節，都在雙方的拉鋸當中。人類每增加一點自由，都是雙方激烈爭戰的結果，其中一方希望我們懂得更多、更聰明、更強壯，另一方則希望我們能遵從、謙遜、順服。

「現在這兩股勢力正準備作戰，雙方都渴望奪取你手中的匕首。孩子，你一定要做出選擇。我們都被引導到這裡來，你和我：擁有匕首的你和講述真相的我。」

「不對！你錯了！」威爾叫道：「我尋找的不是這東西！這根本就不是我要的！」

「你或許不這麼認為，可是這就是你找到的。」黑暗中的男人說。

「那我該怎麼辦？」

古曼（約巴里，也就是約翰・帕里）遲疑了一會兒。

他痛苦地警覺到自己對史科比許下的誓言，在違背誓言前遲疑片刻，最後說道：

「你必須找到艾塞列公爵，告訴他是古曼派你去的，並告訴他你有他最需要的武器。孩子，不管你喜不喜歡，你都得做到這點。不管別的事看起來有多重要，你都別管，放手去做這件事。有人會出面幫你，夜裡充滿了天使。你的傷口很快就會癒合，在你走之前，我想好好看看你。」

他摸摸背包內隨身攜帶的物品，拿出一樣東西。他打開防水油布表層，劃了一根火柴，點燃一只小小錫製燈籠。在燈光中，在滂沱大雨和急馳的風中，他們互相看了看對方。

威爾看見男人憔悴的臉頰上，有明亮的藍眼，幾天沒修剪的鬍子長在固執的下巴上，他滿頭灰髮，還因痛苦而皺眉，乾瘦的身體在羽毛鑲邊的沉重大衣中彎腰駝背。

巫醫看見一個比他想像中年紀更小的男孩，瘦弱的身子在破舊的亞麻襯衫中發抖，表情看起來疲憊、凶殘、機警，還充滿了狂放的好奇心，直線條的黑眉下是他的大眼睛，看起來就像他母親……

有個東西忽然一閃，來到兩人附近。

燈籠的光照在約翰．帕里臉上時，有個東西從混濁空氣中射下，他向後仰倒，來不及說話就死了。一支箭正中他虛弱的心臟，鴞精靈立刻消失。

威爾只能茫然若失地坐著。

眼角間有個東西一閃，他立刻舉起右手，看見自己抓住一隻紅色胸部的知更鳥，一個慌張的精靈。「不！不！」女巫卡曼寧叫道，在他身旁倒下，緊抓住自己的心臟，還笨拙地撞到岩石地上，掙扎著要站起來。

威爾趁她還來不及站起，用奧祕匕首抵在她的喉間。

「妳為什麼那麼做？」他叫道：「妳為什麼要殺死他？」

「因為我愛他，他卻侮辱我！我是女巫！我不會原諒他！」

一般來說，如果她是女巫，應該不會懼怕一個小男孩，可是她很怕威爾。這個年輕又受傷的小孩，具有她從未在人類身上看過的力量和危險，她忍不住尖叫起來。女巫開始向後退，他則步步逼近，還用左手抓住她的頭髮。他的手傷一點都不痛了，心中只感覺到沉重破碎的絕望。

「妳不知道他是誰，」他叫道：「他是我爸爸！」

女巫搖搖頭，低聲說：「不。不！這不可能！不可能！」

「妳認為這件事只是可能嗎？這是真的！他是我爸爸，我們兩人本來都不知道，直到妳殺他的那一刻！女巫，我等了一輩子，千里迢迢來找他，我終於找到了，妳卻殺死了他……」

他像搖晃破布一般搖著她的頭，最後把她摔到地上，嚇壞了她。毋庸置疑，女巫對這件事震驚的程度已超過對他的恐懼。她茫然站起，抓住他的襯衫懇求。他只是甩開她的手。

「他到底對妳做了些什麼，妳非得殺死他不可？」他叫道：「告訴我，妳一定要告訴我！」

女巫看了看屍體，又看了看威爾，傷心地搖搖頭。

「不行，我沒辦法解釋，你太小了，聽了也不會覺得有道理。我愛他，就是那樣。那就夠了。」

威爾還來不及阻止，她往旁邊輕輕一站，手中握著從腰間抽出的小刀，往自己的肋骨刺入。

威爾並不覺得恐怖，只是充滿寂寞和困惑。

他緩緩站起，望著死去的女巫。她一頭濃密的黑髮，雙頰紅潤，光滑、蒼白、被雨水打溼的四肢，雙脣如情人般微張。

「我不懂，」他大聲說道：「這真是太奇怪了。」

威爾轉身看看死去的男人，那是他父親。

他的喉間突然充滿千言萬語，只有傾盆大雨可以澆熄眼中熱度。冷風穿透小燈籠的小縫，火焰四下閃爍，威爾憑著這點光線，跪下來把手放在男人身上，碰觸臉頰與肩膀，合上眼睛，把濡溼的灰髮從前額撥開，把手放在粗糙的臉頰上，閉上父親的雙脣，又捏捏他的手。

「爸，」他說。「爸爸，爸……父親……我不知道她為什麼要殺你，真是太奇怪了。不管你要我做什麼，我都答應，我發誓我一定去做。我會打仗，我會成為戰士，我一定會。這把匕首，我會拿去給艾塞列公爵，不管他人在哪裡，我都會幫他和敵人作戰。我會去幫他。你可以安息了。沒關係，現在你可以安眠了。」

屍首旁邊散落鹿皮背包、防水油布、燈籠和裝了血苔的角狀小盒子。威爾撿起這些東西，還注意到父親那件羽毛鑲邊風衣就拖在身旁地上，又重又溼卻相當暖和。父親再也用不到了，威爾卻凍得全身發抖。他解開死人喉間的黃銅鈕扣，先將帆布背包甩上肩，再用風衣包住身體。

他吹熄燈籠，回頭再看一次父親和女巫朦朧的身影，最後又看看父親，終於轉身往山下走去。

狂暴的空氣中充滿耳語，在喧囂的風中，威爾也聽得到其他聲音：困惑的叫聲和讚美聲的回音、金屬撞擊聲、翅膀鼓動聲，有一刻，這些聲音聽起來如此接近，彷彿就在自己腦中，下一刻卻遙遠得如在另一個星球。腳下岩石滑溜又鬆動，下山比起上山時更困難，可是他並不退縮。

他轉向最後一座小峽谷，快回到萊拉睡覺的地方時，忽然停了下來。有兩人站在黑暗中，彷彿正在等他。威爾把手放在匕首上。

其中一人說話了。

「你是那個有匕首的男孩？」他問，聲音中有著奇怪的鼓翼聲。不管他是誰，他不是人類。

「你是誰？」威爾問，「你是人還是……」

「不是人，不是。我們是觀察員，是班尼艾霖，用你的語言來說，就是天使。」

威爾沉默了。發言的人繼續說：「別的天使有別的功用、別的力量。我們的任務很簡單：我們需要你。我們一路跟隨巫醫，希望他能帶領我們找到你，他也做到了。現在我們要引導你到艾塞列公爵那裡。」

「你們一直跟蹤我父親？」

「分分秒秒。」

「他知道嗎？」

「不知道。」

「那你們為什麼不阻止女巫？你們為什麼讓她殺死他？」

「我們可以阻止她，不過一旦他帶領我們找到你之後，他的任務就結束了。」

威爾一言不發。他的頭正嗡嗡作響，這句話比別的事更難了解。

「好吧，」他最後說：「我會跟你們一起走，可是我一定要先叫醒萊拉。」

他們站在一旁讓他通過，靠近他們時，威爾可以感覺到空氣中一股刺痛。他不理會這種刺痛，專心往斜坡下方走去，走向萊拉睡覺的小藏身處。

有件事使他站住了腳。

朦朧中，他看見守衛著萊拉的女巫全都或坐或站，她們看來就像雕像，雖然還能呼吸，卻缺乏生命跡象，地上還有幾個穿著黑絲衣服的屍體。威爾恐懼地從這具屍體看到那具屍體，他想像得到發生了什麼事：她們一定是在半空中遭到幽靈攻擊，結果變得無動於衷，最後活活摔死。

但是……

「萊拉呢？」他大叫。

岩石下的凹陷處空無一物。萊拉不見了。

她睡覺的地方有什麼東西。那是她的小帆布背包，從背包的重量來看，他不用打開就知道探測儀還在裡面。

威爾搖搖頭。這不會是真的，可卻是真的：萊拉不見了，她被抓走了，她失蹤了。

黑暗中，兩個天使動也不動。他們說話了：「現在你一定要跟我們走。艾塞列公爵現在就需要你。敵人的力量每分每秒都在增加，巫醫已經把你的任務告訴你了。跟我們走，幫我們打勝仗。跟我們一起走，快，現在就走。」

威爾看看他們，看看萊拉的背包，再看向他們，對他們說的話充耳不聞。

（第二部完）

主要人物簡介

- 沙坦斯勞斯·古曼（Stanislaus Grumman）：名探險家，致力探索「塵」。韃靼名「約巴里」，出於本名「約翰·帕里」（John Parley）的諧音。古曼的任務是找到奧祕匕首的持有者，並告知「匕首人」在世界命運中擔任的重要角色。
- 查爾斯·拉充爵士（Sir Charles Latrom）：即波萊爾公爵。看到萊拉使用探測儀，設計偷走。
- 瑪麗·瑪隆博士（Dr. Mary Malone）：黑暗物質研究小組成員，發現「影子」的存在。
- 吉可莫·帕迪西（Giacomo Paradisi）：前任「匕首人」，傳授威爾如何分辨匕首刀鋒的不同，與匕首的使用方法。
- 盧塔·絲卡荻（Ruta Skadi）：拉維安地區的女巫女王。

重要名詞簡介

- 無上權威（The Authority）：在萊拉的世界，教會稱上帝為「無上權威」。
- 天使（Angels）：也稱為觀察員（Watchers）或班尼艾霖（bene elim），生有雙翼，雖看似人形，但形體由光組成，而不像人類為血肉之軀。天使是智慧與情感組成的古老生物，能夠看見各個宇宙間的窗口，並自由穿越。
- 血苔（Bloodmoss）：用以止血、治療傷口的藥草。
- 洞穴（The Cave）：黑暗物質研究小組成員對實驗用電腦的暱稱，源自柏拉圖之語「洞穴牆上的影子」（Shadows on the Walls of the Cave）。
- 喜喀則（Cittàgazze）：幽靈占據的城市，萊拉與威爾初會之地。喜喀則意為「鵲之城」，幾百年來，喜喀則的居民到其他世界偷竊維生，正如鵲鳥四處偷取食物，故稱之。
- 影子（Shadows）：即萊拉世界中的「塵」，又稱為「黑暗物質」，與意識有關。
- 幽靈（Specters）：鬼魂般的生物，以成人的意識為食。成人遭襲擊後，會變得茫然無感，如行屍走肉；但小孩看不到幽靈，也不受襲擊。
- 奥祕匕首（The Subtle Knife）：又稱「最後的匕首」或伊瑟艾特（Æsahættr），具有超凡、毀滅的力量，能夠割開「窗口」（宇宙間的開口），是世上最銳利、最致命的器物。

畅/小說
087

黑暗元素三部曲II：奧祕匕首

●原著書名：The Subtle Knife●作者：菲力普．普曼（Philip Pullman）●內文插畫：菲力普．普曼●譯者：王晶●封面設計：許晉維●協力編輯：沈如瑩、呂佳真●國際版權：吳玲緯●行銷：何維民、吳宇軒、陳欣岑、林欣平●業務：李再星、陳紫晴、陳美燕、葉晉源●副總編輯：巫維珍●編輯總監：劉麗真●總經理：陳逸瑛●發行人：凃玉雲●出版：麥田出版／城邦文化事業股份有限公司／地址：10483台北市中山區民生東路二段141號5樓／電話：(02)2500-7696／傳真：(02)2500-1967●發行：英屬蓋曼群島商家庭傳媒股份有限公司城邦分公司／地址：10483台北市中山區民生東路二段141號11樓／網址：http://www.cite.com.tw／客服專線：(02)2500-7718｜2500-7719／24小時傳真專線：(02)2500-1990｜2500-1991／服務時間：週一至週五09:30-12:00｜13:30-17:00／劃撥帳號：19863813／戶名：書虫股份有限公司／讀者服務信箱：service@readingclub.com.tw●香港發行所：城邦（香港）出版集團有限公司／地址：香港灣仔駱克道193號東超商業中心1樓／電話：+852-2508-6231／傳真：+852-2578-9337●馬新發行所：城邦（馬新）出版集團【Cite(M) Sdn. Bhd. (458372U)】／地址：41-3, Jalan Radin Anum, Bandar Baru Sri Petaling, 57000 Kuala Lumpur, Malaysia.／電話：+603-9056-3833／傳真：+603-9057-6622／讀者服務信箱：services@cite.my●麥田部落格：http://ryefield.pixnet.net●印刷：漾格科技股份有限公司●初版：2019年7月●初版四刷：2022年6月●定價：380元●ISBN：978-986-344-652-1

國家圖書館出版品預行編目資料

黑暗元素三部曲II：奧祕匕首／菲力普．普曼（Philip Pullman）著；王晶譯. -- 初版. -- 臺北市：麥田出版：家庭傳媒城邦分公司發行, 2019.07
面；　公分. --（暢小說）
譯自：The Subtle Knife
ISBN 978-986-344-652-1（平裝）

873.57　　108004987

城邦讀書花園
www.cite.com.tw